YINMI DE CUNZAI

隐秘的存在

——作为文学创作主体的作家形象

ZUOWEI WENXUE CHUANGZUO ZHUTI DE
ZUOJIA XINGXIANG

吕玉铭 著

東北林業大學出版社
Northeast Forestry University Press
·哈尔滨·

图书在版编目（CIP）数据

隐秘的存在：作为文学创作主体的作家形象／吕玉铭著．—哈尔滨：东北林业大学出版社，2016.12（2024.8重印）
ISBN 978－7－5674－0989－7

Ⅰ．①隐…　Ⅱ．①吕…　Ⅲ．①文学创作研究　Ⅳ．①I04

中国版本图书馆 CIP 数据核字（2017）第 015606 号

责任编辑：赵　侠　国　徽
封面设计：琦　琦
出版发行：东北林业大学出版社
（哈尔滨市香坊区哈平六道街 6 号　邮编：150040）
印　　装：三河市天润建兴印务有限公司
开　　本：710 mm×1 000 mm　1/16
印　　张：14.75
字　　数：212 千字
版　　次：2017 年 9 月第 1 版
印　　次：2024 年 8 月第 3 次印刷
定　　价：55.00 元

如发现印装质量问题，请与出版社联系调换。（电话：0451－82113296　82191620）

自　　序

大量事实表明，任何类型的文学创作都离不开作家这一重要角色。作为文学的生产者，作家的一言一行、文化素养、艺术水平、思想感情都深深地影响着文学创作的品质，所以在文学活动中作家的作用是无处不在的。作家是文学作品的重要组成部分，一直以来享受着人们赋予的很高荣誉，被看作人类关于情感、自由、正义、良知、理想乃至精神的最高代表者。然而，自 19 世纪现代小说开始出现到 20 世纪乃至当下，作家本身也遭到不断的质疑，他们面临种种问题的境况也越来越成为文学潮流中不容忽视的现象。这种分化具体说是从福楼拜开始的。19 世纪中叶福楼拜开始强调写作的客观性，标志着现代小说的出现，与这种现象相伴随，作家也面临着被退出作品的趋势。20 世纪初“新批评”流派的出现将这种趋势进一步强化，他们在阅读文本的过程中只强调文本的重要性而无视作家的存在，以至于作家被逼到了边缘化的地位。20 世纪五六十年代出现了形式主义叙事学，他们只关注作品内部结构和规律的探讨，将作品与作家的联系完全隔断，公然宣布“作家死了”，以至于很多文学研究已经不再关注作家。

这是有文学以来作家所遭遇到的一场时间最长的争议。在这场争议中，越来越多的人跟随着这个潮流，对作家的问题尤其是作家能不能在作品中出现和发声的问题进行了质疑，仿佛文学真的已经到了不再需要作家的地步。

然而，背离事实的偏颇总是会在时间的长河中暴露出其不足，当作家被否定后，文学不是越来越好了，而是面临的问题越来越多了，这个时候终于有人站出来对这种现象进行批驳了，也对作家的存在问题进行了正面的维护。美国学者韦恩·布斯就是最早维护作家的人之一。1961年他出版了在文学史上占有重要地位的《小说修辞学》一书，书中他站在亚里士多德的修辞立场，以亚里士多德的修辞学为依托，对作家在创作中的地位、作用和身份等问题进行了积极的评价和全力的维护。布斯的理论发表后，得到了全世界的积极响应。在中国，青年理论家李建军也是作家的积极维护者之一，他在攻读博士学位期间出版了《小说修辞研究》一书，对布斯谈过的一些问题和没有谈到的问题进行了进一步探讨，尤其是他继承了布斯的修辞思想，对作家在创作中的种种情况做了积极而中肯的评价，使得作家的问题得到了进一步澄清。

笔者不才，理论修养没有布斯那么高，当然也没有李建军那么敏锐，无法在理论上对作家问题做出更高层次的回应和展望。不过，笔者以为理论也不一定越高深就越好、越高深就越能说明问题，有时候如果能够回到实际，抓住问题的要害，理论虽然可能简单点，但本质上也不一定就很差。正是带着这种心态，这些年来笔者一直在对这个问题进行思考，尤其是在阅读了大量作家谈创作的书籍、创作日记以及相关访谈等一类文字材料后，渐渐对作家的问题也有了一些自己的认识，形成了一些基本的判断。在笔者看来，19世纪后半叶开始，随着文学的进一步发展，作家的身份、功能、地位、作用以及存在方式、表达方式的确出现了一些新变化，但尽管如此，从他们谈论创作的言论中还是会发现，创作中作家所面对的一些基本问题并没有发生根本的改变，甚至更加坚固了。在他们的言谈中，作家长久以来形成的一些固有的东西不但被继承了下来，而且也得到了相似度很高的呼应。比如他们的身份问题，他们的艺术修养问题，他们面对的各种内外主体修辞关系问题，他们的修辞使命问题，甚至他们所经历的写作生活状态，都表现出了惊人的传承性、相似性和一致性，这说明作家所面临的一些东西虽然有些在改变，但很多都一脉相承，这是一个有价值的发现。于是我把这些东西集中起来，把它们作为作家创作中的一种文化现象来看待。随着这种思考的不断深入，笔者发现作家的这种文化现象不但具有普遍性，而且具有个体性，是研究文学和阅读文学的重要参照，是值得我们好好珍惜和关注的宝贵资料。

正是基于这种认识，笔者依托作家的各种创作言论，从他们创作生活的实际角度出发撰写了这本书，以期能够对作家问题的探讨有所助益。当然，书稿的写作并不轻松，不但阅读、思考、收集资料花费了不少的心血和精力，而且将它写出来并进行多次修改的过程也颇费时间，其间停停顿顿、反反复复好多次，促使笔者不断走下去的是家人的支持、朋友的帮助，当然还有对学术的执着和努力。好在书稿经过两三年的努力终于完成了，也算是对付出的心血的一点安慰吧。当然，努力是有的，心血是有的，只是由于水平有限，问题也就在所难免，恳请读者和同人能够提出批评意见，帮助笔者继续成长。

是为序。

目　录

第一章　关于作家

一　作家的印象

就人类所从事的每一项事业而言，其发展都离不开人的艰苦探索，在这个过程中，人们为了解决一个又一个的问题，将聪明才智发挥到了极致，诞生了许多的发明与创造，积累了丰富的经验，形成了一波又一波的潮流，将事业推向了一个又一个新境界。如果把这些现象综合起来看，往大里说就是人类文明不可或缺的组成部分，往小里说就是这项事业中所形成的文化现象。文学，作为人类生活——准确地说，作为人类精神生活的重要组成部分，自然也不例外。在文学发展的漫长过程中，历朝历代的文学家不断探索，他们殚精竭虑、冥思苦想、慧眼如电、孜孜以求，耕耘在文学的田野上，创造了浩如烟海的文学作品，当然也发现了各种文学的规律与技巧，积累了层次多样的文学经验和智慧，形成了各种各样的文学潮流和现象，而更为重要的是，作家们在创作文学的时候也塑造了自身的形象，确立了自己在社会中的相应地位。如果把所有的这些综合起来看，那就是文学的文化现象。研究这一文化现象，对于理解作家、作品都非常有帮助。正是基于这样的考虑，本书愿意在这方面做出一些努力。

当然，关于作家的问题，讨论也并非从笔者开始，许多人早就谈过了，按理早已不是一个时髦的话题了，但笔者还是想谈谈。原因在于这些年来，由于小说所发生的一些剧烈变化，具体说也就是叙述方式、写作方式、写作理念和写作态度发生的一些剧烈变化，人们对作家的认识也出现了一些争议。比如，有人认为在传统的写作过程中，作家经常出现在作品中，站出来说话的方式也越来越导致小说失去了客观性，进而也导致小说失去了真实性，要求作家退出小说；而与此同时也有人认为不论过去还是现在，文学作品就是作家所创作的，按照文学是作家情感表达的观点，作家不管愿不愿意，都不可能完全从作品中退出，那种断然宣布“作家死了”的说法只是一厢情愿的想法，根本做不到。两种意见观点不同、角度不同，相互抵牾却又各有其理，导致人们对作家的认识也出现了混乱。可以说，现如今人们几乎不再对作家有什么要求，而只是针对作品单纯地讨论文学，把作家撇在一边。因此，针对这种情况，作家的问题再度浮现，有必要再做一些讨论。

本书首先要探讨的第一个问题是作家给人的印象，即在人们心目中作家是个什么样的人。需要说明的是，所谓作家的印象其实严格说来也就是作家的形象，即他在读者心目中的形象。但需要注意的是，本书所指的作家形象是一个既实指也虚拟的形象，既和现实中的作家形象紧密相关，也和读者心目中所想象的作家形象有关，因此谈作家的印象还需要从作家的形象谈起。

在文学史上，有关作家的形象一般意义上有两个来源。一个来源于文学作品中，把它称为虚拟的作家形象。作家虽然写作品，但自己也常常被作为形象写进作品中，因此作家也可以算作是文学写作中的一个不大不小的母题。文学史上有许多作品都是以作家为主人公的。这些作品中所塑造的作家形象有很多，较为复杂，有正面的，也有反面的。比如，在英国作家毛姆的小说《啼笑皆非》中，毛姆为我们塑造的作家形象就是一个虽有名气但又投机钻营的形象，属于反面形象；再如在中国作家贾平凹的小说《废都》中，贾平凹给我们塑造了一个借助名气到处招摇撞骗、吃喝玩乐、玩弄女人，充满庸俗气息的作家形象。由于上述两位作家所塑造的这类作家形象在中外都存在，所以在一定意义上也成为这一类作家形象的代表。另一个来源于现实生活，把它称为真实的作家形象。这一类作家形象数量庞大，在社会上甚至都可以算作是一个小的阶层。他们在现实生活中有的就是专职作家，以创作为生；有的是业余作家，在工作之余坚持创作；还有的属于刚刚走进文学的青年作家。由他们所组成的作家队伍，从不同的角度、不同的领域，通过不同的题材和文体样式，对人们所处的社会和历史做出全方位的描写，从而构成了现实中丰富多样的作家文化。本书所重点探讨的正是这一类作家以及相关的作家文化现象。

在人们心目中，真实地从事文学写作的人，由于他们工作的特殊性，往往都会表现出一些相同的特性，由此人们会对他们形成一个比较统一的形象判断，这种判断总体说来就是聪慧、心地善良、有良知、充满正义感和悲悯的情怀、看问题眼光深邃、思想深刻等。人们对作家所形成的这个印象一般是依据两个方面得出的：一个是他所写的作品，一个是他的现实生活。

依据作品完成对一个作家的印象判断，这是根据他的创作成果和业绩来判断的，因为作家中的很多人毕生都以写作为主，他的成果主要就是作品，因此通过作品的好坏、优劣以及作品所表现出的风格与思想内涵，就可以大致判断作家是一个什么样的人。比如，鲁迅先生的小说自然、犀利、风格冷峻、思想深邃，由此我们可以判断鲁迅先生应该是一个性格倔强、内心十分坚强的人，而事实上鲁迅先生也是这样的人，现实生活中的他面容瘦削，有铁刷一般的头发和胡子，神情冷峻，目光深邃，这个形象就和他的作品所表现出来的印象十分吻合。

而根据作家所实有的生活，我们也可以从其实际的做派、言行以及胸襟、抱负判断他是一个什么样的人。比如，美国人物专栏作家丽莲·洛斯给同时代的作家海明威所写的传记就是她根据现实生活中海明威的实际表现完成的。丽莲·洛斯是《纽约人》杂志的记者，善于写人物传记。她是海明威夫妇的好朋友，经常和海明威通信、见面、约谈，对海明威非常熟悉，海明威也常常将自己的创作计划告诉她，所以她对海明威有自己独特的判断和印象，并撰写了《海明威肖像》一文，对海明威做了中肯而细致的评价。这篇文章最初发表在《纽约人》杂志上，1961年出单行本的时候她写了序言。在序言中，她分了许多角度，从不同的层面对海明威做了描写——“他显得又粗犷又魁梧，殷勤、友好又和蔼”；“他跟你说话时是很大方的。他把主意、想法、心情和意见都一一告诉你，从不躲躲闪闪。他很有才气”；“他谈话中给予你那么多东西，又总是那么风趣，那么机智，那么富有同情心，又那么敏感”；“他有胆有识，绝不随俗浮沉”；“在写作与作家的事务上，没有人能欺骗海明威。这两方面他都是熟悉情况的，而且有很深刻的理解”；“对于写作，对于文学，他都是严肃对待的”；针对有些评论家认为海明威对待生活的态度是浪漫主义的，而不是现实主义的，她认为“在我看来，海明威始终是现实生活的一个健全的观察家和理解者”[①]；等等。这里虽然只节选了一些片段，但由于这些片段中所叙述的事情都是实际发生的，是洛斯亲眼所见的，所以得出对海明威的印象真实、可靠并基本完整。

当然，人们对作家印象的形成并不仅仅是一个方面，而是两个方面相互补充、同时进行的，由此得出的作家印象一般都比较完整和真实。因此，要完整地形成对一个作家的印象，对这两个方面都要有所考虑才行，不能只根据某一个方面。不然，只是根据作品来判断，这多少有点像我们拿着鸡蛋问下蛋的老母鸡是个什么形象一样，是不可

---

① 董衡巽．海明威谈创作［M］．北京：生活·读书·新知三联书店，1985：175—185.

靠的；只是根据他在现实生活中的做派、言行以及胸襟、抱负来判断，也正如我们只盯着老母鸡想象它所下的鸡蛋是个什么样子一样，也是不可靠的。对此，中国就有很好的传统。中国人看待作家往往强调“文如其人”，即文章是一个人的情感和思想的真实反映，一个作家的文章就是他本人形象的真实写照；反过来，一个作家是什么样的，那么他的文章也将会是什么样的。由此可见，一个作家的文章和他本人的人品是相辅相成的。文章如果趣味高雅，作家的人品自然也是高雅的；文章如果趣味低俗，作家的人品也不会高雅到哪里。很多时候，读者和作家并不认识，也无法交流，但在读者心目中，都会有一个完美的作家的印象，这都是根据作品得出的。因此，对于大多数读者所形成的作家印象其实很多都来自作品本身。

当然，读者根据作品形成的作家印象，往往会在作家那里得到印证。换言之，读者所形成的作家印象其实和作家看待作家并无二致。比如，当代作家张炜认为作家应该是一个具有综合才能的人，这是他在接受记者采访谈到作家问题的时候说的：“作家是一个非常高的指标，像军事家、思想家、哲学家一样。他要达到那种指标，是有相当难度的。作家不是一般的有个性，不是一般的有魅力，不是一般的语言造诣；相对于自己的时代而言，他们也不该是一般地有见解。有时候他们跟时代的距离非常近，有时候又非常远——他们简直不是这个时代里的人，但又在这个时代里行走。他们好像是不知从何而来的使者，尽管满身都挂带着这个星球的尘埃。这就是作家。”[①] 的确，作家不是一般的人，也不是一般意义上会写字、会讲故事的人，他应该是一个具有多种综合能力的全面手，因为如果从作品的角度讲，他就是在创造一个新世界，尽管这个世界是虚拟的，但其基本形态要和现实生活并无二致才行，而以一人之手创造一个新世界，缺乏了综合协

① 王尧，林建法．我为什么要写作——当代著名作家演讲录［M］．苏州：苏州大学出版社，2005：41.

调、把握、创造的能力显然是不可能完成的，这就要求他必须既要有军事家的指挥能力，又要有思想家的思考能力，还要有哲学家的概括能力，同时还要有具体应用语言的实际操作能力。总之，作家应该是个多面手，否则，这个世界无论如何都是建构不起来的。

而英国戏剧家萧伯纳在谈到作家的问题时，也对作家的印象表达了自己的看法。在萧伯纳看来，作家是一个与众不同的人，这是因为他能够从日常、琐碎的生活中发现写作的意义："伟大的剧作家不仅是给自己或观众以娱乐，他还有更多的事要做。他应该解释生活。听起来，这好像只不过是文学批评中道貌岸然的短语，可是仔细一想，你会发现它的意义所在并且正确无误。"因为在萧伯纳看来，日常生活呈现在我们面前的只是乱七八糟的偶然事件，如他所说，阿雷波的市场中来来往往的有奥赛罗，在塞浦路斯码头上有牙戈，"他们之间没有任何关系的线索可循"，甚至你可能看到"走进药房的人去买害人或自杀的毒药，天晓得，可能他除了鱼肝油和一把牙刷之外，什么也不买"，诸如此类，如果"试图从大街上偶然发生的表面景象来理解生活，有如从群众示威的快照镜头来理解社会问题一样，都是徒劳无益的"，作家应该具有"从日常发生的偶然事件的混乱状态中挑选出有意义的事件"，并"把这些事件加以整理，使它们彼此之间的关系具有某种意义，这就能把我们从被极度混乱所造成的迷惑不解的旁观者变为能够理智地、能动地认识这个世界和他的前途的人。这是人所能起到的最大的作用——他所能从事的最伟大的工作；这就是为什么世界上伟大的剧作家，从欧里庇得斯和阿里斯托芬到莎士比亚和莫里哀，再到易卜生和布里厄，能够超出我们对所有巡回演员和剧作家的合情合理的评价，而获得了崇高的教皇级的地位的缘故"[①]。

作为一位伟大的作家，海明威对作家的印象是从作家的品性出发

① 王宁，顾明栋．诺贝尔文学奖获奖作家谈创作［M］．北京：北京大学出版社，1987：57.

的。在他看来，作家应该是一个具有正直而诚实品性的人。他之所以会形成这样的作家印象是因为他在阅读战争文学的过程中发现，第一次世界大战时很少出现优秀的作家，而在第一次世界大战结束后却出现了优秀的作家，原因就在于“战前就有地位的作家几乎都出卖了自己，在战争期间写宣传品，后来多数再也恢复不了他们的诚实。他们名誉扫地，因为作家应当像上帝的教士一样，要非常正直，非常诚实”。“作家的工作是告诉人们真理。他忠于真理的标准应当达到这样的高度：他根据自己经验创造出来的作品应当比任何实际事物更加真实。”①

以上虽然只是部分中外作家眼中的作家印象，但较为普遍地代表了作家们自己对自己的看法，只不过他们的角度不同罢了。张炜是从整体的高度看待作家的，突出的是作家的视野、才能和胸怀；萧伯纳是从职责角度看待作家的，突出的是作家撷取生活、处理生活的能力；海明威是从作家品质的角度而言的，突出的是作家的人品。事实上，对于作家们来说，他们远不止这些印象，他们的品性和思想都要高出普通人很多，这使得他们永远都处在时代的前列，被人们理所应当地看作人类的精英，至少是人类思想和精神领域的精英。

二　作家的身份

创作，从根本上说，是作家创造一个新世界的过程，尽管他所创造的这个世界不是真实的，而是用文字虚构的，但依旧是一个世界。在这个世界中，有人，有物，有声音，有色彩，五彩斑斓，气象万千，如同一个鲜活的真实世界，从这个世界中你能看到许多现实世界

① 董衡巽．海明威谈创作［M］．北京：生活·读书·新知三联书店，1985：15.

中的东西，甚至还能够看到现实世界中所不存在的东西。所以，对于每一个作家来说，他的写作其实就是在不断制造各种关系，设计各种矛盾，布置各种场景，最终带领人们参观这个世界。因此，为了使这个世界更为真实，作家在构建的过程中要合理安排自己的位置，既不能喧宾夺主，也不能无影无踪，该出面的时候要出面，该隐退的时候要隐退，为此人们根据他们的这种身份变换，采用了不同名称加以区分和命名，这就是作家的身份。

（一）真实作家

所谓真实作家，简单说来就是指在现实中活生生的并创作了文学作品的作家。很长时间以来，人们对作家的印象都是从这种角度展开的。在许多人的心目中，作家生活在现实中，有血有肉，普通人所具有的情感和欲望他也有，当他拿起笔来进入具体写作的时候他就是小说的创造者，小说中的一切都由他这个真实的人来完成，这时他和现实中其他人并没什么区别，他一样吃饭、穿衣、睡觉、生死，别人做的一切他一样也不缺少。唯一不同的是，和现实中的其他人相比，他作为文学的创造者，从事的是精神活动，要比其他人对社会、人生、现实、历史有着更为深刻的思考，甚至有时候起着引领社会风气的作用，而也正是由于他们的存在，极大地丰富了人类的精神生活，由他们所创作的文学作品给人类提供了精神的寓所，安顿了人们的灵魂。所以，在很多人心目中，真实的作家就是具体创作作品的那个人，是不可否认的文本的创造者，他在作品中所反映的一切都是他自己对世界的认识和看法，而这种认识和看法不论对错都要由他本人来承担。

（二）隐含作家

“隐含作家”这一概念出自美国学者韦恩·布斯。1961 年布斯出版了著名的小说理论著作《小说修辞学》，在这本书中，他提出了“隐含作家”这一概念。所谓“隐含作家”，在布斯看来也就是作家在作品中所创造的“第二自我”。在布斯看来，作家尽管是作品的真实书写者，但作品中所讲述和表达的不一定就是真实的作家所要讲述和表达的，而是他所创造的“第二自我”所要讲述和表达的，作品中的一切均由这个“第二自我”负责，与真实作家无关。布斯之所以会提出这么一个概念，其实是有深刻的历史原因的，因为在他之前欧美流行具有形式主义色彩的“新批评”流派，这个流派的基本特点就是强调作品的重要性，要求人们以作品为主，对作品进行细读，在细读作品中体味文学的魅力。这本来是阅读和研究文学的基本态度，但由于“新批评”流派过于倚重作品，把作品看作一个独立的封闭体系，只是就文本而文本，而把作家完全排除在了文本之外，这样不但割断了文本与社会、历史的联系，而且最主要的是把作家也排除在了研究的视野之外，使得作家可有可无或者说根本就不管作家。“作家死了”的观点的出现其实就与此有很大关系。与此同时，这一流派的这种阅读取向也被逐渐兴起的现代小说所印证、强化，以至于成为当时流行最为广泛的一种文学思潮。现代小说兴起于 19 世纪中期，这类小说为了追求所谓的真实，强调客观、公正、冷漠的叙述，坚决反对作家在小说中出现，因为在他们看来，小说中作家出现的这种叙述方式不但破坏了小说的真实性，而且流露出不可避免的主观性，以至于导致小说成为人为制造的东西，难免失真。所以，为了回归真实，是需要作家离开的时候了。这两种思维方式，一个从创作的角度，一个从阅读的角度，都强调作家在小说中存在的非法性，相互配合，导致一时之间否定作家的倾向甚嚣尘上。面对这种情况，布斯提出了“隐含作家”这样一个观点。

其实，布斯的这个观点也是和现代小说、“新批评”流派乃至形式主义妥协的产物，因为他是主张小说的修辞性的，在他看来，不论人们怎么看小说都是作家有意修辞的产物，这里面的一切就不可能不包含作家的修辞倾向。现代小说家们所鼓吹的客观、中立、冷漠的写作是不可能的，因为事实上任何一部文学作品都不可能完全做到毫无倾向，即不可能做到真正的中立，只要作家做出选择，那就意味着一种倾向，尽管他在小说中不见踪影，只是隐藏其中，但并不等于不存在，或者换句话说，尽管现代小说极力否定作家的存在，但是事实上作家就在作品中。毫无疑问他的这个观点是符合文学创作规律的，是文学创作的事实。可是，当他面对现代小说、“新批评”流派的这些观点时突然变得不自信了，为了缓和这种矛盾，他又提出了“隐含作家”这样一个概念来取代在实际作品中出现的作家身影。在他看来，为了尽可能地保持小说叙述的客观性，避免自己更多地出现在作品中，影响到小说的中立性，作家其实在写作时潜在地创造了自己的一个替身，由这个替身代替自己说话，这个替身即“隐含作家”，只是这个“隐含作家”“不是创造一个理想的、非个性的‘一般人’，而是一个‘他自己’的隐含的替身，不同于我们在其他人的作品中遇到的那些隐含的作家”①。换句话说，在他看来，作家为了避免自己在文学作品中过多地出头露面，也为了更好地和读者进行有效的沟通，往往在写作时创造一个和自己有联系但不一定就是现实中真实自己的替身，“因为不管一位作家怎样试图一贯真诚，他的不同作品都将含有不同的替身，即不同思想规范组成的理想。正如一个人的私人信件，根据与每个通信人的不同关系和每封信的目的，含有他的自我的不同替身，因此，作家也根据作品的需要，用不同的态度表明自己”②。对此，布斯还举例说明“第二自我”在作品中有时候很明显，有时候不明显。布斯认为由真实作家创造的这个“隐含作家”非常重要，它避免了读者把真实作家拿来对号入座，即避免了读者在读作品时总是受到真实作家的干扰，可以放心大胆地和作家创造的这个“第二自我”进行交流。这样就可以既避免作家露面又避免否定作家。

实事求是地说，布斯的这个观点的确看到了不同的作品存在着一个和现实的作家不同的作家的影子，也看到了同一个作家在不同作品

① 韦恩·布斯．小说修辞学［M］．华明，等译．北京：北京大学出版社，1987：80．
② 同①，81．

中的不同形象的问题，因此，在一定意义上，是有着合理成分的。正因为如此，他的这一概念后来得到了结构主义叙事学家们的接受和追捧，仿佛大家都认为在小说中真的就存在着这么一个角色，因为几乎所有的叙事学作品无不引用这个概念，有的甚至还对此做了更为细致的阐释和发挥。

但是也有人表示了怀疑，李建军就是其中之一。李建军是我国新锐的批评家，他在攻读博士学位期间所撰写的博士论文《小说修辞研究》主要研究的就是小说修辞，对布斯的小说修辞观点十分赞同，但与此同时对布斯的一些观点也提出了质疑，其中就包括“隐含作家”的概念。在他看来，布斯提出的“隐含作家”是一个虚拟的、不存在的概念，是受了形式主义影响而带有形式主义色彩的概念，本身没有多大意义，这个概念的出现不但没有把问题说清楚，反而把问题引向了更加混乱的局面。因为在他看来，尽管在小说中，作家总是想尽一切办法躲来躲去，试图把自己隐藏起来，但人们依旧能够看到他的影子，因为作家“选择写什么人，是作家描画自己形象的第一笔，如何去写他，如何评价他，试图通过对人物形象的塑造揭示什么主题，宣达什么样的价值观念，则会最终清晰、完整地完成对作家的形象显现”①。也就是说，作家虽然在小说中想尽一切办法尽可能地把自己隐藏起来，但他是写作家，他负责写作，选择什么人来写，如何刻画人，宣达什么主题，如此等等，最终都带有自己的主观意向和情感色彩，是在表现自己，这样等作品写完了，事实上他在作品中也塑造了一个完整的形象。只不过需要注意的是，这个自己虽然在作品中并非什么具体的角色，也不会公然出现在作品中，却到处都存在。也正因为如此，写小说的作家其实和现实生活中的作家就是一个人，不但联系密切，而且彼此熟悉，只不过与传统小说中作家从来不避讳自己的存在、放心大胆地出现在小说中对人物和事件做出自己的评价不同，

① 李建军．小说修辞研究［M］．北京：中国人民大学出版社，2003：30.

现代小说由于美学取向的转移，迫不得已，往往以一种更为曲折、复杂的形式表现出来，这使得研究者以为作家已经消失，以至于有人开始否定作家和小说之间的联系，布斯虽然花了不小的篇幅对这种否定作家的倾向做了深入分析，批评了这种倾向，指出了作家在创作中的重要性，但是在谈到小说的客观性时，正如李建军指出的，他却突然变得不自信了，认为现实中的小说家和显现在作品中的小说家不是一回事，“于是，在‘新批评’流派的启示下，为了避免‘意图谬误’之类的麻烦，引入了一个纯形式主义的虚幻概念‘隐含作家’”①，“这样，他就用‘隐含作家’这一概念营造了一个缓冲地带：一方面这个概念从外部形式上维护了真实作家与作品所表达的主张之间的简洁而灵活的联系，并给我们一种却尔所说的感觉，‘是真实作家使我们按照那些主张来理解这部作品的，是真实作家使他的作品表达了这些主张’；但是另一方面，这种联系又被布斯从根本上否定掉了，他用‘隐含作家’切断了实际作家与作品的切实联系，排除了从作家那里寻找可以证实作品所包含的思想、态度和价值准则的外部证据的必要性与可行性，从而维护了他一直反对的关于小说的‘纯粹性’‘独立性’‘客观性’的理论”②。布斯的“隐含作家”的理论取消了真实作家的权利，倒是赋予了这个被创造出来的“隐含作家”无穷的能力，他主宰了一切，让人们相信“是暗含的作家而不是真实的人在表达作品所传达的主张”③。这样，作品所表达的一切都归于“隐含作家”，不管这些主张、观念多么矛盾甚至多么不合适，我们都可以将这一切归之于这个没有生命、缺乏现实依据的“隐含作家”身上。实际的作家和“隐含作家”可能会在小说中取得一致，也可能不一致，但这都无关紧要，因为文本一旦写定，与文本有关的只是

---

① 李建军．小说修辞研究［M］．北京：中国人民大学出版社，2003：32.

② 同①，34.

③ P. D. 却尔．解释：文学批评的哲学［M］．吴启之，等译．北京：文化艺术出版社，1991：138.

"隐含作家"，至于实际的作家，按照却尔的话来说，"考察他的生活可能自有其独具的价值，但是，这种研究与正确地理解作品无关"①。

其实，承认"隐含作家"也好，否定"隐含作家"也罢，我们的观点是，作品是真实作家创造的，这个创造物本身就是真实作家思想、情感、观念、价值取向、人生态度的产物，即便是作家为了追求客观真实，有意隐藏自己，他也不可能把自己完全清除干净，除非他真的是在胡言乱语，或者说只是一个摄像师不加选择地进行记录和叙述。否则，他只要是对事件有选择，就不可避免要表明自己的态度和取舍，不可能不表达自己的感情。或许，真有作家能够做到不露声色，但别忘了是真实作家在对一切进行操控，文本中任何的选择取舍都不可能不流露真实作家的心迹。更何况小说作品本身要感染人、教育人，如果作家把自己排除在外，也就相当于从文本中排除了自己的感情，如果他自己都不存在于作品中，那岂不是从根本上否定了小说的这种功能吗？作为一种美学的取向，我们可以接受中立和不动声色，但如果说就此可以否定作家，让一个自己都说不清楚的形象代替自己叙述，作品还怎么叫人相信呢？因此，笔者认为真实作家一直都是存在的，只不过有的作品这种痕迹明显，有的作品这种痕迹较少，但让它完全消失是不可能的。

（三）叙述者

在叙事学把叙述者和作家分离之前，很多人往往把叙述者等同于作家，认为叙述者和作家就是同一个人，叙述者所说的一切就是作家所要说的。其实，这也不是没有道理，因为叙述者在某种意义上也是作家所创造的，叙述者所说的就是作家所说的，尤其是在一些以第一人称视角叙述的纪实类小说中，叙述者"我"有时候的确就是作家本

① P. D. 却尔．解释：文学批评的哲学［M］．吴启之，等译．北京：文化艺术出版社，1991：133.

人。但这也只是相对的，尤其是在虚构类叙事作品中，小说中的叙述者不能和真实的作家相等同，尽管他的确可能具有作家的某种气质、信念、情感，但是却绝不能等同于作家。对此，谭君强以英国诗人拜伦的长篇叙事诗《唐璜》和日本作家芥川龙之介的小说《葱》为例做了说明。他认为尽管"《葱》的作家与《唐璜》的作家一样，都或多或少试图在作品中显示出自己的存在，并以与所叙故事同时进行的方式不时出现。这样看来，在《葱》与《唐璜》中所出现的'我'似乎都应该是作家本人，而其中的叙述'声音'似乎也完全可以与作家的声音相等同了"。但是事实上并不是这样，因为"这些作品分别是小说和长篇叙事诗，它们都属于叙事虚构作品。在这样的作品中，从一开头，虚构就开始了"[①]。这也就意味着其实不论作家怎么在作品中说明小说是自己写的，里面的那个"我"就是自己，但只要是虚构的作品，那就绝对不是真实的作家，而只能是一个叙述者。这是虚构叙事作品和纪实类作品中作家和叙述者的一个最大区别。

的确，就小说而言，都有一个叙述者在讲述故事，关于这一点你只要随便翻开任何一本小说都是如此。这个叙述者的情况十分复杂，有时候他就和作家站在一起，他所说的就是作家想要说的；有时候他和作家正好相反，他所说的其实正是作家所要反对的或者加以嘲讽的，这种情形通常就是我们所说的反讽；有时候他可能会保持沉默，对任何事情都不发表意见，只是客观呈现，既不和作家站在一起，也不会对作家表示反对，保持中立。因此，有关的叙事学著作都有各种各样的分类和论述，在此笔者就不再赘述。笔者只想说，叙述者是作品故事实际的讲述人，是由他来给读者讲述故事，而他只是作家虚构的一个人物，目的是让小说自然、真实，仿佛故事就是如叙述者所讲述的那样，至于怎么看待这个故事，读者可以自己做出判断。这是小说叙述的一种技巧上的考虑，也是为了小说的叙述情调所做的一种基

① 谭君强．叙事学导论［M］．北京：高等教育出版社 2008：51.

本修辞方法，里面大有讲究，但叙述者绝不是作家。

三　有关作家的争议

关于作家，人们向来都认为他就是作品的写作家，作品中的一切都是由他讲述的，因此在很长一段时间里，并没有多少人对此提出异议。但是进入现代，尤其是现代小说出现之后，这种看法却受到了质疑，人们对作家的认识开始出现分化，而分化的焦点不是不承认作家的存在，也不是不承认作家就是作品的写作家，而是作家能否在作品中出现，即作家能否在作品中表明自己的观点，发出自己的声音。这是一场旷日持久的争论，从19世纪中期出现一直到20世纪，甚至到现在也还时有争论，参与的既有作家，也有理论家、评论家，人们都各执一词，无法说服对方。因此，这也直接导致对作家在作品中的存在问题形成了三种观点：一种认为作家可以在作品中露面；一种认为作家在作品中可以露面，但必须隐藏起来；一种认为作家应该完全退出小说，不露面，不出现，与小说隔绝。

首先，我们来看第一种观点。作家经常出现在小说作品中，而且不时抛头露面表达自己的观点，这种现象在传统小说中比较多。在传统小说中，我们看到作家不但可以不通过任何中介直接出现在作品中发出自己的声音、发表自己的观点，而且还动不动就对事件发表看法、评价人物。对于这种情况，由于小说自出现以来一直都存在这种趋向，人们并没有觉得有什么不合适，而是早已习以为常，表示了接受和认可。比如，菲尔丁就是一个经常爱在作品中抛头露面的作家，他时常直接出现在作品中，表达看法和意见，丝毫也没有打算回避，甚至觉得这是天经地义的事情。如在《弃儿汤姆·琼斯的历史》中，他就如同一个导游一样站在作品中，不时出来和读者进行面对面的交流。在序章的开场白中，他直接出面对读者说道：

> 一个作家不应该以宴会的东道主或舍饭的慈善家自居，他毋宁喜欢把自己看作是一个饭铺的老板，只要出钱来吃，一律欢迎。大家都晓得，在前一种情况下，设宴的主人高兴准备什么饭菜就准备什么；即使客人吃来淡然无味，甚至十分不合胃口，也不便有所挑剔。岂止如此，不管主人摆上什么，他们拘于礼貌，表面上还不得不满口称赞。对一个开馆子的老板，那可就是另一回事了。花钱来吃饭的人，不管胃口有多么考究，多么难捉摸，也非坚持得到满足不可。倘使不是样样菜全合胃口，那他们就有权毫不留情地指责、谩骂，甚至诅咒。①

菲尔丁的这段话，从整体来看，显然与小说所要叙述的故事是两个层面的东西，可以说没有任何关系，不属于故事的范畴。这段话完全可以看作菲尔丁有关创作的心理体会，它不但告诉人们一个作家写作时应该如何对待读者的问题，而且也告诉作家应该如此处理和读者的关系。在他看来，作家创作时的心态不应该是一个设宴的东道主，而应该是一个饭铺的老板，请客的东道主和饭铺的老板由于处境不同，所以对待顾客的态度就不一样。东道主准备什么，客人就得吃什么，还不能抱怨，而饭铺的老板就不一样了，顾客吃饭是掏了钱的，他想吃什么就是什么，饭铺老板必须尽力满足，否则顾客就会指责和谩骂。这的确是创作中作家要注意的问题。但是，尽管这是一段十分中肯的话，但是它却与下面所讲述的故事没有任何关系，是游离于整个故事之外的。而事实上，菲尔丁是在说完这段话之后才开始故事讲述的，等故事讲完了，到了小说的结尾，他再次出面了，和他的读者进行告别：

---

① 亨利·菲尔丁．弃儿汤姆·琼斯的历史［M］．萧乾，等译．北京：人民文学出版社，1984：9.

读者诸君，咱们现在到达这趟长途旅行的最后一个阶段了，既然在这么长的篇幅中结为旅伴，那么咱们就像同乘一辆驿车，共度过几天的旅伴那样来相处吧。这些旅伴尽管路上彼此之间发生过一些口角或小小的龃龉，终究会完全和解，最后一起愉快而随和地跨进车子。因为这段驿程之后，我们也许就将和车上的旅伴一样永远不再相逢了……[①]

菲尔丁和读者面对面谈心，使自己直接出现在作品中的做法在他所在的年代是被读者们接受的，是习以为常的，不值得大惊小怪。因为在人们心目中，作品是作家创作的，那么他有权利和读者进行交流，有权利引导读者接受他所讲述的一切，甚至在李建军看来，这是菲尔丁"平等地对待读者，要努力让读者感到满意"的表现，这"不仅是传统小说家的态度，而且也应该是一切小说家的创作原则"[②]，应当给予很高的评价。我们先不去说这种做法到底对与不对，但事实上在早期的小说中非常普遍，不但在西方有，在中国古典小说中痕迹也十分明显。我国元明清时期的许多小说由于都是从说书中演绎出来的，所以受这一形式的影响，作家动不动就模仿说书人的口吻出现在小说中的例子随处可见。其实严格说来，这也是作家在小说中出头露面的一种表现，只不过他是以叙述者的身份出现的。比如《水浒》第三十一回中，写到武松大闹飞云浦之后返回孟州城找张都监报仇，先是杀了后槽，继而到了厨房杀了第一个丫鬟，第二个丫鬟看见了想走，但已经被惊得如同双脚被钉在了地上。就在这个时候，作家忍不住模仿说书人的口吻站出来说话了："休道是两个丫鬟，便是说话的见了，也惊得口里半舌不展。"[③] 显然这也是作家直接出现在作品中发

① 亨利·菲尔丁．弃儿汤姆·琼斯的历史［M］．萧乾，等译．北京：人民文学出版社，1984：940.

② 李建军．小说修辞研究［M］．北京：中国人民大学出版社，2003：75.

③ 施耐庵．水浒传［M］．北京：人民文学出版社，1980：383.

声的典型表现。

其次，我们再来看第二种情况，即作家可以出现在作品中，但必须将自己隐藏起来，不能太直接。持这种观点的代表人物应该是韦恩·布斯。正如前面所说，布斯本来是肯定作品中作家出现的，因为在他看来作品中的一切都出自作家之手，作家没办法让自己消失，但由于他所在的时代正是形式主义批评兴盛的时期，受到这种风气的影响，他觉得现代小说家所说的也有道理，而且现代小说中力求排除作家之后，他们所写的作品也的确表现出了深刻、真实的特点，为了和现代派小说相调和，他提出了“隐含作家”这么一个概念，把真实作家摇身一变，变成了一个由他自己创作的“第二自我”，让这个既和真实作家保持联系又和真实作家相分离、处在模棱两可的状态中的“第二自我”出面进行叙述，和读者进行交流。这样，如果叙述出现了问题，那么责任与真实作家没有关系，应该由这个“隐含作家”负责。对此，他用写信这种方式加以说明：“正如一个人的私人信件，根据与每个通信人的不同关系和每封信的目的，含有他的自我的不同替身。”[①] 布斯在这里显然犯了一个错误，他所说的“隐含作家”是针对虚构叙事作品提出来的，但写信通常都是真实的写作，并非虚构，而一个人写信时的不同身份并不是写信人为了叙述而虚构的，而是根据写信对象的不同角色确定的。马克思说过，人是社会关系的总和，人一旦来到这个世界，就决定了他要拥有不同的社会身份，父母、儿女，上司、下属，朋友、仇人，如此等等。人在写信时会根据不同的写信对象确定自己的写作身份，可是这种确定只是一种关系的分辨，并没有和写信者本身的身份发生分离。正如给儿子写信时，写信者只能是以父亲的身份来说话，不可能像同事。也不可能像上级给朋友写信，写信者只能以朋友的身份，不可能像儿子，也不可能像下级，更不可能像上级。如果混淆了这种身份，不但达不到写信的目的，而且

① 韦恩·布斯．小说修辞学［M］．华明，等译．北京：北京大学出版社，1987：81.

会适得其反。因此，他和虚构文学中作家将自己变成一个虚拟的“第二自我”或者“隐含作家”是完全不同的，更何况“隐含作家”本身并不存在。所以在这个意义上，布斯的“隐含作家”的提法是靠不住的，而这种假设将自己隐藏起来的办法显然也就成了靠不住的方法。

其实，不论是布斯虚拟的概念，还是作家笨拙的藏身，有一点是不可否认的，那就是小说发展到现代以后，随着人们对小说认识的不断加深，那种作家露面的做法越来越不得人心，它的确在某种意义上削弱了小说的真实性，也干扰了读者的判断。现如今人们似乎越来越喜欢看到事实，即越来越不喜欢有人对事物品头论足，而是喜欢自己做判断。所以现在的问题不是不让作家出面，而是如何将这种出面变得更隐秘，仿佛不存在似的最好。

最后，我们再来看第三种情况，即作家不能在作品中露面，完全退出小说。这种情况出现并形成一种潮流的时间相比于前面两种情况都要晚，主要是在现代。它的代表人物有亨利·詹姆斯、卢伯克、福楼拜等人。在这些现代小说理论家与现代作家看来，文学要真实，要让读者自己思考，作家就必须从作品中退出来，完全隐身。只有作家隐身了，故事自己讲述自己，给读者一种客观的真相，小说才是真正的小说。其实，这一观点的出现从源头上早已有之。在古希腊时代，亚里士多德在强调作家要忠实于生活时，就认为作家要尽可能地在作品中回避自己，让作品自己来讲述。亚里士多德的这种观点在之后的若干年里陆续又有人做了发挥。比如，19 世纪俄国革命民主主义文学批评家皮沙列夫在评价屠格涅夫时就认为：“作为一个真正的艺术家，屠格涅夫不能也不应当露骨地说出自己的思想，他通过丽莎这一人物表明当前女子教育的缺点，但他从许多美好现象中选取了自己的例子，把所选择的现象安置在最有力的情况下，因此作家的思想不是一目了然。”他认为，作家通过作品对读者表达教诲的思想和意识，这是文学作品的题中之意，也是作家必尽的义务之一，但“艺术作品愈不偏于教诲，艺术家愈益公正地选择他着意要表达他的思想、人物和环境，那他的图画就愈加严整和生动，就愈能以它来达到预期的效果”①。换言之，他认为作家是不应该直接露面对读者进行教诲的，而是应该“通过光怪陆离、五光十色的现象来描写现实，如果这一切现象被艺术家好像无意地从我们熟悉的生活中攫取了来，向我们述说着同一件事情，那是不能不令人信服的。这里，我们相信的不是艺术家的言辞，而是被生活本身所证实了的事实所述说的一切”②。的确，皮沙列夫说得没错，就如同现实中真正令人信服的事情都不是通过别人讲述才让人信服，而是通过客观地呈现让人信服的一样，文学的真实也只有作家将自己隐藏起来，通过如实地描述才可以令人信服，而这样的效果只有作家隐退才能做到。

其实，在皮沙列夫之前，具体来说是 19 世纪中叶前后，以福楼拜为代表，不但通过自己的创作实践让这一观点逐渐变得清晰起来，而且在理论上也多有论述，最终将这一观点发扬光大，成为现代小说崛起的一个重要标志。在这以后，相继出现了一大批追随者，他们把这一观点看作是小说创作的一个规律加以推崇。当他们发现，传统小说正是由于作家出面太多，不但破坏了小说的真实性，而且破坏了小说的客观性，导致小说作品说教意味太重，甚至虚假，他们开始有意识地隐藏自己，甚至彻底从作品中消失了。但随之写小说的难度也陡然增加，甚至出现了许多晦涩难懂的作品，导致读者也开始远离小说。

总之，作家在作品中能不能露面，这是一个复杂的文学现象，需要辩证地看待。一方面作家的隐退的确使小说表现出了前所未有的真实性和客观性，使得小说如同生活在自然演绎一般，有一种不可否认的吸引力，但另一方面作家的隐退也导致了人们开始怀疑作家存在的必要性，甚至有人就直接宣布“作家死了”，把文本与作家隔开，成

---

① 段宝林．西方古典作家谈文艺创作［M］．沈阳：春风文艺出版社，1980：503.
② 同①，504.

为一个封闭的体系。而当这种现象越来越成为小说创作的一种新教条之后，许多作家为了追求所谓的客观和真实，完全把自己从小说中摘除干净，不但不再对人和事做评价，而且也放弃了道德和情感的判断，完全陷入自然主义的泥淖中不能自拔，使得小说越来越像冷冰冰的怪物，失去了能够与读者亲切、自然交流的那份美感。因此，作家在小说中能不能存在的问题并不是一两句话就能说清楚的，也不是坚持者认为能存在就可以存在，否定者认为不能存在就不存在那么简单，要知道任何片面的执拗都只能走向极端和偏谬，而唯有根据作品的需要，具体情况具体对待才是唯一正确的选择。有时候需要作家出面，作家就应该坚决地站出来，鲜明地表达自己的观点；有时候需要作家保持静默，作家就应该坚决把自己隐藏起来，不动声色地把表决权交给人物和事件，总体上把握住有利于表达的原则就是最好的选择。否则，不合时宜地出现或消失都只会令读者反感或者摸不着头脑，都只能加剧理解上的“意图谬误”。

不过，话虽如此，但就整个小说的发展趋势来说，主张作家退出作品的势力不是越来越小了，而是越来越大了，现如今这种不需要作家在作品中抛头露面的做法，不但成为一种主流，而且成为一种不约而同遵循的规律。因此也引发了一些人的担忧。比如，李建军就认为：“由于这些小说的作家把自己从小说中抽离出来，虽然事实上并未也不可能从小说中完全消失，但是却远远地站到读者看不清的地方，他们只描写，却从不向读者做适当和必要的说明，或向读者提供评价小说所展示的客观‘形式’的价值标准。这就形成了作家与读者之间的一种疏远、隔膜的主体关系形态。这是大部分现代主义小说家希望自己与读者之间的一种关系形态。这导致了读者理解作品的困难，引发了作家与读者的分离乃至对抗。”①

那么，为什么会出现否定作家的倾向呢？原因或有很多，但笔者

---

① 李建军．小说修辞研究［M］．北京：中国人民大学出版社，2003：80.

以为主要与下面两个原因有密切关系。

第一，道德干预观念的变化。小说尽管不是道德的律令，也不是道德的宣言书，更不是道德的训诫簿，但是进行道德干预和道德教化是小说自诞生后就具有的一个基本功能。作为一种精神产品，小说对真善美的追求，对理想的歌颂，对假恶丑的鞭挞，对不公正的揭露，对污秽的批判，这本身其实就是一种道德选择，读者阅读作品自然就会受到这种选择的影响，会根据作家的选择做出道德上的选择与判断。这种选择与判断某种意义上讲就是一种道德干预。但是，进入现代以后，随着思想的解放、人的主体意识的不断成熟，人们越来越喜欢自己对事物做出选择和判断，反对别人对自身做出道德的训谕和道德的干预，这种心理投射到小说阅读中，人们当然反对作家出面所做的道德宣传。布斯也认为现代小说兴起之后，任何正常的道德干预都早已经被人们所厌倦。于是，在这种情形下，作家的出现就被误认为是一种道德性的存在，自然也就成了许多人所反对的，作家被迫退出了小说。

第二，求真的心理诉求。人人都知道小说是作家虚构的，但即便如此，它依旧为广大读者所喜欢，其根本的原因在于小说是人的生活和心声的一种真实反映，它通过生活场景的复原，通过有逻辑关系的故事的编织，让读者身临其境，看到生活的本质，勾起对生活的回忆和经验的复活，具有感同身受的体验，可以感知生活的酸甜苦辣，进而思考人生。小说之所以能够具备这种功能，自然与这种写作追求和趣旨分不开。否则，小说要是连这种基本的功能都不具备，很难想象会受到人们的欢迎。早期的小说，由于观念使然，作家在小说中抛头露面并没有引起人们的虚假感，但是到了现代以后，由于人们对真实的要求进一步提高，更相信小说只有自己讲述了自己才更像是自然的和真实的，而要做到这一点，作家就不能过多地出现在小说中，至少要把自己隐藏起来，导致一种作家不存在的假象。正是在这种认知、心理和观念的变化中，让作家退出小说的呼声日益高涨，于是小说出现了作家把自己隐藏起来、不需要抛头露面的倾向。

当然，除了上述两个观念和心理上的原因之外，要求作家退出小说的呼声还与小说叙述方式的变化有关。传统小说的叙述是一种由作家出面的“讲述”，而现代小说的叙述则是一种故事自己讲述的“展示”，这也折射出了作家在小说中的出现将会越来越少，他的身影不是越来越清晰，而是变得越来越模糊了。

其实，不管是肯定作家的存在还是否定作家的存在，不管是呼吁“作家永在”还是宣布“作家死了”，这些都只是一种理论上的争辩，而事实上，作家的身影不但在作品中永远存在，而且无处不在。人们之所以会对这一问题形成争议，笔者以为人们其实争辩的不是作家存不存在的问题，而是如何存在的问题，而这显然是另一个层面上的问题。从这个意义上，我们认为作家在作品中存在是无须争论的，具体说来原因有三。首先，从创作的角度讲，没有作家就没有作品，正如苏联作家特里丰诺夫所说：“作家的任务在于创作出含义深广、内容丰富多彩的作品。”[①] 如果把作家从作品中清除出去，那么作品是由作家创造的这一命题就立不住脚了。但事实上，作品就是由作家创造的。其次，从创作的过程来看，创作的过程实际是作家不断修辞的过程。尽管作品要反映生活，但一个基本的事实是，生活不是自己跑到作品中去的，出现在作品中的生活都是经过作家精心斟酌、选择的，是经过了作家费尽心血熔铸的产物。而既然是人为的，那么作家就不可能把自己摘除得干干净净，不留一点痕迹，除非不要创作。最后，最重要的一点也是最能证明作家在小说中是存在的，或者说小说之所以成为小说，而不是科学论文或者其他，就在于小说的主要功能是表达思想感情，而思想感情这种东西本身就是主观化的、带有人为色彩

① 特里丰诺夫．城市和市民［M］//北京师范大学苏联文学研究所．苏联当代作家谈创作．北京：北京师范大学出版社，1984：205.

的，它既不是生活本身带来的，也不是事物自然就有的，而是由人产生的。这样，只要表达感情就必定是作家的感情，如此，作家何以能够置身事外呢？对此，皮沙列夫说得好："诗人（作家），作为一个热情的、敏感的人，一方面要了解社会生活的每一次脉动的十分深刻的意义，同时也一定要用全力来爱他认为是真、善、美的东西，来恨那妨碍真、善、美的思想获得血肉并变成活生生的现实的大量卑鄙、龌龊的勾当。这种爱是和恨不可分地联系在一起的，对于一个真正的诗人来说，它构成并且一定要构成他灵魂的灵魂。"因为真正的创作都是"用我的心血和我的脑汁写作"① 的。既然思想感情是包含了作家心血和脑汁的产物，作家如何不存在呢？对此，我国当代老作家周克芹也以自身的经历予以了说明，并说得更明确："文学不需要写作家自己吗？我看，是要的。有时候想回避也回避不了。作家自己的生活经历和由这些经历所形成的思想、感情、个性、气质等，一定会在他的作品中流露出来。在读前辈作家留给我们的文学经典时，我常常掩卷沉思：从那个主人公，那个被作家倾注着满腔热情和爱的主人公身上，我看到了作家本人。"因为事实证明，"一个作家如果仅仅是一个生活的旁观者，他没有成为一个具体的生活斗争的参与者，不是身临其境，与那一具体历史时期、具体的环境里的群众一起同忧患、共哀乐，无论他的思想是多么正确，概念是多么明确，其作品的主题当然也无可非议，但是，总给人一种'隔着一层'的感觉"②。同时，他还十分肯定地说："文学作品，即便不是'自传体'，也一定有作家自己的思想、感情、前进脚步声，以及悲欢离合等。它是时代风云、群众生活所给予作家感情影响的形象见证，也是个人与时代结合的一个最真实的证物。""很难想象，一篇小说、一首诗，没有作家自己的情

① 段宝林．西方古典作家谈文艺创作［M］．沈阳：春风文艺出版社，1980：506.

② 周克芹．《许茂和他的女儿们》创作之初［M］//李犁耘，吴怀斌．中青年作家谈创作（上）．济南：山东文艺出版社，1984：444.

感，那会是一篇什么样的小说、什么样的诗?”[①] 是的，任何一部作品，如果缺少了作家的情感流露，都不会成为文学作品的。苏联作家邦达列夫在面对读者提出的他更喜欢自己的哪部作品时说，他说不上喜欢哪一个，但不可否认的是这些作品都浸透着自己“亲切的感情”，“因为作家对每一部作品都付出了自己的一部分生命，都灌注了自己的心血。如果作品一点儿也没有表达出使你痛苦的感受的话，写作就失去了意义，作品就丧失了任何作用。正是为了写出某件重要的事情，作家需要慷慨地、不顾一切地耗费神经细胞，也就是必须置身于精神和肉体的高度紧张之中。作家必须同作品中的主人公一起处在生活、行动、斗争、痛苦、恋爱的这种高度紧张状态中。作家必须体验这一切，因而作家也就等于付出了自己生命的一部分”[②]。我国作家黄大荣在回顾自己的创作经历的文章《生活·思考·探索——关于我的几篇习作的断想》中也说：“我以为，世上一切文学作品中，有一个站在作品人物表之外的、真实的成功的形象：‘我’——作家自己。作家的这种自我体现，又绝不是扑朔迷离不可捉摸的，他（她）总是把自己或自己的感情依附在那某个人物身上。艺术形象即使与生活中的某人酷似，终究是作家的创造物，真实世界中绝无仅有而似曾相识的创造物。没有个人的体验、个人的感情，便没有文学。”[③] 可见，种种迹象表明，如果作品需要思想感情，作家就不可能不存在其中。

既然大量事实证明了作家在作品中是存在的，那么就不能轻易宣布“作家死了”，需要注意的只是作家如何存在的问题。这一点似乎也并无统一标准，倒是现代派小说那种隐蔽的方法更值得借鉴和推崇。

---

① 段宝林．西方古典作家谈文艺创作［M］．沈阳：春风文艺出版社，1980：446.

② 邦达列夫．甜蜜的苦役［M］//北京师范大学苏联文学研究所编译．苏联当代作家谈创作．北京：北京师范大学出版社，1984：44—45.

③ 黄大荣．生活·思考·探索——关于我的几篇习作的断想［M］//李犁耘，吴怀斌．中青年作家谈创作（上）．济南：山东文艺出版社，1984：583.

第二章 作家与灵感

一 关于灵感

所谓灵感，是指作家在写作中突然获得的一种活跃异常的思维状态，处在这种状态中的作家，地位变得异常的活跃和清晰，心中充满了激情和想象，以前困扰他的许多问题豁然洞开，仿佛一下找到了出路和答案，人因此而变得十分亢奋，写作也变得格外流畅。世界上许多伟大的作品都是在灵感的激发下完成的。因此，灵感作为一种异于平常的创作现象被人们所推崇，甚至在很早的时候就引起了人们的高度重视。

最早探讨灵感的人应该算是古希腊时期的柏拉图、苏格拉底等人。只不过由于当时认识有限，加之科学技术也不发达，无法对这种现象做出合理而科学的解释，因此他们的观点在今天看来都不免带有明显的唯心主义色彩。在苏格拉底看来，灵感是上天赋予作家的一种“神力”，这种“神力”不易获得，可一旦获得了就势不可挡，作家就会变得和平时不一样，甚至和真实的自己发生分离，以至于有时候他自己都不知道自己会这么说、这么想，“我知道了诗人并不是凭智慧，而是凭一种天才和灵感；他们就像那种占卦或卜课的人似的，说了许多很好的东西，但并不懂得究竟是什么意思”[①]。显然，在苏格拉底看来，灵感是一种神秘的力量，是一种超越了作家而作家自己也无法掌握的力量，一旦附着在作家身上，连作家自己都不知道自己在说些什么。可能是受这一思想的影响，他的学生柏拉图也认为灵感不是一种技艺，而是一种“神力”，诗人如果“不得到灵感，不失去平常理智而陷入迷狂，就没有能力创造，就不能作诗和代神说话”[②]。

古希腊时期对灵感的这种神秘认识可以说一直延续到了近现代才被打破。伟大的现实主义作家巴尔扎克的许多作品也是借助灵感的力量完成的。虽然他也认为，灵感是一种作家陷入痴迷狂热的、失去理智的创作状态，在这种状态中，作家“无力控制自己，它在很大程度上受一种擅自行动的力量的摆布”[③]。但灵感并不神秘，也不是什么“神”的指引和依附，而是作家在长期思考中不知不觉间突然得到的一种思维启迪。有了这种思维启迪，作家如同失去了自己，成为一个连他自己也说不清楚的人。他举例说，比如某一天，在不知不觉中，一阵风吹来，他拿起了笔，但这个人“绝不是他本人，而是另一个人，是他的替身”；比如某一天，他走在街心或清早起身，或在狂欢作乐之际，恰逢一团火触及脑门，于是“一字唤起一整套意念，从这个意念的滋长、发育和酝酿中，诞生了显露匕首的悲剧、富于色彩的画幅、线条分明的塑像、风趣横溢的喜剧”，所以，“艺术家就是这样的人：他是某种专横的意志手中驯服的工具，他冥冥之中服从着一个主子。别人以为他是逍遥自在的，其实他是奴隶；别人以为他放浪不羁，一切都随兴之所至，其实他既无力量也无主见，他等于是个死了的人”[④]。巴尔扎克的观点一方面说明了灵感具有不期而至的突发性，

---

① 段宝林．西方古典作家谈文艺创作［M］．沈阳：春风文艺出版社，1980：8.
② 同①，12.
③ 同①，314.
④ 同①，315.

另一方面也说明了灵感的出现是不以人的意志为转移的，不是作家可以自由控制的，处在这种状态中的作家只能受这种思维来摆布，如同灵感的奴隶，听从灵感的安排。不难看出，巴尔扎克对灵感的认识尽管比苏格拉底、柏拉图进步了许多，但依旧带有神秘主义的色彩。

相对于巴尔扎克的神秘，车尔尼雪夫斯基对待灵感的态度就更趋于理性。在他看来，所谓灵感其实就是一个作家“在他创作的时候，他完全沉潜到自己的思想的涌泉里去，什么东西都不能把他抑制，什么东西都不能扰乱他”①。显然，车尔尼雪夫斯基的观点要更理性，道出了灵感来临之后，作家不受控制、无法扰乱的一种状态。如果我们把这句话换一种说法，其实，车尔尼雪夫斯基更多地是把灵感看作是作家专心致志投入写作的一种思维状态了。试想一个作家进入专心致志的写作状态后，还有什么能够让他改变主意呢？

总之，灵感不是作家编造出来的虚妄的东西，而是实实在在存在的，同时灵感并不神秘，而是长期冥思苦想之后的一种豁然开朗的思维形态，它带来的写作力量尽管置身其中的作家也说不清楚，但并不神秘，至少不是神赋予人的神力，而是思维上的一种启迪。所以，作家们都十分珍惜灵感，灵感一旦被他们抓住了，说不定就会有名篇佳作产生。

二 灵感的产生

随着人们对自身认知的不断深入，人们对灵感的认识也经历了从神秘化到平实化的演变过程，在逐渐剔除了附着在灵感身上的神秘性和不可捉摸性，甚至是某种唯心的色彩后，人们对灵感的认知也逐渐

① 段宝林．西方古典作家谈文艺创作［M］．沈阳：春风文艺出版社，1980：496.

趋于一致，虽然这中间也有一些观点相对立，但有一点却相同，那就是大家都认为灵感是存在的，它具有超强的创造力，但也会稍纵即逝，如果抓不住就会失去。总之，人们都认为灵感是一种十分宝贵的写作思维。

既然灵感具有如此神力，那么灵感又是如何产生的呢？在早期的“神赐说”被否定之后，灵感依旧不断出现，那么它到底是什么力量创造的？这到底是一种什么样的力量，为何如此强大呢？关于这些问题，人们虽然有各种答案，但似乎都没有经历过灵感洗礼的作家们所说的来得有力、更让人信服。

托尔斯泰是个注重生活、注重情感表现的现实主义作家，他很看重现实生活对作家的启迪，同时他也十分看重灵感的作用。不过，与把灵感看作是“天赐的神力”的作家不同，他认为灵感并不神秘，而是产生于作家持之以恒、艰苦卓绝的努力。在他看来，一个作家之所以会产生灵感或者说灵感会垂青一个作家，与作家长期的关注是分不开的。为了说明这一观点，他以普希金为例进行了论证。在许多人眼里，普希金是一个天才的诗人，因为灵感好像对他格外垂青，这使得他的诗作常常与众不同，充满了激情和想象，但在托尔斯泰看来，这些都是人们看到的表面现象，因为普希金的诗之所以如此优秀，能够达到“平稳”“质朴”而充满激情，看起来像是“自然而然熔铸成”的，其实这与普希金长期努力思考和观察是分不开的，“我们没有看见，他为了达到这样质朴和平稳曾经花过多少工夫”①。而正是这些工夫，他才常常得到灵感的光顾，使他的诗歌充满了神秘的魅力。所以，托尔斯泰认为灵感并不神秘，而是源于作家的专注和努力。

无独有偶，和托尔斯泰同处一个时代的伟大作家契诃夫也认为灵感不是等来的，而是产生于平时的仔细观察和勤奋积累。他认为，“平时注意观察的人，观察生活……那么后来在什么地方散步，如在

① 段宝林．西方古典作家谈文艺创作［M］．沈阳：春风文艺出版社，1980：533.

雅加达岸边，脑子里的发条就会忽然‘咔’的一响，一篇小说就此准备好了”。为此，他忠告作家们，“可是直到现在，您，先生，一直在等灵感，觉得自己是艺术的仆人。丢开这种等待吧。我们要走另一条路：每个人都应当感觉到自己是一个勤恳的工人才对！那样一来一切就都会顺利了。”①

相同的看法不仅在19世纪就已经被伟大的作家们所证明，即便是到了20世纪情况也同样如此。例如，美国当代著名作家欧文·肖也认为，灵感不是等来的，而是来自平时的积累和观察，因为就他自己的创作而言，他的许多写作灵感就来自自己，“……眼看，耳听，脑记。有很多来自我的朋友和我遇见的人。有时来自一种总括的感觉或信念，只要它们强烈到能使我创造出人物和情节来表达它们。”②

再比如，我国当代女作家鲁敏也认为，“灵感有时候不讲道理，在某种特殊情境的触动之下也就来了，但静想一下，也不是偶然”。她以自己的创作为例做了说明。她说她是一个“梵·高迷”，平时特别喜欢观看梵·高的画，对梵·高可谓是心有戚戚焉。受此影响，她的许多小说都从梵·高的画里汲取了灵感。比如小说《致邮差的情书》，创作灵感就来源于梵·高的名画《邮递员罗林》，只不过梵·高笔下的人物是个外国人，而她的主人公罗林是一位生活在当下中国的邮递员；比如小说《六人晚餐》，创作灵感也来自梵·高的另一幅名画《吃土豆的人》，“这幅梵·高画作是家人们在灯下晚餐，色泽暗淡，人们表情拘谨而关切——令我心有呼应。这个场景在任何时代、任何国度，都在永远地进行和发生着，虽然是一个普普通通的场景，却蕴含着无数值得放大和深究的密码和信息，深藏着世事的起伏进程、个体的上升和下沉、聚散离合等。世界上所有的晚餐在要素构成上大同小异，无非是食物与一盏灯、几个人，但每张餐桌上的氛围、

① 段宝林．西方古典作家谈文艺创作［M］．沈阳：春风文艺出版社，1980：655.

② 程代熙，程红．西方现代派作家谈创作［M］．北京：中国广播电视出版社，1991：96.

前因后果、来路去程、所苦所思却大相径庭”①。正是受到了梵·高画作的启迪，才让她萌生出了通过晚餐来表现人们的生活以及人性的复杂，最终构思了这篇小说，演绎了一段充满温馨而又伤感的人生故事。

余华是当代著名的小说家，早年以“先锋”著称。他的小说常常构思奇特，充斥着某种令人疼痛难忘的暴力美学。他对灵感也有自己的看法，在一次演讲中，在回答听众提出的“你认为写作靠灵感吗？灵感会不会枯竭？”的问题时，他这样回答道：“灵感当然是召唤来的，马尔克斯有个非常好的比喻，灵感就像一场拳击比赛，就是作家要和灵感打架，打赢了灵感才会源源不断来到，灵感是艰苦的写作才会得到了的。”② 也就是说，在他看来，灵感的获得与作家长期的努力是分不开的。

总之，上述虽然只是部分作家的观点，有国外的也有国内的，有古典的也有当代的，时代不同，国籍不同，但不论哪种情况，综合起来看，在作家眼里，灵感产生于长期的思考和观察。这应该正是对灵感产生方式的最经验化也是最科学化的解释。的确，灵感看似来得很突然，甚至有些莫名其妙，但仔细剖析就会发现它与作家对某一个题材、某一生活现象、某一事物、某一问题的长期持续的关注、思考有关。当在很长一段时间内，作家把所有的心思、精力、情感集中地投射在自己所关注的事物上时，这种关注会随着时间的沉淀而发酵，一旦遇到合适的情景刺激，思维就如同被点燃一样，瞬间燃烧，让作家进入一种非常兴奋和迷狂的状态中，情绪无法遏制。这也同时说明，灵感尽管具有让人难以言说的某种力量，看似是上天赐予的，非常神秘，但事实上并非如此，即它既不是上天赋予人的“神力”，也并非

① 文艺报社．文学下午茶——当代作家艺术家对话录［M］．青岛：青岛出版社，2013：95.

② 王尧，林建法．我为什么要写作——当代著名作家演讲录［M］．苏州：苏州大学出版社，2005：81.

神明在人身上的依附，而是作家在长期的关注或者冥思苦想之后思维的瞬间爆发。进一步说也就是，没有长期的思考和准备，没有对思考和准备的激发，灵感是不会从天上掉下来的。所以，这也从另一个层面告诫那些试图等待灵感突然降临的作家，要想写出优秀的作品，与其被动地等待，不如依靠自己的勤奋、专注和努力更可靠些。否则，缺乏对事物持之以恒的关注，灵感即便不期而至也可能在浑然不觉中轻易放弃掉。

三　灵感的特点

从灵感的产生到灵感来临时的状态再到灵感的结束，种种迹象表明，这一过程来得快去得也快，非常精彩但也非常短暂。所以，这也就使得灵感具有了亢奋性、短暂性和创造性的特点。

灵感出现的那一刻，就像火药被瞬间点爆一样，人往往会表现得特别兴奋、特别迷狂，甚至会出现意识不清的情况。这个时候的作家往往自己都不知道自己在说些什么，完全处在疯狂的情绪化状态中，兴奋异常，人显得十分亢奋，思维如同打开闸门一样，源源不断地流淌出来，使得写作变得十分顺畅。这就是灵感所具有的亢奋性。

然而，灵感虽然具有亢奋性，但是这种亢奋不可持续太久，否则，人会受不了。因为人毕竟大多数时候都处在思维平静的状态，处在这种状态中的人往往会控制自己的思维。这个时候人看起来很正常，做事、思维都处在大众认可的范围内。可是，由于灵感具有突然爆发性，将人瞬间推向了兴奋的状态，所以这种状态已经远离了人的正常状态。它只能是短时间的，不可能长期如此。这样也就意味着灵感不会持续太久，它会在短时间内随着思维的冷静而消失。所以，如果抓不住，灵感转瞬就消失了。这也就难怪为什么作家都十分珍惜灵感，因为他们都知道这是一种可遇不可求的思维状态，如果抓不住很快就会消失。

除此之外，灵感之所以被作家如此珍惜，还因为它的到来往往会产生巨大的创造力。正如上述所说，灵感爆发时，往往都是在作家付出了巨大的努力、做了大量的准备之后，因此，一旦灵感出现，它会把以前思考所聚集的能量瞬间放大，让思维呈现出一种井喷的状态，作家只要按照思维的指引，头脑就会变得异常的清晰和敏感，许多原来还模糊不清的想法和感受会瞬间变得清晰起来，许多盘桓很久、悬而未决的问题会瞬间找到答案，好的想法和点子会源源不断地涌现出来，达到平常无法达到的高度。所以，灵感出现的时候伴随着出现的就是巨大的创造力。不但如此，处在这种状态下的作家，往往精力也最充沛、感情也最丰富。所以，德谟克利特才说："没有一种心灵的火焰，没有一种疯狂式的灵感，就不能成为大诗人。"① 福楼拜尽管相当反感作家在作品中抛头露面，但他也承认，灵感来时，自己如同分成了两个不同的人："一个喜好高声朗诵，诗的热情，鹰的翱翔，句子所有铿锵的音调和观念的极峰；另一个倾其所有，挖掘真实的东西，事无大小，都好用力剔爬，叫人感到他的出产，犹如实有其物。"②

四　灵感的激发

正如前述，尽管灵感产生于作家长期的、专心致志的观察和思考，但并不意味着长期的、专心致志的观察和思考就一定会有灵感出现，灵感出现与否还与时机有关，具体说就是与正确的时间出现的正

① 段宝林．西方古典作家谈文艺创作［M］．沈阳：春风文艺出版社，1980：3．
② 同①，395．

确的事物的激发有关。有时候尽管作家苦思冥想了很长时间，但是由于缺乏合适的事物的刺激，灵感也可能会迟迟不出现。所以，灵感的出现还需要等待时机。

通常，激发灵感产生的事物不会十分复杂，有时候可能就是一句话、一个眼神、一张脸、一片落叶，有时候可能就是某个动作、某件事情。总之，只要时机恰当，只要是世间存在的事物都有可能激发灵感的产生。比如，罗曼·罗兰的鸿篇巨制《约翰·克里斯朵夫》(1904—1912)，前后总共花费了八年时间才完成，之所以会耗费这么长时间，是因为在这中间虽然罗曼·罗兰好多次都接着前面往下写，但每次因为无法获得一种清晰的思维和写作冲动而作罢，以至于八年来一直写写停停，无法把作品一口气写完。直到有一天，他到郊外旅行，当来到罗马近郊的亚尔彭群山之后，此时正赶上夕阳西下，他被眼前的景象深深震撼了，突然感觉到一种前所未有的情感在内心燃烧起来，有一种不可遏制的写作冲动。对此，他是这样说的："深红色的城市在我足下形成半圆形，燃烧着。亚尔彭群山的笑意正在天际消失。索拉克特山上的拱门似乎在荒原上漂浮……此刻我又生活在那一瞬间了；我又确切地看到了使我精神得到新生的地点。"而这个情景一下子唤醒了他潜在的写作灵感，他仿佛看到了克里斯朵夫就站在那里："起先那前额从地下冒起。接着是那双眼睛，克里斯朵夫的眼睛。其余的身体在以后的年月中逐渐而从容地涌现。可是我对他的幻象是从那一天开始的。"① 于是，他急忙赶了回去，就此展开了创作，在不长的时间内就完成了这部巨著。可见，灵感的产生不仅仅需要对问题的长期关注，还需要有一个恰当的事物能够激活这种关注。

---

① 王宁，顾明栋．诺贝尔文学奖获奖作家谈创作［M］．北京：北京大学出版社，1987：12—13.

第三章 作家创作时的情感状态

作家成功之后所享受到的社会待遇和荣誉风光，往往会让人们忽略他们写作时所经历的艰辛，当然他们自己也往往会忽略。这是相当危险的，因为会使许多人尤其是青年作家以为写作是一件轻而易举的事情，殊不知写作其实十分辛苦。这种辛苦表现在外则是要经历皮肉之苦，当然这个皮肉之苦并非风吹日晒或者面临危险，而是指体力、耐力，甚至健康的心理；表现在内则指先天的智力和后天的心力。三者缺一不可，若非如此不能写出真正的好作品来。所以，作家应该说都是体力、智力和心力超群的人，尤其是优秀的、伟大的作家更是如此。其实，如果把写作看作是一个宏伟的工程建设，那么置身其中的作家就既是这个工程的设计者，也是这个工程的建设者。因此，为了完成这个工程他就既不能偷懒，也不能马虎，而是要全力以赴、专心致志。而完成这个工作不但需要相当的耐心和体力，也需要付出相当的智力和心力。否则，任意一环出现问题、缺损和不足都有可能导致写作的停顿和失败，所以写作其实很辛苦。

事实上，所有的“皮肉之苦”对于一个作家来说都是职业内正常的磨砺，在写作中最折磨作家的其实是那些看不见、摸不着又实实在在的具有务虚性质的问题，比如情感。文学是作家情感的表达，作家的情感既是推动创作开始的直接因素，也是具体的写作内容，没有了情感也就无从创作，所以情感是作家写作中必不可少的，但在具体的写作中如何拿捏、运作、沉淀、把握情感，这绝不是一件轻易就能处理好的事情。许多作家常常被情感折磨得疲惫不堪。

那么，情感何以会造成如此严重的后果呢？这是因为情感不是天生的，也不是一旦形成就永不变化的，它处在不断变化的过程中，伴随着作家创作而不断起伏。这种起伏概括起来就是沸腾和沉淀，即写作之前情感的磨砺、积累和爆发，写作之中情感的冷却、理性和沉积。

一　情感的沸腾

就创作的流程而言，作家在动笔之前都会有一个积累材料、形成主题、酝酿思考的过程。其中最重要的过程则是受现实事物激发，形成艺术触发的过程，把这句话说得通俗一点，即在现实中形成有话要说的冲动过程。写作，说穿了就是感受的抒发，如果一个作家对事物没有感受，只是硬着头皮写作，估计一是写不了，二是即便写得了也是无病呻吟、文不对题。那么，怎么才算是有感受呢？怎么才能有说话的冲动呢？前提之一就是要形成艺术触发，即要有来自生活中某个事物的激发。

那么，什么事物才能对作家有所激发呢？答案是有让自己感情能够沸腾的事物才可以。然而，生活是包罗万象的，也是错综复杂的，不是什么事情都能对作家形成激发，不是什么事情都能够形成艺术触发的，只有那些作家见了、听了有所触动的事情才具备这个能量。因此，艺术触发说穿了和作家的情感是紧密相关的。换言之，只有激发作家情感的事物才可以成为艺术触发的引子。因为艺术触发不是突发奇想，也不是现成的，而是作家亲身经历、体验和观察到的事物。这些事物映入作家眼帘，将他的情感点燃，他才能形成写作冲动。这是任何一个作家在写作中都必须经历的过程。

然而，生活如同矿砂，能不能对作家形成触发，就要看作家能不能从这个矿砂中看到写作的价值，能不能形成感受，如果能看到，能够形成感受，这才有用。然而，矿砂就是矿砂，即便有用，如果不加熔炼也不能直接变成钢铁，关键是看熔炼的火候。如果把作家写作看作是一个冶炼的过程，那么，作家对材料的冶炼就需要感情的熔炉。没有情感，也就没有火焰，当然也就无法冶炼。所以，德谟克利特曾说："没有一种心灵的火焰，没有一种疯狂的灵感，就不能成为大诗人。"① 德谟克利特的这句话不但适合诗人，同样适合于小说家。小说家在最初酝酿的过程中，总是因为生活中某人或者某事对他有所触动才开始写作的，否则，他是不会无缘无故地去写小说的。正是生活触发了作家的情感，让他的情感沸腾了起来，他才能够选择题材，融裁主题，熔铸人物，融汇故事。所以，狄德罗就感同身受地说，"情绪表现得愈激烈，剧本的兴趣就愈浓厚"，"没有感情这个品质，任何笔调都不可能打动人心"②。的确，即便是在现实社会中，能够真正打动人心的也是来自心底的情感，更何况小说了。就小说而言，虽然作家创作的目的不仅仅是为了抒发情感，但通过塑造丰满、可爱的人物形象，将感情熔铸在这些人物身上，其实本身就表达了一种感情，读者阅读这些作品，自然就会受到作家这种情感的感染而兴奋起来。这是小说之所以能够得到读者认可和喜爱的前提之一。在这个意义上，如果一个小说家在创作之初，不是因为有感而发，而是因为打定了主意要告诉人们真理和道理，写出来的小说肯定是不成功的。

因此，对于任何一个作家来说，构思、酝酿的过程就是让情感沸腾的过程，在这个过程中，他被自我的情感所左右，呈现出最真实的一面，正如亚里士多德所说的："被情感支配的人最能使人们相信他

① 段宝林．西方古典作家谈文艺创作［M］．沈阳：春风文艺出版社，1980：3.
② 同①，105.

们的情感是真实的，因为人们都具有同样的天然倾向，唯有最真实的生气或忧愁的人，才能激起人们的愤怒和忧郁。”① 所以，热情的酝酿首先要求作家在构思阶段必须把自己真实的情感投射到人物或事件上，只有当自己激动了、痛苦了、悲伤了、喜悦了，才能通过真情实感左右读者的心灵。这个道理就正如贺拉斯所说的，“你自己先要笑，才能引起别人脸上的笑，同样，你自己得哭，才能在别人脸上引起哭的反应。你要我哭，首先你自己得感觉悲痛……你的不幸才能使我伤心，如果你说的话不到位，你只能使我瞌睡，使我发笑”，因为“大自然当初创造我们的时候，她使我们内心能随着各种不同的遭遇而起变化；她使我们能产生快乐的感情，又能促使我们愤怒，时而又以悲痛的重担折磨我们，把我们压倒在地上；然后，她又使我们用语言为媒介说出我们心灵的活动”②。如果作家自己都没有感情的投人，当然也就无法感染和左右读者的情绪，这样的写作哪有不失败的？

情感的沸腾这是作家写作时必须要经历的一个初级过程，因为只有情感沸腾之后，作家才能如苏格拉底和吟诗人伊安的对话中所谈到的那样，诗人是一种轻飘的长着羽翼的神明的东西，不得到灵感，不失去平常理智而陷入迷狂，就没有能力创造，就不能作诗和代神说话。在苏格拉底眼里，诗人写作不是靠技艺，而是凭借着神赋予的某种力量（即灵感和天才）在写诗，因为“优美的诗歌不是人的而是神的，不是人的制作而是神的诏语；诗人只是神的代言人，由神凭附着”③。苏格拉底的这段话虽然带有明显的唯心主义色彩，把人的创造、人的才能、人的激情看作是神赐予的力量，但是如果我们换个角度来看，即单从诗人为什么能够感染读者这个角度来看，其实也是有道理的，因为诗人（作家）只有进入一种被沸腾的情感所激发起来的近乎疯狂的状态，他才能达到忘我的境界，才能彻底地放开手脚，恢

① 段宝林．西方古典作家谈文艺创作［M］．沈阳：春风文艺出版社，1980：36.
② 同①，52—53.
③ 同①，12.

复到最本真的状态，这样的写作其实才是最真诚的，也才是最能够打动人的。所以，在苏格拉底看来，诗以及诗人应该以情感人，诗人写诗应该投入感情、达到迷狂的状态，读者才能深陷其中，也才能被感染。这个观点即便是排除了神秘的色彩，仅就真实的写作来说也是十分正确的，更何况苏格拉底所说的诗主要指史诗，而史诗已经属于早期的叙事作品了，这也就意味着如果把苏格拉底的这段话放在小说家身上也同样适合。诺贝尔文学奖获得者斯坦贝克就曾说："感情不热烈时，作家通常就写不出感人的作品。所以充满激情的人可以通过某一个催人泪下的情景——如美人之死或是一座可爱城市的倾覆——来进行写作，这是对于一个作家强烈而美好的感情唯一有效的证实。"[①]这一点或许听起来有些不可思议，但是世界上许多优秀的小说都是这样写成的。比如，歌德的《少年维特之烦恼》这部具有自传性质的小说之所以能打动无数人，其中一个很重要的原因就在于歌德写这部小说时投入了太多的感情，用他自己的话说就是"满注着炽热的情焰"，达到了"诗的情景与实际的情景的差别毫不能分辨出来"[②] 的程度。可见，真正优秀的作品一定出自充满了激情的作家之手，真正感人的作品一定是作家首先被感动的作品。

我国当代作家贾平凹在接受采访时也承认写作之前应该让情感沸腾起来，记者采访他时问道："你写作一个小说，是事先设计好，然后按部就班地写下来，还是一有特别的事或者特别的人激发你之后才开始动笔的?"贾平凹这样回答道："作家的脑子里是从来不会停止形象思维的，我几乎总有要写的东西，但凡是为了签写有关部门发下来的关于创作计划的表格时，我所做的计划从来没有实现过，有许多觉得要写的东西都没有写出来，必须是有一件特别的事或特别的人激发了我，我才动笔的。恐怕许多作家是与我一样的，我不可想象我会一

① 程代熙，程红．西方现代派作家谈创作［M］．北京：中国广播电视出版社，1991：325.

② 段宝林．西方古典作家谈文艺创作［M］．沈阳：春风文艺出版社，1980：156.

切按计划好的规章写作，我太纵情，不写就不写，写起来激情无法遏制，或许我的爆发力要好一些。”①他早期的小说《满月儿》就是这样写成的，按他自己的话说，写这篇作品本来不是为了要发表，而是写给自己的爱人，所以在写作中他将自己对爱人的真挚而热烈的感情投入其中，只不过小说中的满儿和月儿并非自己的爱人，而是他的两位本家姐妹，这两位姐妹在作家少年时代给他留下了深刻的印象，她们天真烂漫，“从来没有忧愁，从来不能安静。一件平常的新闻，能引起她们叽叽喳喳嚷叫几天；一句普通的趣话，也会使她们笑得俯在炕沿上起不来”②。所以，他在幼小的时候非常喜欢这两位姐妹，写《满月儿》的时候他就把她们作为了原形，结果小说写出之后，不但发表了，而且获得了很高的评价。由此可见，作家在写作的过程中首先必须使自己的情感沸腾起来，这样才能有激情，才能写出真正感人的作品。

二　情感的沉淀

然而，虽然作家在构思酝酿阶段必须投入最饱满的情感，必须把自己澎湃的热情唤醒，投射到人物、场景、故事的设计和构架之中，但是在真正要开始写作的时候却需要作家保持冷静，不能任由感情左右和控制，因为在具体的写作过程中，太过激动就会失去分寸，就会被情感所左右，而不能理智冷静。需要注意的是，所谓写作中情感的沉淀并不是要求作家把曾经燃烧过的情感熄灭，也不是要求作家把饱满的情感归零，而是对情感的收敛和克制。对此，契诃夫就认为构想

① 贾平凹，穆涛．平凹之路［M］．西宁：青海人民出版社，1994：7.

② 同①，8.

的时候要把感情投入其中，要感情充沛，但到了真正开始写作的时候，“要到你觉得自己像冰一样冷的时候，才可以坐下来写”，“如果作家写一个精神病人，不等于他自己也有病。我写《黑修士》时，没有任何灰心的思想而只是根据冷静的思考”。在契诃夫看来，作家可以为自己小说中的人物悲伤、哭泣，可以和自己的主人公一块儿痛苦，但在写作的时候却不能这样，需要保持克制，因为所有的一切“应该做得让读者看不出来才对”，因为作家的“态度越客观，所产生的印象就越有力”，“您描写苦命人和可怜虫，而又希望引起读者的怜悯时，自己要极力冷心肠才行，这会给别人的痛苦一种近似背景的东西，那种痛苦就会在这背景上更鲜明地显露出来”①。契诃夫的这个观点表明他是真正领悟到了写作的真谛。其实，这本身就是一条所有作家在创作时都必须遵守的创作原则，道理正如一个要讲笑话的人，自己也觉得这个笑话很可笑，但是在讲述给别人时自己必须一本正经才行，不能笑话还没说自己先笑个没完，也不能边讲边笑，这样讲出来的笑话不但不引人发笑，很有可能令人感到莫名其妙。真正的会讲笑话者都是善于克制自己情感并且尽可能造成这个笑话一点都不可笑的印象的人，这样的人所讲的笑话起初或许觉得不可笑，但等到真正讲完了，听者反而觉得十分可笑。同样，作家在写作的过程中，越是将自己的情感控制住、隐藏起来，越是不露声色，只是尽可能客观地呈现事件，读者阅读的时候所受到的情感震撼才越强烈。因为这里面隐含了一个非常简单但深奥的道理，那就是作家只有把情感隐藏起来，才能抹去情感上面的各种影子和灰尘，才能让情感回归到如同没有加工过的样子，这样的情感因为单纯而干净，所以更能打动人。

那么，在写作的时候一直让情感保持沸腾会是什么样子呢？老舍写作《老张的哲学》时的例子或许能回答这一问题。《老张的哲学》是老舍先生创作的第一部小说，提起这篇小说的写作过程，他在《我

① 段宝林．西方古典作家谈文艺创作［M］．沈阳：春风文艺出版社，1980：642—643.

是怎样写〈老张的哲学〉》的回忆性文章中有过细致的描写。他说他在27岁的时候到英国去留学，刚去的时候对一切都感到新鲜，但半年之后这种新鲜感就消失了，之后便是无尽的空虚和寂寞，于是，为了排遣这种寂寞，他开始动手写作，起初没有什么目的，也不是为了发表，所以写作的时候就让这种情感始终处在沸腾中，并没有经历沉淀，结果他觉得小说并不成功：

在思想上，那时候我觉得自己很高明，所以毫不客气地叫作“哲学”。哲学！现在我认明白了自己：假如我有点长处的话，必定不在思想上。我的感情老走在理智前面，我能是个热心的朋友而不能给人以高明的建议。感情使我的心跳很快，因而不假思索便把最普通的、浮浅的见解拿过来，作为我判断一切的准则。一方面这使我的笔下常常带些感情；另一方面我的见解总是平凡的。自然，有许多人以为在文艺中感情比理智更重要，可是感情不会给人以远见；它能使人落泪，眼泪可有时候非常不值钱。故意引人落泪只会招人讨厌。凭着一点浮浅的感情而大发议论和醉鬼借着点酒力瞎叨叨大概差不很多。我吃了这个亏，但在十年前我并不这么想。

正因为他“吃了这个亏”，以为只要让感情一直沸腾着就能写好作品，才导致他的写作过于肤浅，所以在他成为一个成熟的作家后，在创作时对感情就有所控制：

假若我专靠着感情，也许我能写出相当伟大的悲剧，可是我不彻底；我一方面用感情咂摸世事的滋味，一方面我又管束着感情，不完全以自己的爱憎判断。这种矛盾是出于我个人的性格与环境。我自幼便是个穷人，在性格上又深受我母亲的影响——她是个楞挨饿也不肯求人的，同时对别人又是很义气的女人。穷，使我好骂世；刚强，使我容易以个人的感情与主张去判断别人；

义气，使我对别人有点同情心。有了这点分析，就很容易明白为什么我要笑骂，而又不赶尽杀绝。我失了讽刺，而得到幽默。据说幽默中是有同情的。我恨坏人，可是坏人也有好处；我爱好人，而好人也有缺点。“穷人的狡猾也是正义”，还是我近来的发现，在十年前我只知道一半恨一半笑地去看世界。①

不过，需要注意的是，写作中作家应该保持情感克制、让情感沉淀下来的做法，和后来现代派小说强调的“显示”、叙事学强调的“零度叙述”或者“理智叙述”是有很大区别的。现代派小说强调的“显示”、叙事学所强调的“零度叙述”，意指作家在创作的时候要把自己从作品中抽离出来，以一种局外人超然的态度进行写作，它要求作家不能把感情带进来，而是以一种很理性的态度，不偏不倚地把事物讲述出来，使得小说中的一切仿佛自己呈现出来的一样，看不出人为的痕迹。简言之，它是不需要作家参与的写作。而写作中的情感的沉淀则是指作家在写作的时候，把炽烈的情感冷却下来，保持理想和克制，不把情感外露，而是把情感熔铸在故事当中，熔铸在字里行间，熔铸在人物身上，使得情感如同看不见但时时处处都存在的一种背景，烘托人物和故事，这与把情感完全剔除的“显示”和“零度叙述”显然是两码事。对此，托尔斯泰曾用唱歌的方法做过比对，认为这两者之间尤其是两者所引起的效果是很不相同的：

我们可以有两种方法唱歌：从喉嗓里唱，从胸膛里唱。从喉嗓里唱出的声音比胸膛里唱出的声音更加柔韧，但在另一方面，它却不感动你的心灵，这不是真的吗？反之，胸膛里的声音，即使较为粗陋，却深深感动你。至于我，即使是在最平凡的曲调中我听到了胸膛深处发出的音调，泪水会不自觉地涌到我的眼睛里。在文学中，情形是相同的：我们可以从理智里去写或者从情

---

① 老舍．老舍谈创作［M］．上海：上海文艺出版社，1982：5.

感里去写。当你从理智里去写的时候，文字会顺从地流利地落在纸上；但当你从情感里去写的时候，有那么多的思想拥进你的脑子，那么多的意象拥进你的想象，那么多的忆念拥进你的心，以致字句不精确，不充分，不顺从，粗糙。

这也许是我的错误，但当我着手从我的理智里去写时，我总是抑制我自己，并试图只从情感里去写。[①]

托尔斯泰的这段话准确地道出了作家在写作时情感的矛盾状态。按理，既要热情又要冷静似乎很难统一在一个作家身上，但事实上这也正是作家在写作时所经历的一种情感乐趣。小说之所以能够使读者总是被作家的情感所牵引，不知不觉中就与作家站在了一起，为小说中的人物欢乐和哭泣，其实都与作家的情感控制有关系。从大的写作背景上说，讲述必须冷静，一是一，二是二，不容模糊，不动声色，但就具体的讲述过程而言，讲述又是建立在作家情感的底色基础上的。换句话说也就是表面上讲述虽然是冷静的，但由于讲述之前就把感情糅合进去了，使得讲述已经带有充沛的感情，所以任何讲述其实是带有感情的冷静讲述。这就是为什么我们在读好的小说时，虽然看不到作家，但又时时感觉到作家就在我们身旁的原因所在。

① 段宝林．西方古典作家谈文艺创作［M］．沈阳：春风文艺出版社，1980：540.

第四章 作家面对的内在主体修辞关系

作家，如果用个不太恰当的比喻来说就如同是一个家庭中的主人，他既与这个家庭中的成员之间存在着各种联系，并形成一定的特殊关系，我们把这种关系称为作家面对的内在主体修辞关系；同时他也与这个家庭之外的人们存在着各种联系，因为处在社会群体当中的家庭不是孤立的，而是和外界保持着联系的，这样也就意味着在家庭之外，作家还与外界的人们保持着各种关系，这是一种相对于内在而言的关系，所以，我把这种关系叫作作家面对的外在主体修辞关系。换言之，作家作为一个独立的个体，通常要面对两个复杂的世界，即既要面对作品内部的自己、叙述者、人物、读者，又要面对作品外部的其他作家、评论家、编辑，他们之间既相互影响又彼此独立，深刻影响着他的写作。下面的两章我们将分别讨论作家面对的这两种主体修辞关系，首先我们探讨的是作家面对的各种内在主体修辞关系。

一 作家与叙述者

在作家面对的内在主体关系中，最先值得关注的是作家和叙述者之间的修辞关系。所谓叙述者，是指作家创作的在作品中负责讲故事的人，小说中的一切都是由他来讲述的。就现有的文学作品而言，这个叙述者既可以是故事中的一个人物，参与故事的建构，也可以是个局外人，只负责冷静地观察。

过去，在叙事研究不发达的年代，人们通常把作品看作是作家在讲述，很少去关注作家和叙述者之间的关系问题，但随着小说的发展，尤其是叙事学诞生之后，人们发现小说虽然是作家写的，但其中的“叙事人从来就不是作家，无论人们知道与否，叙事人只是一个作家创造并接受了的角色。对他来说，维特、堂吉诃德、包法利夫人确确实实是存在的。他与小说的世界是一致的”①。如果把这句话说的更为通俗一点，就是小说是由真实的作家来写作的，但小说的故事却是由一个虚构的讲述者来讲述的。对于真实的作家来说，小说的世界永远是一个虚构的世界，但对于小说的叙述者来说，小说的世界却是一个真实的世界，他要给读者讲述的一切在他看来都是真实的。真实作家和叙述者之间的这种区别告诉我们，真实的作家与叙述者之间的关系是一种创造与被创造的关系，他们之间既不是同一个人，也不是平行的两个人，而是作家创造了叙述者，叙述者代替作家讲述故事。

就叙述者而言，由于他在小说中扮演着不同的角色，是以不同的身份参与叙事的，这样，他在小说中就表现出了各种各样的形态，这些不同形态的叙述者承担着不同的叙事功能，从而使得小说具有了不同的叙事效果。关于这个问题，叙事学研究者们有着专门的研究，归纳出了无数个类型。

斯坦泽尔根据叙述情境将叙述者分为三种类型，即“无所不知”的叙述情境、叙述者作为人物之一的叙述情境和依据一个人物的视点所做的“第三人称”的叙述情境。

弗里德曼根据谁向读者讲述故事，叙述者相对于其所讲述的故事

① 沃·凯瑟．谁是小说的叙事人？［M］//王泰来，等译．叙事美学．重庆：重庆出版社，1987：111—112.

是何位置，叙述者将故事传达给读者通过何种信息渠道以及叙述者将读者所置相对于故事的距离这四项原则，将叙述者分为八类：其中包括两类或有或无“作家闯入”的叙述者类型，如菲尔丁的《汤姆·琼斯》和哈代的《德伯家的苔丝》；两类“第一人称”叙述，其中的一类是“我”等于见证人，如康拉德的《黑暗的心》，另一类则是“我”等于主人公，如狄更斯的《远大前程》；两类“有选择性的无所不知”型叙述，即有限视点叙述或“多视点”叙述，如伍尔夫的《到灯塔去》，或者“单视点”叙述，如乔伊斯《一个青年艺术家的肖像》；最后两类是纯客观叙述，一类是“戏剧性”叙述，如海明威的《白象似的群山》，一类是不加选择和组织的纯粹记录式叙述。

多勒泽尔以故事用第一人称还是第三人称讲述，叙述者是不是小说中的一个人物，叙述者表达还是隐藏其主观态度和评价的角度，将叙述者首先分为两大类型，即第三人称叙述和第一人称叙述，又将这两大类各分为三个小的类型，即第三人称客观型叙述、第三人称修辞型叙述、第三人称主观型叙述，第一人称客观型叙述、第一人称修辞型叙述、第一人称主观型叙述。①

布斯以可靠与不可靠的关系，把叙述者分为可靠叙述者和不可靠叙述者，又根据感情投入的程度把叙述者分为戏剧化叙述者和非戏剧化叙述者等。

总之，叙事研究者们根据不同的角度对叙述者做了大量的研究，已经形成了体系完备、角度多样的叙述者知识谱系，由于本书的讨论重点是叙述者和作家之间的关系，不是叙述者的类型，所以在此不再对叙述者的类型进行探讨，有兴趣的读者可参考其他书目对此加以区别和认识。

就整体而言，作家和叙述者之间存在着两种关系：一种是两者保

① 此处的观点，主要参考了谭君强在其《叙事学导论——从经典叙事到后经典叙事学》一书中的分类方法，在此表示衷心感谢。

持相一致的关系，另一种是两者保持相分离的关系。前者意味着叙述者所讲述的和作家想要表达的是一致的，换作具体的表述，就是叙述者表达同情的地方正是作家需要表达同情的地方，叙述者表达批判的地方正是作家需要表达批判的地方，两者的情感一致，方向相同；后者意味着叙述者所讲述的和作家想要表达的不一致，换作具体的表述，就是叙述者表达同情的地方正是作家需要表达讽刺的地方，叙述者表达批判的地方正是作家需要表达赞美的地方，两者的情感不一致，方向相反。而后者的这种不一致主要通过言语的表里不一表现出来，通常人们把这种叙述称为反讽。下面我们将用举例的方法加以说明。

先来看第一种情况，如曹征路的小说《那儿》。这篇小说的叙述者是作家创造的“我”。作为故事的讲述者，“我”讲述的是“我”的小舅——矿机厂工会主席朱卫国为了维护工人的权益，防止国有资产的流失，组织职工上访、购买股权，最后失败导致自杀的故事。在整个故事的讲述过程中，作为叙述者的“我”感情是悲愤的，既表达了“我”对整个社会不公和腐败的谴责与批判，也表达了“我”对小舅以及下岗工人们艰难的生存环境和失语状态的同情和悲悯，“我”的叙述和“我”眼里看到的是一致的，不隐瞒，不回避，有一说一，有二说二，都是发自内心的。从整个小说的叙述基调、主题以及价值判断上来看，显然这也是作家曹征路想要表达的。在这里，叙述者“我”和作家曹征路是完全站在一起的，是处在相同的情感状态中的，我们既可以把叙述者和作家等同，又可以把他们看作一个战壕里的战友，只不过两者身份不同罢了。叙述者“我”是一名报社记者，心地善良，心怀悲悯，对矿机厂下岗工人们的生活始终保持着深切的同情和怜悯，情感、道德和态度都倾向于工人们；而作家曹征路是一名大学教授，虽然身处精英的位置，但对下层生活有着充分的了解和认识，并对这种生活有着深刻的同情和怜悯，所以当作家曹征路创造了“我”这个叙述者讲述故事的时候，实际上也就是代表着他在为底层的失语者发声，他们合二为一，情感态度完全一致，只是角色和身份不一样。

比如，当叙述者“我”讲到就在小舅好不容易发动工人们拿出房产证作为抵押准备购买股权、自己决定工厂的命运时，市里面突然下发文件规定工厂只能卖给持股最多者，而工人们购买股权显然股本很小，这也就意味着即便是购买了股权也不能决定一切，等于还是失去了工厂。面对这一突如其来的消息，小舅听到后情感失控，陷入了绝望中：

> 就在这天夜里，市里下发了29号文件。文件提出了本市正在进行的企业改制进程中实行“经营者持大股”的原则，并且强调要确保核心经营者能持大股。文件对股权结构做出了规定：在股本设置时，要向经营层倾斜，鼓励企业经营层多持股、持大股，避免平均持股；鼓励企业法人代表多渠道筹资买断企业法人股，资金不足者，允许他们在三到五年内分期付清，亦可以用未来的红利冲抵；在以个人股本作抵押的前提下，也可将企业的银行短期贷款优先划转到企业经营层个人的名下，实行贷款转股本，引导贷款扩股向企业经营层集中。显然，这就是针对矿机厂来的。他们就是要把矿机厂界定为内部人所有，在内部人中又界定老板拿大头，看你能怎么样？
>
> 市里来传达文件的那个人，把文件念完后，还笑着对小舅说，朱卫国同志，根据文件精神，你最少能拿3%啊，你以后就是大老板啦。
>
> 小舅跳起来抓过那文件，抖抖地问：那以前说的都是放屁？
>
> 那人吓得身子往后一仰说，你这个同志，怎么能这样说话呢？
>
> 小舅嗷地大叫了一声，然后人就一点一点矮了下去。他想抓住那人的胳膊没有抓住，然后就跪在了地上。然后他咚咚地给他

们磕头，说我求求你们了，无论如何请你们发发慈悲，把工人的房产证退给他们，还给他们，那是他们最后一点东西了。我求求你们，求求你们了！

那人说，你是个省劳模，还是个领导干部，你看看你现在像个什么样子？你不能文明一点吗？没吃过猪肉还没见过猪跑吗？他后来掸掸袖口放缓了语气：

你还是不是共产党员？嗄？

小舅号啕大哭。

写到这里，我浑身颤抖，无法打字。我只能用“一指禅”在键盘上乱敲。我不能停下来，停下来我要发疯。我也写不下去，再写下去我也要发疯。①

最后的几句话尽管是模仿叙述者说的，但看得出来明显又是作家曹征路个人写作时的情景，说明此时的他，情绪已经和叙述者完全一致，悲愤、激动但又无能为力。

再来看第二种情况，比如毕飞宇的小说《青衣》。这篇小说的叙述者显然是作家创造的一个不具名的第三人称叙述者，讲述了青衣戏剧演员筱燕秋 20 年间的悲剧人生。这个叙述者虽然不具名，但看得出来他是剧团里的一个成员，既和剧团团长乔炳璋关系非常要好，也对主人公筱燕秋的情况非常了解，目睹了筱燕秋 20 年间成长、跌落、复出、再跌落的全过程。不过，尽管如此，这个叙述者又不是主人公，甚至也不参与故事，是个只看到眼前现象而又不明就里的人。所以，他的讲述常常都是从自己的视角出发，既不加分析，也不加思索，由他叙述的故事往往和作家想要表达的产生分离，作家本来是要进行调侃和讽刺的，在他那里却成为崇敬和赞美。比如剧团得到烟厂老板赞助后，为了表达谢意，剧团团长乔炳璋特地做东设宴请烟厂老

① 孟繁华．1978—2008 中国优秀中篇小说［M］．北京：现代出版社，2009：416.

板，小说的叙述者显然也是被邀请者之一，他坐在宴席上，只是一个陪客，有时间和心思观察整个宴会中人们的表演，对他们的言谈举止和宴会氛围做了略带调侃但又羡慕、赞美式的描写：

炳璋算过一笔账，决定从启动资金里拿出一部分来请烟厂老板一次客。要想把这顿饭吃得像个样，费用虽说不会低，这笔费用也许还能从烟厂那边补回来的。现在，关键中的关键是必须让老板开心。他开心了，剧团才能开心。过去的工作重点是把领导哄高兴了，如今呢，光有这一条就不够了。作为一个剧团的当家人，一手挠领导的痒，一手挠老板的痒，这才称得上两手都要抓，把老板请来，再把头头脑脑的请来，顺便叫几个记者，事情就有个开头的样子了。人多了也好，热闹。只要有一盆好底料，七荤八素全可以往火锅里倒。革命不是请客吃饭，对的。炳璋不想革命，就想办事。办事还真的是请客吃饭。

烟厂的老板成了这次宴请的中心。这样的人天生就是中心。炳璋整个晚上都赔着笑，有几次实在是笑累了，炳璋特意到卫生间里头歇了一会儿。他用巴掌把自己的颧骨那里揉了又揉，免得太僵硬，弄得跟假笑似的。卖东西要打假，笑容和表情同样要打假。这可不是闹着玩的。

…………

老板在筱燕秋的面前没有傲慢，相反，还有些谦恭。他喊筱燕秋“老师”，用巴掌再三再四地请筱燕秋老师坐上座。老板并不把文化局的头头们放在眼里，但是，他尊重艺术，尊重艺术家。筱燕秋几乎是被劫持到上座上来的。她的左首是局长，右首是老板，对面又坐着自己的团长，都是决定自己命运的大人物，不可避免地有点局促。筱燕秋正减着肥，吃得少，看上去就有点像怯场了，一点都没有二十年前头牌青衣的举止与做派。好在老板并没有要她说什么，老板一个人说。他打着手势，沉着而又热烈地回顾过去。他说自己一直是筱燕秋老师的崇拜者，二十年前就是筱燕秋老师的追星族了。筱燕秋很礼貌地微笑着，不停地用小拇指捋耳后的头发，以示谦虚和不敢当。但是老板回忆起《奔月》巡回演出的许多场次来了。老板说，那时候他还在乡下，年轻，无聊，没事干，一天到晚跟在《奔月》的剧组后面，在全省各地四处转悠。他还回忆起了一则花絮，筱燕秋那一回感冒了，演到第三场的时候居然在舞台上连着咳嗽了两声，——台下没有喝倒彩，而是响起了雷鸣般的掌声。老板说到这儿的时候酒席上安静了。老板侧过头，看着筱燕秋，总结："那里头就有我的掌声。"酒席上笑了，同时响起了掌声。老板拍了几下巴掌。这掌声是愉快的，鼓舞人心的，还是继往开来的、相见恨晚和同喜同乐的。大伙儿一起干了杯。

老板还在聊。语气是推心置腹的，谈家常的。他聊起了国际态势，WTO，科索沃，车臣，香港，澳门，改革与开放，前途还有坎坷；聊起了戏曲的市场化与产业化；聊起了戏曲与老百姓的喜闻乐见。他聊得很好。在座的人都在严肃地咀嚼、点头。就好像这些问题一直缠绕在他们的心坎上，是他们的衣食住行，油盐酱醋；就好像他们为这些问题曾经伤神再三，就是百思不得其解。现在好了，水落石出、大路通天了。答案终于有了，豁然开朗了，找到出路了。大伙儿又干了杯，为人类、国家以及戏剧的未来一起松了一口气。

…………

话题到了筱燕秋的身上老板更机敏了，更睿智也更有趣了。老板的年纪其实和筱燕秋差不多，然而，他更像一个长者。他的关心、崇敬、亲切都充满了长者的意味，然而又是充满活力的、男人式的、世俗化的、把自己放在民间与平民立场上的，因而也就更亲切、更平等了。这种平等使筱燕秋如沐春风，人也自信、舒展了。筱燕秋对自己开始有了几分把握，开始和老板说一些闲话。几句话下来老板的额头都亮了，眼睛也有了光芒。他看着筱燕秋，说话的语速明显有些快，一边说话一边接受别人的敬酒。从酒席开始到现在，他一杯又一杯，来者不拒，酒到杯干，差不多已经是一斤五粮液下了肚子。老板现在只和筱燕秋一个人说，旁若无人。酒到了这个份上炳璋不可能没有一点担忧，许多成功的宴席就是坏在最后的两三杯上，就是坏在漂亮女人的一两句话上。炳璋开始担心，害怕老板过了量。成功体面的男人在女演员的面前被酒弄得不可收拾，这样的场面炳璋见得实在是太多了。炳璋就害怕老板冒出了什么唐突的话来，更害怕老板做出什么唐突的举动。他非常担心，许多伟人都是在事态的后期犯了错误，而这样的错误损害的恰恰正是伟人自己。炳璋害怕老板不能善终，开始看表。老板视而不见，却掏出香烟，递到了筱燕秋的面前。这个举动轻薄了。炳璋看在眼里，咽了一口吐沫，知道老板喝多了，有些把持不住。炳璋看着面前的酒杯，紧张地思忖着如何收好今晚这个场，如何让老板尽兴而归，同时又能让筱燕秋脱开这个身。许多人都看出了炳璋的心思，连筱燕秋都看出来了。筱燕秋对老板笑笑，说："我不能吸烟的。"老板点点头，自己燃上了，说："可惜了。你不肯给我到月亮上做广告。"大伙儿愣了一下，接下来就是一阵哄笑。这话其实并不好笑，但是，伟人的废话有时候就等于幽默。①

从这段叙述中我们能够看到叙述者对老板的描述是充满了崇敬至少是赞赏口吻的，对剧团团长乔炳璋的态度则略有责备，然而，聪明的读者透过字里行间还是感觉到了作家想表达的显然和叙述者不一样，他和读者一样，看到的是剧团团长乔炳璋为了钱而低三下四、巴巴结结，看到的是烟厂老板装模作样、夸夸其谈背后的轻佻浅薄，因

① 毕飞宇．青衣［M］．上海：上海锦绣文章出版社，2008：207.

此，两者的情感、态度是不一致的，形成了背离，从而成为一种反讽。

需要注意的是，在一个文本中，有的时候作家和叙述者的关系始终是一致的，有的时候却一会儿是一致的，一会儿又是相背离的，不一而足，这种情况读者通过阅读就能够感知到。

二　作家与自身

关于作家和自身之间的关系，普遍的一种观点认为，作品中的作家和实际的作家之间是分离的，比如苏联理论家维诺格拉多夫就认为，尽管承认小说总是要透露作家的信息，从人物形象、故事编制到各种技巧手法的选择使用总能感觉到作家的形象，但是这个作家形象与实际的作家形象并没有什么联系，他说托尔斯泰、陀思妥耶夫斯基、果戈理在作品中所创造的自己的形象，“并非现实当中，生活当中那个托尔斯泰、陀思妥耶夫斯基、果戈理的面目。这是作家的一个独特的‘演员’脸谱”[①]。这种说法显然和布斯的“隐含作家”有很相似的地方，也是现代小说家要强调“显示”的一个充足的理由，因为既然小说中的作家形象和现实中生活的作家形象不同，那么，现实中的作家也就不必为小说负责。不过，在维诺格拉多夫看来，这个作家形象不是由真实作家的心理、气质决定的，而是由他的“思辨的审美观点”决定的。因此，他断然宣称，在研究作品时“一切有关作家生平事迹的材料，我都断然排除不用”[②]。比他稍晚一点的巴赫金，在对待作家的态度上，也同样出现了否定真实作家

① 白春仁．文学修辞学［M］．长春：吉林教育出版社，1993：250.

② 同①.

的倾向。由于巴赫金的小说修辞理论更强调人物的主体地位，将人物提升到了作品的核心位置，这样，为了给人物留下足够的表现空间，他不仅把人物和作家分在了不同的层面上，而且也在某种程度上割裂了真实作家和创作中的作家的联系，实际上把作家变成了布斯所谓的“隐含作家”。

在有关论述作家和自己之间的修辞关系的观点中，最具有影响力的应该是布斯。正如在前面第一章中我们已经讨论过的“隐含作家”，就是布斯为了分辨真实作家和作品作家，也是为了调和与现代小说家之间的矛盾所创立的一个影响广泛的概念，虽然这个概念具有形式主义色彩，但响应者却不少。在布斯看来，“隐含作家”是作家创作的“第二个自我”，和真实作家是相分离的，并不是一个人，他所讲述的与真实作家没有关系，真实作家可以不负责任。布斯的这个分法，虽然在一定的角度揭示了作家存在的一种现状，但过于偏颇，并不能作为一条规律而普遍存在，况且按照这样的说法也很容易造成阅读上的麻烦。因为读者阅读小说某种意义上其实潜在地都是和真实作家在交流，突然出现一个“隐含作家”，让他会感觉很不适应，因为这让他不知道到底是相信真实作家还是相信“隐含作家”，会对他造成干扰，同时还会给他一种不可靠的感觉，因为作品的讲述者都是一个创造出来的人，那由他讲述的故事还是可靠的吗？例如，读者读《红楼梦》，是相信真实的作家曹雪芹所说的还是相信《红楼梦》的“隐含作家”所说的呢？读《长恨歌》是相信真实的作家王安忆所说的还是相信“隐含作家”所说的呢？事实上，作家之所以在不同的作品中有不同的叙述腔调和口吻，只是根据内容所做的调整，并不是真实的自己讲一套，而自己创造的“第二自我”讲一套。在笔者看来，真实的作家和作品中的作家实际上都是同一个人。

三 作家与人物

文学是人学，自然人是作品的主体。作家和他所创造的人物，一个是真实的，一个是虚拟的，两者之间是创造者和被创造者的关系。作家创造的人物是否成功，一方面取决于作家的艺术修养，取决于作家对人的认识，另一方面也取决于人物本身，即人物是不是按照自己的命运轨迹来运行，遵从自己的命运轨迹的就应当是成功的人物，违反了则不是。换句话说，人物的成功与否尽管是作家创造的，但人物的命运如何发展却不是由作家来掌控的，而是由他自己来掌控。因此，作家和人物之间的关系，严格说来是一种文学中的内部修辞关系。由于本书所讨论的是作家，所以，如果把作家作为衡量的中心，那么根据已有作品的种种表现来看，作家和人物之间的修辞关系可分为三种。

第一种，俯视关系。所谓俯视关系，是指在创作中作家以高于人物的视角，对人物采取俯视的态度，即人物完全处在作家的监控视野之内。处在这种状态中的人物，他的一切包括外貌和意识都完全由作家所掌控。换句话说，人物始终都围绕在作家的周围，一切均需要作家把它表现出来。巴赫金把这种作家和人物的关系称为独白关系，即整个小说中人物的一切均由作家在独自表白，人物不能左右作家。

处在作家俯视关系中的人物在传统小说中非常常见。在传统小说中，由于作家永远都是主动者，人物只是受作家支配的一个形象，构成人物形象的各种因素虽然都来自人物本身，即人物的形象由人物自身的生活和环境决定，但正如邦达列夫说，“不论读者喜欢与否，每一部文学作品总是反映作家，反映作家的经历、思想和感情”[1]。所以，人物的一切其实都是作家虚构出来的以表达自我思想情感的一个形象符号。比如《三国演义》中的许多人物都是这一类型的，诸葛亮、刘备、关羽、张飞等人物，他们的一举一动都由作家来掌控，作家知道他们的一切，甚至对他们的心理也了如指掌，以至于他们最后都已经符号化，代表了某种道德理念，成了浮雕。

第二种，平等关系。所谓平等关系，是指作家在创造人物的过程中，尊重人物的选择，和人物处在平等的关系中。在这种关系中，人物不是作家的傀儡和附庸，作家也不是人物的主人和掌控者，他们各有各的生活轨迹。当然，这里的人物并不是主动出现在小说中的，也是作家虚构的，只是人物在文本的世界里有自己的生活轨迹，不是以作家的意志而存在。人物在属于自己的世界里展开他的人生历程，作家即便作为人物的创造者也不能改变他的人生轨迹，只能尊重人物，由人物自己掌握自己的命运。持有这一观点的代表人物主要是俄罗斯文艺理论家巴赫金。巴赫金的理论支点主要来自陀思妥耶夫斯基的小说。他认为陀思妥耶夫斯基的小说中人物都是些教堂里的人物。在教堂里，各种各样的人聚集在一起，有圣洁行善的教徒，也有罪不容诛的恶人，有灵魂升华之人，也有死不改悔之徒，比如拉斯柯尔尼科夫、“地下室人”、梅思金公爵、卡拉马佐夫兄弟等，他们都如同生活在教堂中的人物，彼此之间相互对立，灵魂难以沟通，但他们共存于一个教堂中，就像但丁所描绘的世界一样，是完全平等的。

巴赫金对于作家和人物之间的这种平等关系的概括主要表现在以下几个方面：第一，复调小说的主人公不只是作家描写的客体或对象，他并非作家思想观念的直接表现者，而是表现自我意识的主体；第二，复调小说中并不存在一个至高无上的作家的统一意识，小说不是按照这种统一意识展开情节、人物命运、形象性格的，而是展现有不同价值和不

---

① 邦达列夫．甜蜜的苦役［M］//北京师范大学苏联文学研究所．苏联当代作家谈创作．北京：北京师范大学出版社，1984：45.

同意识的世界；第三，复调小说由互不相容的各种独立意识、各具完整价值的多重声音组成。在《陀思妥耶夫斯基创作中的主人公和作家对主人公的立场》一文中，巴赫金将陀思妥耶夫斯基和果戈理笔下的人物做了比较，他认为陀思妥耶夫斯基在创作初期即果戈理时期，描绘的人物就已经不再是人物本身，而是人物的自我意识，“在果戈理视野中展示的构成主人公确定的社会面貌和性格面貌的全部客观特征，到了陀思妥耶夫斯基笔下便被纳入了主人公本人的视野，并在这里成为主人公痛苦的自我意识的对象，甚至连果戈理所描绘的‘贫困官吏’的外貌，陀思妥耶夫斯基也让主人公在镜子里看到而自我观赏”，“我们看到的不是他是谁，而是他是如何认识自己的。面对我们的艺术视觉，已经不是主人公的现实，而纯粹是他对这一现实认识所起的作用。这样，果戈理的主人公就变成了陀思妥耶夫斯基的主人公”①。

在巴赫金看来，人物的自我意识是陀思妥耶夫斯基刻画人物的主导因素。这样，人物“本身就足以使统一的独白型艺术世界解体。但有个条件，就是作为自我意识的主人公，要真正描绘出来，而不是表现出来。也就是说，主人公不能与作家融合，不能成为作家声音的传声筒。因此，还要有个条件，即主人公自我意识的种种内容要真正地客体化，而作品中主人公与作家之间要有一定距离。如果不剪断联结主人公和作家的脐带，那么我们看到的就不是一部作品，而是个人的材料”。换言之，在巴赫金看来，作家必须废除那种让主人公代言的心理需求，必须把人物当作他自己描绘出来，而不是自己想象的那样，只有这样人物才能真正地活起来，才能是他自己，因为人物“一切固有的、客观的品格，他的社会地位，他的社会典型性和性格典型性，他的 habits（脾气、性格），他的精神面貌乃至他的外表——这一切通常被作家用来当作塑造确切的、稳定的人物形象（他是谁）的手

① 林贤治．巴赫金集［M］．上海：上海远东出版社，1998：2—3.

段"[①]。换言之，作家只能根据人物自己的脾气、性格和精神面貌来塑造人物，除此之外，作家不能把自己的意志强加给人物，让人物按照作家自己的构想生活。人物有自己的人生，他对自己负责。人物有自己的意识和世界，人物不关心在世界中"我是谁"这样的问题，而是恰恰相反，他关心的是在我眼里"世界是什么"的问题，在这种状态下，他关注的是自我的内心以及和他人的关系。

第三种，低于关系。所谓低于关系，是指在小说世界中，人物大于作家，作家甚至都是人物用来考察自我的对象，人物不但掌握自己的命运，甚至他还强迫作家接受他。这种关系中的作家将自己放置在非常低的位置，他不能改变人物，也无法干预人物，只能接受人物的一切，或者换句话说，这种关系中的作家虽然对人物有着很多的同情、欣赏或者不满和责备，但只能眼睁睁地看着人物走向悲剧或者得到幸福，他却无能为力。作家低于人物的这种关系在整个小说史上相对较少，却是现代小说甚至读者所推崇的一种关系类型。当作家站在创作家的立场上对人物横加干预，随意摆布人物成为一种习惯时，人们越来越不满这种写作格调，他们更希望看到人物自己演绎自己的人生，自己掌握自己的命运。所以，现如今这种情形不是越来越少，而是越来越多。比如陈忠实的《白鹿原》，这是一部具有史诗性叙述风格的现实主义力作，在这部小说中作家陈忠实与人物之间的关系整体上讲是俯视加平等的关系，但是在处理个别人物的关系时则采取的是低于人物的姿态，任由人物自己去挣扎而无能为力，如与黑娃的关系就是这样。黑娃是村长白嘉轩家里的长工陆三的儿子，但白嘉轩并未将他当作下人的儿子对待，而是将他和自己的儿子白晓文等平等看待，一起送他们到学校上学。但是下人的儿子终究是下人，从学校出来的黑娃自我意识觉醒，感受到了这种差别。当黑娃意识到自己并没有别人那样的体面和尊严之后，心里感到了不平，加之他看不惯白嘉

① 林贤治．巴赫金集［M］．上海：上海远东出版社，1998：2.

轩看似一碗水端平的虚伪，便离开家乡到外面去给人打工。如果说这时黑娃的命运还无法完全由自己掌握，还依旧受到作家的牵制，作家与他之间的关系还是俯视的，那么接下来他和主人的小姨太私下相好，被发现后逃命回到村里，参加农会，当兵，投奔革命的一系列过程，则标志着他已经开始逐渐在掌握自己的命运了，能够和作家平起平坐了，与作家处在了一种平等关系中。但是故事还在发展，黑娃还在继续成长，随着他结束土匪生活回到县城，竟然一改冲动甚至鲁莽的土匪气，拜朱先生为师，皈依儒学，这显然已经大大超出了人们的意料，甚至超出了他自己的命运范畴，由一个浑身充满了叛逆、躁动气息的青年变成一个内心平静、热爱学习的青年，这种命运的变化显然超出了作家的设计，尤其是到了最后他竟然被白晓文诬陷为土匪，被革命政府所枪毙，更是大大超出了作家的预期。所以，尽管作家塑造了黑娃，但事实上随着黑娃的不断成长，作家逐渐失去了对他的控制，最终任由黑娃自己去谱写自己的命运。

总之，作家和人物之间有着复杂的关系，要正确认识和了解作家与人物之间的关系，首先，必须要充分明白作家和人物之间是一种创作与被创作的关系，即要明白任何人物都是由作家虚构出来的，明白了这一点，我们就能够接受人物为何是这样而不是那样，就能够接受人物为何带有作家的影子但又不完全受作家影响的道理。因为对于任何一个作家来说，虚构一个并不存在的人物，其目的无非是想要通过人物来传递感情、表达看法、探讨问题，否则，他没有必要创造这么一个并不存在的人物。其次，我们还必须明白，尽管人物表达了作家的思想、看法和情感，是一个虚构的存在，但由于这些思想、看法和情感是通过人物自然而然产生出来的，“是沿着来自主人公的哲学思想和生活经验的天然轨道，从他们活动的客观环境中自然而然产生的”，“如果不是由主人公自己表达出来的，那么读者是不会领会这些思想的，也就不会产生问题，不会提出问题。那就会是除了作家自己对主人公任意摆弄外，毫无成效”[①]。所以，这就是为什么我们一方面看到作家同人物之间是创造和被创造的关系，但另一方面也看到人物又是独立的、有自己的生活的缘故。因为如果不这样，人物就会被思想所控制，就会成为观念的产物，最终成为没有生命的一个怪物。因此，从这一角度去看，作家和人物之间其实是相互共生的一种关系。

作家创造人物，换个角度，这仅是从生产方式上而言的，就人物本身而言，他一旦具有了生命的活力，势必就会摆脱别人（作家）的束缚和控制，成为有个性的、独立的、具体的人，势必就会按照自己的人生轨迹前行，展开自己或悲壮或平淡的一生。这时他和作家的关系是平等的关系。换句话说，作家尽管创造了人物，但又不能凌驾于人物之上，任意摆弄人物，不能把人物当作傀儡，而是要把他当作一个独立的人来看待，他的生死、他的个性，甚至他的一切都必须按照他的命运逻辑来安排，作家不能随意改变、任意干涉，不能按照自己的方式来构建人物的人生轨迹。正如苏联当代作家拉斯普京所说：“作家不应当觉得自己高于主人公，也不应该把自己看作是比主人公聪明、有经验，这点是很重要的。在创作期间只有相信自己的主人公，并且同他们处于平等的地位，才能引起最奇妙的反响。是的，主人公不会成为在各种线索作用下行动和说话的木偶，而是读者自始至终觉得可信的活生生的人物。”[②]

四　作家与读者

作家创作文学作品，读者阅读文学作品，作家和读者是通过文学作品联系在一起的，这样他们之间也就产生了一种修辞关系。对此，

① 拉斯普京．我不能不同马焦拉告别［M］//北京师范大学苏联文学研究所．苏联当代作家谈创作．北京：北京师范大学出版社 1984：114.

② 同①.

托尔斯泰就曾说道："每一部艺术作品都能使接受的人和曾经创造艺术或当时在创造艺术的人之间发生某种联系，而且也使接受者和所有那些与他同时在接受、在他以前接受过或在他以后将要接受同一艺术印象的人们之间发生某种联系。"① 那么，为什么会这样呢？这是因为文学作品就是作家思想感情的结晶，它表达了作家对世界的态度和看法，读者阅读文学作品时，他也会释放出自己的思想感情，并和作家进行交流，当态度、看法相一致时，他们感到亲密，当态度、看法相背离时他们感到抵牾。作家和读者的这种修辞关系在实际生活中有两种形态：亲密和疏离。

（一）亲密关系

作家和读者的关系是否亲密，主要取决于作家对世界的看法与读者对世界的看法是否能够取得一致，如果能够取得一致，那么两者的关系就会趋于亲密；否则，就可能相互疏离。作家和读者的亲密关系具体说来具有如下一些内涵和形态。

首先，作家和读者之间的亲密关系是一种相互吸引的关系。关于这一点，柏拉图曾借用苏格拉底和诵诗人伊安的对话做过十分形象的说明。苏格拉底曾夸赞诵诗人伊安具有解说荷马史诗的能力，但伊安谦虚地说他只是在解说荷马史诗方面无人能比，但在解说其他诗人时则不能做到这么好。对此，苏格拉底认为伊安的这种长于解说荷马史诗的本领并不是一种技艺，而是一种灵感，这种灵感就像欧里庇得斯所说的磁石，磁石不仅能吸引铁环本身，而且能把吸引力传给那些铁环，使它们也像磁石一样，能吸引其他铁环，结成一条长锁链，而"诗神就像这块磁石，他首先给人灵感，得到灵感的人们又把它传递给旁人，让旁人接上他们，结成一条锁链"②。尽管苏格拉底把诗人的灵感看作是神赐予的力量，具有某种唯心主义的色彩，但是他所说的

① 段宝林．西方古典作家谈文艺创作［M］．沈阳：春风文艺出版社，1980：514.

② 同①，11.

诗人和解诗者通过诗歌相互吸引的关系则是准确的。他对诗人和解诗者关系的描述同样也适合其他类型文学作品的作家和读者。

在作家和读者结成的这个艺术长链中，就主动性或者先后顺序来说，应该是先有作家，后有读者，因为没有作家就没有创作，当然也就没有文学作品，自然也就没有读者，更谈不上对读者的吸引问题了。所以，在读者能否和作家结成一个艺术长链的过程中，作家的作用极其重要。如果他是一个好作家，那么他自然就能吸引人，如果不是，则情况正好相反。而作家要想把读者吸引住，除了说出自己的心里话，和读者真诚地交流，别无他法。对此，作家卢新华在回忆小说《伤痕》的写作时就曾说，巴金老人曾有一次对他说，他早年也没想过要当作家，只是经历过许多时光之后，心里憋了许多话，不说出来感到很压抑，这才开始写小说的，而正因为如此，读者才接受了他，给了他很大的鼓舞。卢新华说他正是从巴金老人的话里面悟到了艺术的真谛，才开始写作的。他悟到的真谛用他自己的话来说就是："人，终究是社会的人，他不仅需要物质生活资料作为自己生存的前提，也还需要和社会的其他人建立起某种感情上的联系，没有这种联系，一个人就会不时地感觉孤独、空虚、寂寞、绝望的重负。所以，作品常常是作家和读者之间感情联系的一座桥梁。作家把自己真实的心捧给读者，而期望从他们那里获得某种感情上的共鸣和精神上的慰藉与鼓舞……"[①] 是的，作家正因为对社会有感悟、有想法，并写成了作品，把自己的一切真诚地交给了读者，读者才能受到作品的吸引，才能和作家进行心灵的沟通与交流。

其次，作家与读者之间的亲密关系还是一种相互融合的关系。作家和读者之间看似一个在写，一个在读，读者能不能接受作家，只有作品得到了读者的认可才能实现。但实际上，作家在写作的过程中已

① 卢新华．关于《伤痕》及其他［M］//李犁耘，吴怀斌．中青年作家谈创作（上）．济南：山东文艺出版社，1984：255.

经在内心中有了读者，或者至少知道他的读者应该是什么样子的。否则，缺少了读者的写作是不成立的，至少是缺乏动力的。没有一个作家写作只是为了自娱自乐，对他来说，写作的最大意义正在于和读者的交流。假如作家只是为了自己，写作就会失去意义，因为他不能够影响别人，无法拥有读者。而作家之所以需要读者，或者说之所以会和读者形成交集，彼此需要，根本上是因为他们之间有情感的交换。情感是文学创作的动力，作家在情感中创作，这种情感必将进入文本，读者阅读自会感觉到。托尔斯泰就认为，“艺术活动是以下面这一事实为基础的：一个用听觉或视觉接受他人所表达的感情的人，能够体验到那个表达自己的感情的人所体验过的同样的感情”，“艺术活动建立在人们能够受别人感情的感染这一基础上”。[①] 是的，对于艺术活动这个过程来说，读者之所以能够接纳作家并和作家达成一致，是因为他被作家的情感所吸引、所打动，体验到了作家所具有的那种情感，从而和作家在心灵上有了一种沟通，达到了一致；而反过来，对于作家来说，他希望读者能够和自己站在一起，能够体验到和自己相同的感情，他就必须表达读者能够接受并能够体验到的情感，只有这样读者才能够接纳他。因此，为了达到这个目的，作家必须在作品中找到特定的形式将自己的情感表达出来，文学作品正是这样一座桥梁。当作家和读者通过这座桥梁达到情感的相互碰撞之后，作为艺术的小说自然就让“艺术家的‘自我’和鉴赏者的‘自我’融合为一”[②]。

更进一步说，所有的作家都渴望拥有自己固定的读者群，或者说都渴望拥有一定数量的读者，因为缺少这样的读者群，写作的目的很有可能就要落空。对此，苏联当代作家特里丰诺夫在回答《文学报》记者针对读者对自己作品的理解满意与否的问题时就做出了精彩的回

① 段宝林．西方古典作家谈文艺创作［M］．沈阳：春风文艺出版社，1980：515.
② 同①，532.

答，他说："读者和作家，这是个老问题。我总愿意以这样的读者为对象，他们具有'吸收'文学作品的丰富经验，能够从思想内容、修辞技巧、美学意义等各方面领会整个作品……我有一些这样的读者。"[①] 特里丰诺夫尽管说的只是自己的心声，但其实代表了大多数作家。所以，对于作家来说，他是多么希望他的读者能够了解他所表达的一切，这种愿望越强烈，他对读者的期望值越高，他的创作就越精彩。

很长时间以来，由于现代小说改变了传统小说的叙述方式，使得小说的整体面貌和以前大不一样了，导致读者在阅读时遇到了不少的障碍，以至于读者普遍认为现代小说家不注重和读者建立亲密的关系。的确，不可否认，在小说进入现代以来，由于叙述观念的改变，小说发生了变化，尤其是一些意识先进的现代小说家，为了体现他们前卫的艺术观，有意在小说中使用大量陌生的方法，以至于给读者造成了阅读上的困难，拉开了与读者的距离。但实事求是地说，这仅仅是部分作家，或者说这仅仅是他过于新颖的想法造成的，也许他的本意并不是要难为读者。大多数现代派小说家还是十分看重读者的，也非常渴望和读者建立良好的关系，甚至他们中有人还从读者那里获得了创作的力量。比如当采访者问到对作品所引起的反响是否感到惊讶时，"黑色幽默派"的代表作家约瑟夫·海勒就说："当然，我靠的就是这个。在人们读了我写的东西并做出反应之前，我真不知道我正在做的是什么。……等到人们，往往是那些不在意说我的好话或坏话的人们开始谈论它的时候我才明白，它给人们提供了一些与众不同的东西。"而正是他所提供的这些东西，让读者有了自己的判断，对他的作品做出了中肯的评价，所以他从这些评价中才认识到自己幽默的才华。不但如此，他还说："要是有人告诉我，我写的东西不好，没有人想读它们，那我只会紧张不安。我就会约束自己，在一本书完成三

① 特里丰诺夫．城市和市民［M］// 北京师范大学苏联文学研究所．苏联当代作家谈创作．北京：北京师范大学出版社，1984：203.

分之一之前不要急于把第一章交给我的代理人、出版商或是其他朋友。他们是可以对我不客气的。”① 可见，他对搞好与读者的关系还是相当看重的，并不像有些人所说的那样，不管和不顾读者，甚至当采访者问到他在写作时脑子里是否有读者的概念时，海勒这样回答道："既然写作实际上是（作家）对人们的表演，那么我有意无意地就要有一个写作的对象——我想这个对象实际上是我，再加上我的敏锐程度，我的文化水准和我的文学趣味。”② 这个读者，按照我的理解，应该是和他一样的有一定文化水准和文学趣味的读者，而并非只是他自己。

不过，在现代派作家中也有一些作家认为作家和读者的关系不那么美好，但他们还是希望能够改善这种不美好，比如美国当代作家琼·迪戴恩认为作家的写作行为其实对读者而言就是一种敌对行动，因为“写作的敌对行动在于你在试图使某个人按你看某件事的方式看待它，试图把你的观点、你的描写强加于人。它的敌对行动还在于你试图把某个人的脑子按那种方式往一边硬扭，想把你的梦、你的梦魇告诉某个人”。强制的当然就应该是敌对的。但尽管如此，她在写作时心里还是存有读者的，只不过“唯一的读者就是我。不管什么时候我都在对自己写作。因此，很可能我一直在对自己采取一种进攻的、敌对的行动”③。

总之，大量的事实表明，尽管现代作家心目中的读者和传统作家心目中的读者不太一样，传统作家心目中的读者就是通常意义上广大实在的读者，而现代作家心目中的读者则更多指的是“隐含读者”，甚至就是以他为楷模的读者，但不论哪种，他们其实都想与读者建立良好的关系，因为良好的读者关系表明他的作品是受读者欢迎的，而对于作家来说还有比这样的安慰和回报更好的吗？

---

① 程代熙，程红．西方现代派作家谈创作［M］．北京：中国广播电视出版社，1991：68—69.

② 董衡巽．海明威谈创作［M］．北京：生活·读书·新知三联书店，1985：69.

③ 同①，188—189.

能够体现作家和读者之间亲密关系的形态有许多种，阅读量巨大、作品热卖、受到追捧都是，但都没有收到读者来信和作家畅谈阅读体会更让作家激动。作家虽然不指望每个读者都给他来信，但能够收到读者来信对于作家来说某种程度上比听到评论家对他的评论更重要，因为只有普通读者的接受才能提供真正的写作动力。作家何士光在回忆自己的小说《乡场上》的创作过程时就曾说过，这篇小说发表之后，甘肃的一位青年农民读者给他写了一封信，信上这位青年农民说自己读完《乡场上》之后，感觉到他笔下的梨花屯就是自己的村庄，胆怯、憨厚、勤劳、善良的任老大一家就是自己的家，那阴险、狡诈的曹支书就住在自己家隔壁，并说他们全家读过小说后都一致要让他给作家写信，感谢他写出了这么真实的生活。何士光说，当他看到这封信时，禁不住热泪盈眶：原来普天之下被压迫的人民都有一本血泪账![1] 后来他还陆续收到了一些其他读者的来信，正是这些来信让他备受鼓舞，坚定了创作的方向和信心，更加坚定地为农民而写作。

无独有偶，苏联作家瓦西里耶夫在小说《这里的黎明静悄悄》发表之后，也收到了许多读者的来信，在回答读者信中提出的问题时，他这样说道："同所有作家一样，我非常珍惜读者的关怀。通常，读者的信是参与创作的表现，它'潜藏'在每个读者身上。"比如针对读者提出的小说《这里的黎明静悄悄》是真实还是虚构的问题，他就认为读者不但需要从作家最初的创作思想里了解他的动机，而且在认识了现实存在的人物之后，他还要知道作家从这些现实人物身上为自己塑造的形象摄取了什么，渲染了什么，扬弃了什么……在他看来，"实质上，这也是一种创作兴趣"。同时，他还认为："读者来信对作家的工作过程是必要的组成部分。这是一种支持，是对新的构思的推

① 何士光．感受　理解　表达——关于《乡场上》的写作［M］// 李犁耘，吴怀斌．中青年作家谈创作（上）．济南：山东文艺出版社 1984：385—386.

动，有时候这很重要，它提供了怀疑的口实：这一切是否达到了构思时的要求？”[①]

最后，作家与读者之间的关系还是一种诚恳和坦率的交流关系。作家越真诚，越是不怕读者的指责和批评，或者反过来说，作家越不怕读者的指责和批评，越意味着他的写作是真诚的，尽管这里面可能有写得好坏的区分，但因为真诚，他不怕读者的指责和批评。文学史上有许多优秀的作家都因为满怀真诚地为读者写作，所以获得了读者很高的赞誉。法国作家梅里美对司汤达对待读者的态度就十分赞赏，他说：“诚挚是贝尔（司汤达的真名）的性格特征之一……我没有见过任何文人比他在批评中更坦率，或是接受朋友的批评更大方正直。他喜欢把自己的文稿寄给人看，并要求别人严厉地加以评判。不管别人的意见多么严峻，甚至不公平，他从不因此而生气。他有一条座右铭是：谁只要干‘白纸上写黑字’这一行，别人说他笨拙，就不应该惊讶或是动气。他切实执行这一座右铭，而且，他自己绝不是真正的或是装作无所谓。他把别人的批评常常记在心头；他毫不恼怒，而是热烈地加以研讨，仿佛在研讨一个几世纪以前的作家的作品一样。”[②]梅里美没有说假话，因为司汤达的成就告诉我们他是一个真诚的作家。屠格涅夫是世界级的伟大作家，他之所以能够取得如此成就，某种程度上与他对待读者十分诚恳是分不开的。比如，在写给读者朋友的一封信中，他曾这样向他的这位读者朋友征求意见：“给您介绍它（《贵族之家》）的布局、叙述那些性格和我所规定的目的等，对于我是莫大的幸福；我会非常注意地倾听您的一切对我十分宝贵的意见。”[③] 当有读者对他的人物“索洛明”（《处女地》中的人物）进行赞扬时，他表现得十分高兴，并给了读者热情的回应。

---

① 瓦西里耶夫．是真实还是虚构？[M]//北京师范大学苏联文学研究所．苏联当代作家谈创作．北京：北京师范大学出版社，1984：221.

② 段宝林．西方古典作家谈文艺创作［M］．沈阳：春风文艺出版社，1980：293.

③ 同②，446.

不过，需要注意的是，获得读者的喜爱和接纳应该是真诚的付出之后自然而然的一件事情，而不能是刻意的行为。如果一个作家的写作仅仅是为了讨好读者，就会不自觉地为了讨好而降低艺术标准。这种行为表面上是为读者着想，是很热情地在对待读者，但骨子里却是媚俗的，也许它会蒙蔽读者，但当读者冷静下来的时候迟早会感知到，因此肯定是不会长久的。因为很多时候，大多数读者的阅读兴趣和口味并不意味着就是最正确的，也并不意味着就是最高雅的，趋附、迎合、一味地满足读者口味很有可能导致写作的失败。真正伟大的作家应该是那种深刻了解大众需求，但又同时能够通过作品提升大众需求、升华读者审美情趣的人。对此，托尔斯泰就认为那种“希望符合当时大多数读者的趣味和要求”的写作行为，不但“特别有害，而且预先就破坏了作品的全部意义”，因为“任何一部文学著作的意义仅仅在于：它不像说教那样是直接地教诲，而是向人们揭示某种新的、人们所不知晓的、而多半是与广大读者所认为无可置疑的道理相反的东西。而这里正是没有的东西恰好成为必需的条件了”①。是的，作品能不能讨得读者的欢心，并不是因为作家去迎合了读者的心思，而是因为他在作品中表现了某种新的、不知晓的东西才激发起了读者的兴趣，获得了读者的好评。

作家和读者之间的亲密关系还应当包含一种更为深刻的形态，就是作家要相信读者，相信读者能够理解他，而不是藐视读者，把读者当傻瓜。作家和读者之间其实存在着一种非常微妙的博弈心理，对于作家来说，生怕读者水平太差，不理解自己，误解了自己，因此可能会在写作的时候，知无不言，言无不尽，结果使得读者感觉被愚弄而心生厌烦；而对于读者来说，他虽然希望作家能够尽可能明白地传达自己的思想和情感，但他又对作家把自己当作傻瓜产生逆反心理，他一方面希望作家在写作的时候能够有所收敛和节制，能够给自己留下

① 段宝林．西方古典作家谈文艺创作［M］．沈阳：春风文艺出版社，1980：560.

思考的空间，一方面又希望作家能够尽可能明白无误地把所知道的一切都告诉给自己，好让自己尽兴。作家和读者之间的这种心理博弈其实是非常有趣的，也反映出了两者关系的复杂，因此拿捏不好就很容易适得其反。

早期的小说家最爱犯的毛病就是把读者当作傻瓜，写作时恨不得把一切都事无巨细地告诉给读者。不过，这也不能全怪他们，因为那个时候读者的水平的确很低，需要那样做。但现在的读者，他们接受教育的程度越来越高了，阅读的能力也越来越强了，不希望作家再把自己当作小学生对待了。契诃夫就非常能够理解读者的这种心理，所以他时常主张作家要如实地描写生活，把自己和自己的主观成分抽掉，一不能现身作品中，二不能直接说教，而是要“充分信赖读者”，因为“小说里所欠缺的主观成分读者自己会加进去的”①。他是这样说的，当然也是这样做的，所以他的作品非常受读者欢迎。

（二）疏离关系

作家和读者之间最正常的或者说最常规化的修辞关系是亲密。但是，事实上在实际的交流活动中并不总是如此，有时他们之间的关系也会出现异化，最终导致两者相互疏离。造成这种结果出现的原因十分复杂。

首先，从作家的角度来看，导致作者与读者之间出现疏离关系的原因主要有以下一些方面。

（1）作家无视读者主体性存在，不顾读者的感受和理解，只是按照自己的意图去写作，结果拉开了与读者之间的距离，导致读者疏远了自己。“无视读者的存在”这种现象，从源头上来说由来已久。比如在古典主义时期，狄德罗就曾建议作家或者演员，在写作或表演的时候，“不要去想到观众，把他们当作不存在好了”②。因为他认为一

---

① 段宝林．西方古典作家谈文艺创作［M］．沈阳：春风文艺出版社，1980：633.

② 同①，107.

个作家或者演员在写作或者表演的时候要是心里一直想着观众，就会打断剧情，造成剧情中断，使得写作或表演无法正常进行。狄德罗所说的这种观点尽管也遭到了一部分作家的反对，但在实际的写作中并没有完全绝迹，到了现代有逐渐扩大的趋势，成为现代派小说普遍具有的一种特点。比如美国当代作家威廉·加斯，当采访者问他“读者是假设的对手吗?”这样的问题时，他毫不掩饰地说：“不。我不大考虑读者。不同的阅读方式才是对手——一些理论上的阅读方式。如果是关心什么就写什么的话，那实际上读者是不存在的。作家的责任是通过某种方法在作品中有所创造，创造出的东西本身就站得住脚，他们提出自己的要求时，如说作家是那样好，他会发现这些要求是什么，并且会满足它们，读者则用他们喜爱的方式对待它们。”[①] 正是持有这种观点，所以他把写作看作一场针对读者的游戏行为。比如他常常把所记的笔记卡片放在地板上，像洗扑克牌那样打乱卡片的顺序，以此来寻找小说的形式和结构，他说他这样做“主要是为了创作过程心理学方面的需要，而不是为读者着想的。读者只需要看到一系列运动，他们不需要看到后面的动力”[②]。

不过，对于“写作的时候不管不顾读者”的情况也不能一概认为都是不好的。其实无论是狄德罗还是加斯，他们所说的只是指在具体的写作过程中必须忘记读者，而不是指完全不顾读者。因为就如同我们做一件事情的时候，如果老是想着为了某个人估计会做不好一样，作家在写作时如果时时将读者放在心中，那样的话他也会写不好。因为心里面惦记着读者，就会打断写作思路，会使得写作无法完全投入。事实上，作家在整体创作中是不可能不管不顾读者的，他不是时时把读者放在心中只是一种相对的情景，如果完全没有读者，不设身处地考虑读者的感受，那也是不行的，那就会陷入

① 程代熙，程红．西方现代派作家谈创作［M］．北京：中国广播电视出版社，1991：170.

② 同①，177.

自己的泥淖中，毕竟写作是为了读者，最终要由读者来检阅。约翰·斯坦贝克就曾建议作家在写作中要“抛掉你意念中的读者。一开头，那些不知名、不露面的读者会吓得你手足无措。忘掉他们，他们就不存在了，因为毕竟不像在舞台上。写作中，你的观众就是一位单一的读者。我认为，有时可以挑出一个人——一个你真正认识的人，或者想象中的人，就对他写，这样很有益处”[①]。是的，斯坦贝克所说的，相信是许多作家都有的一种写作心理，也是许多作家在写作中对待读者最好的办法。心中要有读者是大前提，但在具体的写作过程中心中无读者也是写作的真实状态，这和毛泽东同志曾提出的“在战略上要藐视敌人，在战术上要重视敌人”异曲同工，是值得每个作家都借鉴的。

（2）作家凌驾于读者之上，用高高在上的态度教训读者。小说说白了就是一种作家把自己所见所感叙述出来并以此感染读者的艺术，或许它是有训诫作用的，但这种训诫绝不是说出来的，更不是高高在上的，而是从作品中自然而然流露出来的。如果作家总以为比读者高明，总想着利用作品对读者指手画脚，教育读者该怎么做、不该怎么做，是很容易引起读者反感的，因为没有人喜欢被别人教训，也没有人喜欢被人俯视。对此，托尔斯泰就说：“假如世界上有一件事是我不耐烦的，那便是知识分子教育人民的企图。”[②]相信托尔斯泰的话代表了大部分作家和读者的心声。其实，不仅古典作家们如此，现当代作家们也是如此，比如以作品的“先锋性”而出名的当代作家马原就十分欣赏博尔赫斯的那种出面告诉读者故事是虚构的方法和海明威的“冰山理论”，因为在他看来，“今天以后的读者的大多数不再需要以训诫为要义的小说，我深信一个作家自身修养达到什么程度他的作品就会呈现什么深度，他大可不必再

① 程代熙，程红．西方现代派作家谈创作［M］．北京：中国广播电视出版社，1991：312.

② 段宝林．西方古典作家谈文艺创作［M］．沈阳：春风文艺出版社，1980：511.

人为地把自己深刻化。而作家选择的方法应该是对他的阅读对象最具效果的方法，我想那就是生动可读的故事形态的方法，我今天取的也是此种方法”[①]。换句话说，他也认为小说的训诫性要通过最恰当的方法和形式，通过形象生动的故事表现出来，而不是作家直接出面训诫读者。由此可见，作家训诫读者不但在古典时期不受欢迎，在现代乃至今天也同样不受欢迎。但是，这样一个基本的常识到了创作中总会出现问题，因为总有一部分作家以为自己能够写作就是比一般读者高明，动不动就凌驾于读者之上，俯视读者，训斥读者，妄图对读者进行强制性的灌输，以至于读者心生反感，反而疏远了他。

（3）作家违反艺术的规律，刻意制造阅读的难度，有意不让人理解。艺术的本质是交流，而交流的前提是人们能够理解。那么，如何才能让人理解呢？基本的前提是作品必须符合艺术的要求，即必须遵循艺术规律、符合艺术特征。否则，就是难以理解的。可是，在实际的创作过程中经常存在一些作家借创新之名，刻意违反艺术规律、有意给读者制造阅读困难、肆意难为读者的情形。这样的作品看似与众不同，但由于破坏了艺术的本质，所以是有害的，其命运当然最终是被读者所抛弃。真正好的作品是那种遵循了艺术的规律，但又深刻、新颖，让人能够理解的作品，这只要看看我国古典诗歌就能够明白。我国古典诗歌尽管形式固定，后来发展到了十分严苛的程度，但那些流传下来的经典作品无一不是遵循了艺术规律，形式和内容都一目了然，它们并不是因为违反了艺术的规律，制造了阅读的难度才成为经典的，相反，它们的经典性正在于它们用最符合艺术规律的形式表达了最朴素的情感和道理。所以，托尔斯泰才说：“反常的艺术可能是人民所不理解的，但是好的艺术永远是所有的人都能理解的。”[②] “如

---

① 马原．小说密码［M］．广州：花城出版社，2013：13.

② 段宝林．西方古典作家谈文艺创作［M］．沈阳：春风文艺出版社，1980：520.

果艺术不能感动人，那么我们不能说：这是由于观众和听众不理解的缘故；而从这里只可能并且只应该做出这样的结论：这是一种坏的艺术，或者根本就不是艺术。”① 是的，这应该就是所有艺术所必须注意的，那些仅仅依靠违反艺术规律试图制造轰动效应的作品，看似新奇，其实最终损害的是作家和读者的关系。

（4）由于作家写作的失败或者思想陈旧、写法落后，有可能遭到读者的抛弃。一方面，时代总是发展的，而每个人生活的时代总是有限的，所以对于一个作家来说，漫长的一生可能要跨越很多时代。因此，一个作家不可能保证任何时代都具有旺盛的创作力和准确的判断力，难免会对新时代了解不够而产生隔阂。由此，有可能因为创作方法陈旧、观念老化、思维僵硬、思想保守等原因，导致写作能力低下和衰退，这时候他有可能不被读者所接受，遭到读者的遗忘和抛弃，这在文学史上也不是没有出现过。屠格涅夫就曾无可奈何地对青年作家发出过这样的“临别赠言”：“我‘侍奉缪斯’的二十五年，是在读者对我逐渐冷淡的情况下结束的，我也看不出他们有什么理由会重新给我温暖。新的时代到来了，需要有一批新的人物；文学上的老兵正像部队里的老兵一样，差不多总是残废者，那些能够及时地自动退休的人是幸福的！”② 可见，即便是优秀的作家也会有不被人认可和接受的时候，尽管这听起来有些世故，但历史总是这样的。另一方面，一个作家不可能保证每一次创作都是成功的，大作家、优秀作家也不例外，有时候即便是他们也可能遭遇创作上的失败，从而导致读者对他们的不满。美国现代派作家欧文·肖就曾说过：“失败对作家来说是难免的。所有作家，不管他是多么伟大或写出了什么样的作品，或迟或早总会有失败的时候，那时他们就会被崇拜者们像对待乞丐那样晾在一边，作家对此是毫无办法的，写出些糟糕的东西是难免的。莎士

① 段宝林．西方古典作家谈文艺创作［M］．沈阳：春风文艺出版社，1980：521.

② 同①，432.

比亚写过几出糟糕的戏剧，托尔斯泰在晚年也出版了几部非常可怕的作品。”[①]

其次，从读者的角度来看，导致作家和读者之间出现疏离关系的原因则主要有以下一些方面。

（1）由于读者水平有限，一时无法理解作家，对作家产生误解和不满。作家作为作品的创造者，一定意义上，其思想认知水平总是要高于读者，甚至有的要高出读者很多，再加上各种创新修辞手法的应用，因此读者如果水平难以达到，是很难看透作品的真正意图的，这样有可能会造成读者对作家的不理解和误解。这种情况在文学发展史上也并不少见。巴尔扎克就曾抱怨说，由于“艺术作品就是用最小的面积惊人地集中了最大量的思想，它类似总结。可是傻瓜们——而这些人又是多数——却竟想一下子就能看透一部作品。他们连‘芝麻，开门！’这个秘诀也不掌握，结果只能隔靴搔痒地观赏”[②]。尽管巴尔扎克对这类读者有些言辞不恭，但不能否认，他所指的这种情况确实存在。

（2）受时代风气的影响，由于读者目光短浅，看不到作家的尖锐和深刻，看不到作家对社会、现实描写的前瞻性和预见性而冷遇作家。小说发展至今，可以说经历了一个漫长的历史过程，早期的小说特别注重故事的构建，故事越引人入胜越好，读者早已习惯了这种叙述方式，所以许多读者衡量一部小说好坏的标准还依然停留在故事的层面上，认为故事性强的就是好的，故事性不强的就不好。但到了19世纪，随着科学技术的飞速发展，人们对事物的认知能力也得到了迅速提高，他们已经不仅仅满足于小说讲故事了，而是渴望能够看到更加接近事物的本质和真相的叙述，受这种认知和阅读风气的影响，作家在故事的基础上追求意义的深刻也在情理之中。对此，马原也发表

---

① 程代熙，程红．西方现代派作家谈创作［M］．北京：中国广播电视出版社，1991：88—89.

② 段宝林．西方古典作家谈文艺创作［M］．沈阳：春风文艺出版社，1980：313.

了自己的看法："作家们在把小说做得越来越精致、越来越复杂的过程中，掉进了所谓追寻深刻的泥淖。人们在小说里开始不满足于讲一个故事，不满足于这个故事已经有的意义、已经在那儿的意义。所以人类开始在小说写作当中去寻找意义，去找来意义。"① 是的，19世纪直到当下，小说已经逐渐摆脱了早期只满足于讲故事的浅层次特点，而是向着更加深刻和本质的领域迈进，很多小说的象征性和抽象性特征正在加强，他们的社会价值和意义读者很有可能一下子看不明白，以至于冷落了作家。比如荒诞派小说大师卡夫卡的小说《变形记》《城堡》《审判》等，在揭示现代社会对人的挤压所造成的人的异化方面可谓是达到了十分深刻和超前的程度，但正因为如此，生活在那个年代的人们并不能充分了解和感知，所以他的作品长时间都乏人问津，以至于他在活着的时候不但穷困潦倒、籍籍无名，而且他在临死之前甚至绝望地嘱咐他的好朋友在他死后把他的手稿付之一炬。幸运的是他的朋友在他死后并没有遵从他的遗嘱，而是把他的手稿保留了下来，后来交给了印刷厂，没想到他的作品价值到这个时候才被人们所认知，并且一版再版，而他自己也备受人们推崇，可惜的是他已经无法得知这一切了。

其实，作家也是人，也要生活，有的作家就靠写作维持生计，因此，如果从商业的角度讲，作家和读者的关系也就是买主与卖主的关系。作家写出作品并售出作品，读者购买作品并阅读作品，两者就是买卖关系。因此，如果作家写得不好，他的作品就不会有读者买，如果写得好，自然读者也就会抢购，最终实现互利双赢。从这个意义上来说，作家要想卖出更多的作品就必须和读者搞好关系。相信没有一个作家会希望自己的作品无人欣赏，也没有一个作家希望自己的作品读者不予理睬，而读者要接受、要欣赏，最好的办法就是作家要心中有读者，把读者装在心里，设身处地地为读者着想。对此，诺贝尔文

---

① 马原．小说密码［M］．广州：花城出版社，2013：22.

学奖获得者索尔·贝娄就说："我写作时心中有一个能理解我的人，我依靠这点儿写作。不是靠笛卡尔式的完全理解，而是靠犹太人式的有个大概的理解和常人皆有的同情心。"①

① 程代熙，程红．西方现代派作家谈创作［M］．北京：中国广播电视出版社，1991：121.

第五章　作家面对的外在主体修辞关系

一　作家与评论家

对文学进行相关的阐释、评价，简单说这就是文学批评，它是整个文学活动重要的组成部分。文学批评从其性质来看，既是一种阅读活动，也是一种创作活动，因为批评家在对文学作品做出评价前必须充分阅读文学作品，与此同时，他还要融入自己的思想感情、价值判断，最终对作品做出合理而中肯的评价。文学批评对作品、文学现象、文学思潮、文学史的阐释、评价、梳理，其目的是要帮助读者更好地理解和把握作品的意义、价值和趋向，引导人们更好地进行文学审美活动。对此，评论家雷达先生就有准确而透彻的揭示与说明，他认为：“文学批评是社会文化生活中的一种重要的积极的建设性力量，批评不仅能促进文学艺术的繁荣，而且完全可以脱开文艺的范畴，有助于全社会健康的精神生态的形成。文艺创作中的价值观与文艺理论批评中的价值观，还有现实生活中人们的价值行为之间，实际上构成了一种互动的关系。”① 的确，文学批评不但和文学联系在一起，而且和人们的生活也紧密联系在一起。文学批评的这种特点意味着作家和评论家之间存在着千丝万缕的联系，这种联系从修辞的角度讲也具有人为性。

从本质上讲，作家和评论家之间是相互依存、相互成长的关系，因为作家的写作离不开评论家的推介、宣传、批评和指引，缺少了评论家的推介、宣传、批评和指引，作家的创作有可能会失去监督和约束，任性而为；而反过来，如果没有作家的创作以及文学作品，评论家也就失去了评论的对象，他的评论也就无从谈起。因此，作家和评论家之间没有先后，也没有高低，而是互利共生的存在。他们以彼此为对象，但又借助彼此的力量而成长。这一点早已经被几千年来的文学史所证明。远的不说，就拿一些当年活着的时候籍籍无名、死后却大红大紫的作家来说，如果离开了评论家们的挖掘、发现和批评，或许他们真的早就被人们忘记了，正是评论家们的发现，才使得他们被人们重新认识，最终回到了文学史中。比如本雅明，现如今的他大红大紫，人们动辄就是他怎么说，可是殊不知他活着的时候，他的写作并没有多少人关注，但在他死后，评论家布莱希特发现了他的写作价值，认为其作品包含着很高的艺术水准，并认为本雅明的默默无闻是德国纳粹首次给我们造成的真正损失。在布莱希特的大力推介和评论下，本雅明的作品得到了人们广泛的重视，其文学价值和意义也得以重见天日。还比如前面提到的卡夫卡，他的创作在他生前并不被人们看好，但随着他的作品被朋友出版，评论家们从中发现了巨大的艺术和思想价值，也奠定了其20世纪大师的地位。试想假如没有评论家，卡夫卡能这么被人们所重视吗？由此可见，评论家和作家之间的关系就是一种共生关

① 文艺报社．文学下午茶——当代作家艺术家对话录［M］．青岛：青岛出版社，2013：138.

系，缺少了任何一方，另一方的存在都会变得黯淡无光。

不过，理论上的预设永远都是美好的，在实际的文学交流活动中，作家和评论家之间也并不总是存在着一种非常和谐的密切关系，有时候他们之间也会因为观念、态度等不同而发生冲突，也会出现不和谐的疏远关系。因此，就实际情况而言，作家和评论家之间也存在着两种关系形态，即密切和疏远的关系形态。

（一）密切关系

作家和评论家之间的关系首先值得重视的是他们彼此都很在意对方，是一种相互关注的关系。作家写作总是希望自己的作品能够引起人们最大范围的关注，这是每个作家都梦寐以求的。不过，这种关注是否能够实现，一方面取决于作家自身的创作实力，即取决于作家的作品是否写得足够好，是否能够激发大众的阅读兴趣，是否吸引大众的眼球；另一方面则取决于评论家的评论，即取决于评论家能否准确地阐释作品的意义，能否中肯地做出评价，能否展示作家的魅力。因为就实际情况而言，读者之所以喜欢上某部作品，一方面，可能是因为他发现了作品的确很好；另一方面，有可能是因为他接受了评论家的评论才喜欢上这部作品的。因此，作家的创作如果得到评论家的关注程度越高，也就意味着在某种程度上他的读者也就很多，这是一种连锁效应；作家的创作如果得不到评论家的关注，不闻不问，当然某种程度上也就意味着他的读者很少。这种情况在过去就已经成为一种普遍的现象，现如今媒体如此发达就更是如此了。现如今经常是作家的书还没出版，一些评论家就已经在各种媒体上发声了，这对作品的发行和销量以及读者的影响是显而易见的。

首先，作家和评论家之间的关系是一种相互照亮的关系。批评家的评论如果能够抓住作品的要害，公正而全面，反馈到作家那里，会反过来影响作家，不但会促使作家重新审视作品，总结自己创作的得失成败，而且会促使作家在下次写作中注意改正缺点，从而提升作品的质量和价值。如美国当代作家威廉·加斯，尽管反对那种解释含义式的评论，但总体上他还是能够正确对待批评家的评论："我一直是被批评界全面对待的。我也许会为他们的话感到极大的愉快，但这愉快不那么耐久，两秒钟的热血沸腾，如此而已。……有时否定的批评也是可以接受的。你可以借批评保护自己，当然了，要预见到他们会表示出的所有责难。"① 美国的另一位当代作家杰齐·考辛斯基也非常欣赏文学批评，他说"我是很喜欢文学批评"的，因为"文学批评完全像写小说或者写诗一样富有创造性"。他对有些作家不公正地对待批评家感到遗憾，"不幸的是，在这个国家，小说家总比批评家更吃香，因为作为一个小说家，你被认为经历过你的小说中的生活。……与此相反，作为一个批评家，却经常被认为是'知识分子'，有寄生性质，靠小说家经历的'下水'过日子"。但他并不这么认为，他不但极力维护批评家的地位和作用，而且希望自己有朝一日能够成为一位职业的批评家："有朝一日，我禁不住诱惑，没准会做一名职业文学批评家。"② 总之，无论是现代作家还是古典作家，其实他们之间的良好关系是能够彼此照亮对方的。对此，我国当代作家毕飞宇就十分地向往。作为一位当代重要的作家，他与评论界始终保持着密切的联系。在和评论家张莉的一次对话中，他就对作家和批评家之间的这种照亮性关系表达了浓烈的向往之情。他认为，一个批评家的成长有时候要比一位作家的成长困难得多，因为成为一个批评家的要求是很高的。评论家不但需要有很高的理论素养，而且要有大量的阅读经验，同时还要懂生活，对生活要有深刻的体验和感受，而这个过程往往是十分漫长的。他对金圣叹评点《水浒传》的言简意赅和准确到位就十分欣赏，他认为金圣叹简直就是一个文学天才，他的理解力是无与伦比的："70 回的'金评本'我翻了不知道多少年，每当有人向我'请教'的时候，我一定会推荐'金评本'70 回。那是小说文本与评论结

① 程代熙，程红．西方现代派作家谈创作［M］．北京：中国广播电视出版社，1991：184—185.

② 同①，611—612.

合的一个范本。金圣叹给了我很大的启示，一个小说家要认真地对待自己写的每一个字，要不然，你的文本经不起读者的反复推敲。因为金圣叹的介入，潘金莲、武松、武大郎、西门庆的四方关系简直是惊心动魄。你能说的只有两句话：施耐庵太有才了，金圣叹太有才了。他们的手里各自拿了一把手电，彻底照亮了对方。”[①] 可见，在作家心目中评论家并不是可有可无的，这也应该算是文学史上作家和读者相互照亮的最美好的景象。

其次，作家和评论家之间的关系是一种真诚的对话关系。作家需要批评家的赞美和肯定，这是毫无疑问的，就如同人总是喜欢听好话一样，作家当然也不例外。但这并不意味着作家就只能听好话，对于批评的意见或者指责就可以拒绝。不是的，作家和评论家之间真正的良性关系还包括真诚的批评和诚恳的交流。这需要两者相互尊重，彼此平等。作家不能因为批评家的批评和指责而大动肝火，评论家也不能因为不喜欢作家的作品或风格而对作家进行谩骂和攻击。所谓平等必须是基于对文学的爱护，出于对彼此的关心。对于作家来说，他必须尽自己所能，真诚地写作，写出自己的心声；对于批评家而言，他必须以公正为出发点，珍惜批评的荣誉，好处说好，坏处说坏，在尊重艺术规律的前提下，和作家中肯而客观地交流意见、探讨问题，共同促进文学向着更加美好的方向发展。

最后，作家和评论家之间的关系还是一种相互对抗的激发性关系。所谓对抗的激发性关系，不是指彼此仇恨、相互攻击的敌对关系，而是指两者之间凭借着智力的优势，保持一种相互对抗的距离和张力，既能够保持冷静客观，又能够相互启发和鼓励。换句话说，两者之间不一定非要达到完全的相同，有时候可能彼此意见相反，但因为彼此秉持公正、中立的态度，能够真诚地面对文学，对作品的好坏

① 文艺报社．文学下午茶——当代作家艺术家对话录［M］．青岛：青岛出版社，2013：5.

做出实事求是的批评，所以彼此能相互欣赏和吸引。真正负责任的批评家，就应当像树立在作家面前的一面镜子，作家通过这面镜子可以全面地观照自身。对此，毕飞宇就很诚恳地说："撇开私谊，从本质上说，作家和批评家终究是对立的，这是文学自身的需要。在我看来，批评家和作家的对立，是一种优雅的敌对关系。"① 而李建军也认为，批评家和作家之间的"这种对抗是必要的，因为，只有经过对抗，我们才能及时发现问题，才能最终使我们的文学生态环境更加正常，更有利于文学的发展"②。

（二）疏远关系

通过上述，我们看到作家和评论家之间的正常关系应该是一种密切的关系，但由于评论又存在着评价、监督乃至对抗的意思，使得他们的关系其实又变得十分微妙和脆弱，如果稍有不慎就有可能导致关系破裂、彼此疏远。尽管许多作家都在意评论家的评价，但从本质上讲这是作家的虚荣心在作祟，即他更愿意听到评论家对他说好话，至于其他的从内心讲他们可能并不是真正在意，至少他们不会留恋时间过长。比如，美国当代作家乔伊斯·卡洛尔·欧茨对待评论的态度就十分暧昧和矛盾，她曾这样描述她和评论家之间的关系："有时我看评论，凡是送给我的批评性杂文，我无一例外地都要看一遍。批评性杂文本身的内容就很有意思。当然，发现某个人读过你的作品并做出反应，这是很愉快的事；被人理解，被人赞扬，多数情况下都不在期望之内。"不过，她也认为每篇评论都是信笔疾书的，不是盖棺定论，所以"一个作家要是专心致志地读这些评论，那势必会误入歧途"③。还比如，贾平凹就多次强调他是不在乎别人的评论的，"我不在乎批

---

① 文艺报社．文学下午茶——当代作家艺术家对话录［M］．青岛：青岛出版社，2013：6.

② 李建军．武夷山交锋记．文学还能更好些吗？［M］．上海：复旦大学出版社，2012：156.

③ 程代熙，程红．西方现代派作家谈创作［M］．北京：中国广播电视出版社，1991：264.

评家是怎么谈的，我只注意我的写作”，“事实上，我是很少认真地对待别人的看法和说法的，各人有各人的看法，我有我的写法，且这写法也随着年龄、阅历、修养在变化”①。是的，在实际的文学交流活动中，许多作家对批评家的批评都是非常暧昧的，他们对批评意见的选择性关注，有可能潜在地会导致他们与批评家之间的关系走向疏离。

导致这种情况出现的原因，既有彼此工作性质上的，也有彼此心理上的，还有彼此品性上的，不一而足，可能最主要的还在于彼此知识背景以及观念上的差异。对此，俄罗斯当代作家邦达列夫用比喻的方式做了解释。他认为如果把一部小说的创造比作建设一座城市，那么，当一座城市（一部小说）全部竣工之后，不一定能够被所有的批评家所接受，因为“批评家 A 接受的是哥特式建筑风格的教育，批评家 B 喜欢巴洛克式的建筑风格，而批评家 C 却以洛可可式建筑风格为美。他们能不能同时或者单独在顷刻之间倾心于另外一种完全不相干的风格——帝国式建筑风格呢”，批评家这么做“并不一定想用自己对作品的过激的言论给作家以致命的打击，毁掉这座城市（这部作品）。但是他信奉另一种美学观，推崇另一种美学流派，很难接受与自己感到亲切和熟悉的观念相左的东西。在这种情况下，作家和批评家能够相互理解吗？很难说”②。

作家和评论家之间的这种疏远关系，具体说来有三种情况：一是作家对评论家存在敌意；二是评论家对作家视而不见；三是批评家对作家肉麻的恭维。

第一种情况在文学史上时有发生，这是一种极端的现象。有时候我们经常看到有些作家对批评自己作品的评论家报以冷眼，内心深处不服气，甚至对评论家反唇相讥。出现这种情况的原因也有两个：一个是作家气量狭小，听不得别人对自己的作品说三道四，一旦听到有

① 贾平凹，穆涛．平凹之路［M］．西宁：青海人民出版社，1994：80.

② 邦达列夫．人是一个世界［M］//北京师范大学苏联文学研究所．苏联当代作家谈创作．北京：北京师范大学出版社，1984：35—36.

人对自己的作品泼冷水、挑刺，就怒不可遏。当采访者问到关不关注评论自己作品的文章时，欧文·肖说："读得不多，一点也不多。不常看，有时扫一眼。我知道对所有作家来说都是这样的，好的评论再多他们也视而不见，而偏偏要记住那些坏的。这样一来，过多的怒气就会发泄在某个评论家身上。"他甚至认为"一位作家为大家所知后，他肯定是逃脱不了责骂的，这在高一级的文学层次上被视为是见利忘义和有意降低艺术标准的明证"[①]。他甚至对评论家持一种不以为然的态度，原因在于一些评论家对每一个作家都有一套他自己所崇信的理论，把作家分门别类，来适合他们自己的框框，不但看不到作家所表达的其他意义，而且"与这种理论不符的一切他们都容易忽略不计"，比如许多评论家认为海明威迷恋于暴力，可是在他看来，海明威其实"很多东西平和得不能再平和了"，"不能抽象地来谈一部小说的目的。小说家是自由发言人，他们是不受迫使的"[②]。而且"他们对像我这样的人非常高傲，主要的原因，我想——至少我这样认为——是因为我的书卖得多，受到读者普遍的喜爱。所有受到大家喜爱的伟大作家，他们一概不当回事，如狄更斯、巴尔扎克、陀思妥耶夫斯基、托尔斯泰。同样原因，他们也不喜欢菲茨杰拉德、马克·吐温和海明威。不管怎样，我不让他们过多地搅扰我的心境"[③]。另一个原因是一些批评家在评价作家的作品时，往往只关注如何表达自己的思想观点，主观臆断、牵强附会，对作家表达的思想不尊重，以至于引起作家的反感。如斯坦贝克就十分反感评论家的评论，他说："今天早上我看了《星期六评论》，上面有几篇书评，不是写我的，可是看到它们，我平素那种恐惧感便油然而生。他们是评论者，或说得好听点是个评论家吧，这些少见多怪的蠢货是靠从别人的作品中得到乐趣，然后又用阴

---

① 程代熙，程红．西方现代派作家谈创作［M］．北京：中国广播电视出版社，1991：98.
② 同①，93.
③ 同①，99.

阳怪气的话来挑剔、限制作家，要他们迎合自己的口味。我并不是说作家就不能受约束，倒的确是希望那些自命不凡的人不妨也来自己试一试。”[①] 斯坦贝克的这段话虽然有些过激，包含着看不起评论家的意思在里面，但从另一个角度看，他所说的也是事实，因为的确有那么一些评论家，他们带着自己的偏见，一厢情愿地评论作家的作品，结果不但无助于作家，也使自己被别人所看不起。这种糟糕的评论在过去与现在，在国内与国外也的确存在。

第二种情况在文学史上也时有发生。有时候一些很有才华的作家因为各种原因，如政治见解的不同，地处偏远、远离中心区域，艺术超前等原因，而不被评论家发现和看重，以至于造成疏忽，冷落了作家。苏联当代作家普罗斯库林就曾说，文学史上有一种现象，那就是有时候一个有才华的作家为作品找出路是十分困难的。他抱怨由于评论家们的疏忽，没有人写评论文章，使得像奥列克·基里洛夫这样的优秀小说家和巴维尔·哈罗夫这样的优秀散文家不被人们所熟知。造成这种情况的原因，在他看来就在于“我们的评论家有时喜欢用筛子打水，把力气毫无益处地花在同一些名字上”[②]。的确，有一些缺乏艺术发现能力和艺术感觉能力的评论家，常常跟在别人的后面，只是对那些已经被别人认定为是伟大的作家及其作品感兴趣，而不去关注甚至不能发现那些其实十分有潜质的作家和作品。在他们的眼里仿佛只有几个伟大的作家、几篇伟大的作品，他们常常就在这些作家作品里做道场，除此之外，他们一无作为，失去了一个评论家应有的能力。其实，作家是不是伟大，作品是不是优秀，除了作家和作品本身的素质之外，还需要评论家们的发现。对作家和作品的疏忽，并不是说评论家们不知道，而是他们缺乏艺术眼光，缺乏宽容的胸怀造成的。对

---

① 程代熙，程红．西方现代派作家谈创作［M］．北京：中国广播电视出版社，1991：329.

② 普罗斯库林．生活的忠实旅伴［M］//北京师范大学苏联文学研究所．苏联当代作家谈创作．北京：北京师范大学出版社，1984：136.

此，俄罗斯当代作家邦达列夫在回答为什么许多平庸、乏味的作品不断得到发表的问题时就对评论家进行了谴责："艺术不可能永远只被一部分代表作所垄断，就像一种美不可能控制人类一样。文学是一条大河，它拥有宽阔的水面、深水区、浅水区和绿色的岛屿，只要它容得下大小不一的木排漂浮在水面上，那么对这条河来说就没有什么值得担忧的。我的意思是，历史上大概还从未有过这种现象：只许一些天才从事文学创作。"① 邦达列夫所说的这种情况，其实应该值得评论家们认真反思。

最后一种情况说来才是破坏作家和评论家和谐关系的最为恶劣的一种行为，因为评论家只是一味地对作家进行肉麻的恭维，这貌似是在鼓励作家，实际上骨子里是在伤害作家，是一种很阴险的行为。这种情况过去也是存在的，现在的中国评论界尤其甚。对此，美国当代作家威廉·加斯就深恶痛绝地批判过，他说："所有那些作家都被吹得神乎其神——这不是作家的错，他们只是和我一样的可怜的作家，在尽力写出他们最好的东西，他们糟得不能再糟的运气让他们得到那些自以为理解了他们作品的傻瓜们的恭维。"② 鲁迅先生将这种关系称为"捧杀"。这是一种极其恶劣的批评，在这种关系中，作家和评论家的关系看起来很和谐，其实非常不利于作家的成长，是需要坚决杜绝和清除的一种不良批评。

值得注意的是，作家和评论家之间的修辞关系除了密切和疏离这两种情况之外，也存在着一些中间状态，即作家和批评家之间相互不理睬，各做各的事情，仿佛彼此之间没有任何关联。这种情况其实也可以看作是一种不和谐的状态，是不正常的。比如贾平凹 1981 年发表在《长城》杂志上的《二月杏》曾经受到过批评，但面对批评，贾

① 邦达列夫．甜蜜的苦役［M］//北京师范大学苏联文学研究所．苏联当代作家谈创作．北京：北京师范大学出版社，1984：49.

② 程代熙，程红．西方现代派作家谈创作［M］．北京：中国广播电视出版社，1991：182.

平凹采取的是不闻不问的态度，用他自己的话说就是“这部小说后来受到过一些批评，对于那场批评，我现在还是不想多说话。批评是正常的，如果言之有理，我就改，即使批评得言过其实，也能令我清醒。随着年龄阅历增长，我现在不敢说有了佛的‘平常心’，但对别人说我好，我不会太张狂，别人说我不好，我也不会太悲伤。表扬和批评对我有好处，只要不夺掉我的笔”①。而同样的话海明威也说过，他说：“再就是他们读批评家的文章。如果他们信了批评家的话，批评家说他们伟大，他们就相信（自己伟大），批评家说他们写得很坏，他们就失掉信心。目前我们有两位好作家写不出东西来，就是因为读了批评家的文章失去了信心。如果照样写作下去，虽然有时候写得好，有时候写得不那么好，有时候写得相当坏，但是好东西自会出来。可是他们已经读了批评家的文章，于是，非杰作不写。批评家说他们写的是杰作。它们当然不是杰作，它们是好作品。所以现在他们根本写不出来了。批评家使他们丧失了写作能力。”② 贾平凹和海明威所说的这种情况其实在作家中是非常普遍的，是一种不正常的状态，作家和批评家都要反思。

二　作家与其他作家

就文学交流活动中作家所重视的各种主体修辞关系而言，除了读者之外，可能要数其他作家了，因为读者是作家的衣食父母，没有读者的话作家是不存在的，自然作家必须关注读者的反应，而其他作家有的要早于作家，对作家有影响、有帮助，有的则和作家同时代，对

① 贾平凹，穆涛．平凹之路［M］．西宁：青海人民出版社，1994：15—16.
② 董衡巽．海明威谈创作［M］．北京：生活·读书·新知三联书店，1985：10.

作家有比较、有压力。所以，作家很在乎与其他作家的关系。作家与其他作家之间的这种关系形态是通过启迪、影响、交流、竞争的方式建立起来的。因为任何一个作家，肯定都是从阅读了其他作家的作品开始从事文学创作的，其后，当他正式成为一名作家之后，他又面对着与同时代作家的交流、竞争和比较，所有这些都可能会对他的创作产生影响。所以，从这个意义上讲，作家和其他作家之间的关系也是一种修辞关系。我把这种关系分为直接修辞关系和间接修辞关系两种。

（一）直接修辞关系

所谓直接修辞关系，是指作家和生活在同时代其他作家之间的关系形态。之所以把作家和同时代的其他作家之间的关系称为直接修辞关系，是因为他们之间可能会通过直接会面的方式进行交流，从而影响到自己的创作。这种关系细分起来也有多种类型，如忠告型、批评型、帮助型、继承型等。

第一种，忠告型关系。就任一作家而言，他与同时代的其他作家之间肯定是有交流的，尤其是在资讯发达、交通方便、笔会不断的现在，这种交流机会更多。他们之间因为各种原因，彼此之间可能会相互交换信息，会阅读对方的作品，这样，一方可能会对另一方的创作提出忠告，从而对后者的创作有所影响。比如高尔基和托尔斯泰属于同时代的作家，他们是很好的朋友，彼此之间常常有交流。在《关于列夫·托尔斯泰》一书中，高尔基就不止一次地提到他把自己的小说读给托尔斯泰听，托尔斯泰每次听完都给予他很多的忠告，对他的写作产生了重要影响。如有一次，他把自己的戏剧《在底层》念了几场给托尔斯泰听，托尔斯泰认真听过后，反问他："您为什么写这个戏？"高尔基说当他努力说明了自己的意思之后，托尔斯泰却说："人老是看见您像一只公鸡似的，不管遇到什么都要扑过去。其实，您总是用您自己的油漆涂满所有的缝隙……最好还是不要涂什么，否则您后来会上当的。然后再讲您的语言，它很巧妙，但是过于做作。这是不行的。应当写得更简单一点。老百姓讲的是一种简单的语言，甚至好像并不连贯，可是他们还是讲得很好。”高尔基回忆道，托尔斯泰说这些话的时候虽然语调非常平和，但是却充满了不满，表明他对自己的创作其实是不满意的。不仅如此，高尔基还回忆道，过了一会儿，托尔斯泰并不看他，而是非常忧郁地对他说，“您的老头子(《在底层》中的人物）并不可爱，我们不相信他是善良的”①，并指责高尔基戏里并没有人物，所有的人全都是一样的。高尔基说听了托尔斯泰的这些忠告之后，他很受触动，在以后的写作中有意在这些方面加以克服和注意，果然创作水平提高了不少。

第二种，帮助型关系。有时候作家的写作遇到困难，自己陷入困境，当其他作家阅读后，会发表看法并提供某些信息，从而对他有所启发，形成一种帮助。1839 年，56 岁的司汤达发表了长篇小说《帕尔马修道院》，小说发表之后几乎无人问津，司汤达遇到了困难，就在这个时候，巴尔扎克在《巴黎杂志》上写了长篇论文对这部小说进行了热情的赞扬，并对小说的写作提出了一些意见，司汤达说他看到这篇论文后十分感动，一个黄昏他收到杂志社寄给他的评论文章时，第二天早晨就诚恳地接受了巴尔扎克的批评，对小说进行了修改，把《帕尔马修道院》第一册的前 54 页缩成 45 页。

果戈理和普希金是同时代的作家，也是好朋友，他们之间就经常对彼此的写作发表看法，进行交流。比如，在《作家自白》一书中，果戈理曾记录了他在写作《死魂灵》的时候普希金对他的帮助。果戈理是一个善于描写细节的作家，有一次普希金看了他写的作品之后提议要他试着写一些大作品：“也许随着年龄和自娱的要求，这种乐趣是要消逝了，而同这种乐趣一起，我的写作视野也要消逝了。但是普希金强制我严肃地看事情，他很早就劝我动手写大作品，最后一次，我对他读了一个不怎么大的场面中的一小段描写之后……他对我说：

① 段宝林．西方古典作家谈文艺创作［M］．沈阳：春风文艺出版社，1980：555—556.

‘有了这种推断和淡淡几笔就把他活灵活现地表达出来的能力，有了这种能力，怎么不动手写大作品。这简直是罪过！’……他将他自己的一个题材交给我，他本来想自己从这一个题材写长诗之类的东西，据他说，这题材他是不会交给其他什么人的。这就是《死魂灵》的题材。”① 可以说，没有普希金的鼓励、帮助，没有普希金提供的素材就没有《死魂灵》，或者说即便有也不一定就是今天的《死魂灵》。其实，普希金对果戈理的帮助还不仅限于提供了《死魂灵》的写作素材，对他的具体写作过程也给予了很大的帮助。果戈理长期以来一直有一个理想，那就是想通过作品来反映俄罗斯人民真实的生活，但作品写出之后他常常感觉无法达到这个目标，于是他经常把写好的作品朗读给包括普希金在内的朋友们听，希望能从他们那里得到各种意见，以便进行修改。有一次他把《死魂灵》开头几章的初稿念给普希金听，普希金的反应是慢慢地越来越忧愁，最后竟变得十分阴郁了。朗诵结束时，他用感伤的声调说：“天呀！我们俄罗斯是多么悲惨啊！”而这正是果戈理想要达到的目的，普希金的感叹其实就是一种发自内心的肯定，所以得到这种鼓励后，果戈理更加坚定了写作的信心，终于用七年时间写完了这部小说。

奥斯特洛夫斯基早年也得到过托尔斯泰的鼓励和帮助。在一次写给奥斯特洛夫斯基的信中，托尔斯泰这样说道：“在全体俄罗斯作家中，没有一个是比你更接近这种要求的（指所有的人能够接近、了解和感到需要的东西）。我根据自己的经验，知道人民怎么阅读、倾听和记诵你的作品，因此我很愿意为你出力，使你现在快一点真正成为最广义的全民作家，你无疑正是这样一位作家。”② 奥斯特洛夫斯基正是受到了托尔斯泰的肯定和鼓励，才更加坚信自己的方向是正确的，最终成长为一名出色的作家。

① 段宝林．西方古典作家谈文艺创作［M］．沈阳：春风文艺出版社，1980：406.
② 同①，573.

第三种，规劝型关系。这种情况往往发生在前辈作家对晚辈作家的身上。屠格涅夫曾经不止一次真诚地告诫青年作家，写作要从生活入手，要从各个方面提高自己的艺术能力，因为不是所有的人都能够认识到生活的价值和意义，“必须经常接触你要描写的环境；在你自己的感受方面，需要真实、严酷的真实；需要看法上和理解上的自由、充分的自由；最后，还需要教养，需要知识”①。在回答一位青年作家关于“应该如何写作”的问题时，屠格涅夫还这样劝诫道：“必须还得阅读，不断地学习，注意观察周围的一切，不仅要努力从生活的一切现象里抓住生活，而且要努力去了解它，了解生活依之而运动的却又不是经常表露出来的那些规律；必须通过意外的偶然性达到典型——不管怎样，要永远忠实于真实性，不要满足于表面的研究，避免一切印象和虚伪。”② 莫泊桑是世界优秀的小说大师，他是福楼拜的学生，在师从福楼拜学习写作时就常常得到福楼拜的规劝。据他自己回忆，他经常拿习作向福楼拜请教，福楼拜不但认真看了，而且对他都做了指点：“你是否有才能，这我还不能断定。你拿给我看的这些东西证明你还是聪明的，但是，年轻人，你不要忘记，照布封的话来说，才能就是坚持不懈。努力吧。”并指导他要认真观察生活，“发现别人没有发现过和没有写过的东西”③。莫泊桑说福楼拜这些悉心的调教和耐心的劝告对他产生了很大影响，他不但继承了福楼拜善于写实的特点和风格，成为杰出的现实主义作家，而且受福楼拜的影响，把主要的精力投入短篇小说的创作中，最终成为享誉全球的短篇小说大师。

（二）间接修辞关系

所谓间接修辞关系，是指作家和前一个时代的其他作家之间的关

① 段宝林．西方古典作家谈文艺创作［M］．沈阳：春风文艺出版社，1980：433.
② 同①，434.
③ 同①，612.

系。由于是前一个时代，不可能会面，各种影响都是间接完成的，所以是间接的关系。在文学史上，前辈作家对晚辈作家的影响几乎是全方位的，也是巨大的。过去常说“文人相轻”，这种事情文学史上也有，但几乎都发生在同一时代，在隔代作家中则很少。相反，许多晚辈作家不但不轻视前辈作家，还从前辈作家那里继承和学习了许多优秀的经验，从而走向了成功。比如莎士比亚及其作品几乎影响了欧洲所有的古典作家，在这些古典作家的创作谈里，几乎随处可见他们对莎士比亚的崇敬。还比如大家都知道托尔斯泰是大文豪，但殊不知他也经常向其他作家学习，其中他最推崇的作家是普希金，据维列萨也夫的《普希金与俄国文学》一书回忆，当普希金的一卷散文偶然落到他手里，托尔斯泰机械地打开它读开头的一篇小说，当他读到“客人们乘车避暑去了”一段之后，便不由自主地接着读了下去，“这是多么美妙”，他赞叹道，“这就是我们应该写作的方法。普希金单刀直入地就着手了事情的本身。换了第二个人就会开始描写客人、房屋，而他立刻就进入故事”。而正是受此启发，在当天晚上，他就开始了《安娜·卡列尼娜》的写作：“一切幸福的家庭都是相似的，每个不幸的家庭各有各的不幸。奥勃朗斯基家中的一切都混乱了。妻子打听出来丈夫和以前在他们家里的法国家庭女教师有了关系。”而对于普希金的《别尔金小说集》，托尔斯泰在阅读之后写道：“我最近读别尔金的小说——这是我一生中第七次读——的时候，我怀着已经很久没有体验过的狂喜。作家需要不住地研究这个宝藏。”荷马史诗《伊利亚特》也对托尔斯泰产生过影响，他说：“《伊利亚特》使我重新全盘考虑《逃亡者》(《哥萨克》的初稿所使用的名字)。”① 他还向司汤达学习过如何描写战争，“我再说一遍，就我知道的关于战争的一切，我的一个师傅是司汤达（司汤达的《帕玛修道院》是第一个以现实主义手法

① 段宝林．西方古典作家谈文艺创作［M］．沈阳：春风文艺出版社，1980：568—569.

描写战争的，他对滑铁卢战役的描写甚为逼真)”[①]。

晚辈作家向前辈作家学习，受到前辈作家影响的情形在文学史上比比皆是。比如美国当代作家琼·迪戴恩就十分崇拜海明威，认为海明威对她的创作影响最大。因为海明威“告诉我如何组织句子。我十五六岁时，常把他的短篇小说打出来，学习其中的句子是怎么构成的。与此同时，我教自己打字。几年之后，我在伯克利教课时，我重读了《别了，武器》，又和那些句子打上了交道。我的意思是说，它们是完美的句子。非常完美的句子，像平稳的河流，花岗岩上的清澈的水，没有落水涧”[②]。正是她对海明威的这种喜欢和崇拜，使得她的小说在语言上很像海明威，简练、干净而且充满强烈的活力。不过，作为一个女作家，琼·迪戴恩认为其他女作家对她的影响并不大，除了勃朗蒂对她的戏剧性幻想有过鼓励作用外，其余的女作家（如乔治·艾略特、简·奥斯汀、弗吉尼亚·伍尔芙）对她只有生活上的影响，写作上的影响则不大。

琼·迪戴恩的例子当然有些独特，对于更多的作家来说，前辈作家对他们的影响更多是精神上的，是通过阅读来完成的。我国先锋作家马原在和学生就作家之间的相互影响进行交流时就说道："实际上作家不可能不受前辈作家的影响。学习写作的过程实际上是在阅读中完成的。”[③] 余华曾经说过他的写作是在两个作家的影响下逐渐成长起来的，一个是川端康成，一个是卡夫卡，“当川端康成教会了我如何写作，然后又窒息了我的才华时，卡夫卡出现了，卡夫卡是一个解放者，他解放了我的写作。但是现在我再回想当时迷恋川端康成的三年时间，对我来说太重要了，因为这三年我都是在训练自己的细部描写，虽然那个时候的作品可能不成熟，可是打

① 段宝林．西方古典作家谈文艺创作［M］．沈阳：春风文艺出版社，1980：571.

② 程代熙，程红．西方现代派作家谈创作［M］．北京：中国广播电视出版社，1991：190.

③ 马原．小说密码［M］．广州：花城出版社，2013：162.

下了写作的基础”[1]。的确，对于许多作家来说，他们许多人走上文学创作道路，某种程度上都与他们接受了前辈作家的影响有关系。麦家认为自己就是在阅读过程中开始学写小说的。他说他的阅读资源主要是外国文学，而且是比较单纯的外国文学。他最早迷恋的是奥地利作家茨威格，是茨威格唤起了他对文学的热情，但他也认为真正教他写小说的第一个作家是塞林格，因为他从初中开始就坚持写日记，到大学毕业已经有 30 多本日记，日记让他学会了自我交流，直到有一天他看到塞林格的《麦田的守望者》，才发现写得完全像是日记，非常高兴，于是开始写小说，写了《死人笔记本》。

作家受另一个作家的影响，其实更多的时候是一种内心的认同，比如说当一个作家的语式或者是节奏同自己所喜欢的语式或节奏相同时，后者可能就会接受前者。马原曾举例说自己的作品既有海明威小说的痕迹，也有拉格洛芙小说的痕迹，同时还有大作家菲尔丁小说的痕迹，因为他们的叙述方式与自己内心中所期盼的那种叙述节奏、方式很相近，“我看的小说千种万种，其他的方法我没有去尝试，我只选择了这条路。林中有两条路，但是我走了这条路”[2]。

马原受海明威等作家的影响极深，从而在不断的融合中形成了自己的风格。那么，海明威受没受其他作家的影响呢？当记者问到他，“谁是你在文学上的先辈”，也就是曾经学得最多的那些人是谁时，海明威一口气罗列了很多作家和艺术家，“马克·吐温、福楼拜、司汤达、巴赫、屠格涅夫、托尔斯泰、陀思妥耶夫斯基、契诃夫、安德烈·马甫尔（英国诗人）、约翰·堂恩（英国玄学派诗人兼教士）、莫泊桑、吉卜林、梭罗（美国作家）、马里埃特船长（英国海军军官和小说家）、莎士比亚、莫扎特、卡瓦多（西班牙讽刺作家和小说家）、但丁、维吉尔、丁托莱托（威尼斯画家）、希洛耐麦斯·波斯克（荷

---

① 王尧，林建法．我为什么要写作——当代著名作家演讲录［M］．苏州：苏州大学出版社，2005：67.

② 马原．小说密码［M］．广州：花城出版社，2013：163.

兰画家)、布鲁盖尔、帕提尼(佛兰德斯风景画家和圣经画家)、戈雅、乔多(佛罗伦萨画家和建筑家)、塞尚、梵·高、高更(法国画家)。”从中可以看出对他有影响的艺术家和作家有很多,而他之所以把画家、音乐家都罗列其中,是因为他认为,“关于怎样学习写作方面我向画家学习的地方跟我向作家学习的地方同样多”[①]。

罗曼·罗兰曾在《内心的历程》一书中回忆说,托尔斯泰对他有很深的影响,但这种影响是精神上的,“很少人曾了解托尔斯泰对我的影响。这影响在美学上很深,在精神上很大,然而在智力上是毫不足道的。我从而发现过一个法国人对《战争与和平》的卓越的艺术能够充分鉴赏,因为这部作品把一个民族的精神神秘化了——那具有鹰隼般眼力的天才在宇宙之上平顺地翱翔,从那性灵高尚的人民中间涌出了千百条溪涧,被永恒之力的不可抗拒的力量曳引着,向汪洋大海流去——这种艺术跟我最亲切的创作欲起了共鸣,并且给我提供了第一个无可匹敌的新史诗的典范。我从未模仿过它,但是它很可能感应了《英雄传》(即《贝多芬传》《米开朗琪罗传》和《托尔斯泰传》的总称)、《约翰·克利斯朵夫》和以后的作品——它们都在小说、戏剧和传记的伪装下具有史诗的性质,但我似乎感到没有一个批评家发现过这一点”。除此之外,他还承认托尔斯泰的崇高范例也对他有影响:“另一方面,托尔斯泰一生崇高的范例对我并不是没有影响的。从那时起(1887 年罗兰开始同托尔斯泰通信),我一直没有忘记过艺术对人类所负的责任和它的任务……”[②]

铁凝的整体创作风格是趋于柔顺的、人民性的,之所以会形成这种风格与她受到了前辈作家孙犁的影响有关。郜元宝在分析铁凝的《笨花》时就认为,这部小说尽管作家极力想摆脱早期孙犁对她的影响,探索自己在早期小说《哦,香雪》的风格之外的叙述风格,“并

---

① 董衡巽. 海明威谈创作[M]. 北京:生活·读书·新知三联书店,1985:37—38.

② 王宁,顾明栋. 诺贝尔文学奖获奖作家谈创作[M]. 北京:北京大学出版社,1987:13—14.

不甘心完全追蹑孙犁的脚踪，客观上她也不可能简单地重复孙犁，即不可能像孙犁一样，把‘抗日小说’中记录北方人民的美好情性拿过来作为今天（20世纪八九十年代）的衡量标准和心理归宿，尽管实际上，铁凝所能依靠的真实的传统也只有这个”，但是，“往往作家最想掩饰和逃避的价值恰恰是他们始终依赖和坚持的。铁凝晚近创作无论怎么冷峻，也不敢走向揭露、讽刺和抨击的极致，她最终还是回到了由孙犁‘抗日小说’奠基而《哦，香雪》早就认准的老路上去，那就是：将无法直面的悲惨丑陋予以淡化或美化，赞美人的柔顺之德，并以柔顺之德为超越的价值根基，对现实进行委婉的指责和虚幻的超越”，“这恐怕只能说明，孙犁的传统在铁凝身上仍然具有强大的同化力，而铁凝的道德谱系并没有另外更强有力的资源，回归孙犁（主要是早期的孙犁）乃是铁凝的必由之路”。①

贾平凹在接受采访时，当采访者问到他在20多年的写作生涯中，哪一位作家对他的影响最大时，他这样说道：“没有谁对我特别有影响，但这并不是说没受过谁的影响，不，是影响我的人不多，在每一个时期都有我尊敬的人。在初写作的时候，孙犁影响过我，后来是沈从文，是庄子，是苏东坡，是福克纳，是张爱玲。而《红楼梦》在初中时读过，上大学又读过，直到我从事写作近二十年时，曹雪芹的影响反倒大起来了。我可以说是个追星族，我有我喜欢的星，但我深深体会到，自己的年龄和经历是影响自己最大的东西。”② 和其他的作家受某一个作家的影响较大不同，贾平凹的成长也受到前辈作家的影响，只是这种影响并不集中，而是有许多罢了。

当然，上述这些都是作家与作家之间保持着良好的修辞关系的例子，在实际情形中，也有作家和作家之间，尤其是同时代的作家之间并不交流甚至交流不愉快的情形。例如，约瑟夫·海勒在接受记者的

---

① 郜元宝．小批判集［M］．上海：复旦大学出版社2008：172—173.
② 贾平凹，穆涛．平凹之路［M］．西宁：青海人民出版社，1994：14.

访谈时，当被问到他与当代作家私人之间有什么交往，这种交往有什么作用时，他给出了这样的答案："我不认为会因彼此的存在而感到愉快。我们能互相谈上几句，当然，五六分钟还是可以的，但我认为我们不会搞什么集体化。一个作家在与人交谈时心里惦记的是自己在对方眼里被放在优良中差哪一等上。"他认为作家之间的交谈令他不舒服，要么互相恭维，要么一听你没出过书就不搭理你，"我不相信两个都想获得最大成就的中年小说家，在他们仍想继续写作的情况下能保持亲密无间——我不认为人的天性会接受这种关系"[①]。可见，文人相轻的情况有时在作家中也是存在的。

三　作家与编辑

在作家所面对的外在主体修辞关系中，人们关注最多的就是上面一些，很少有人提到作家和编辑之间的关系。其实，作家和编辑之间的关系也是创作修辞中一种非常重要、非常有意思的主体修辞关系。虽然作品是作家所写，编辑只是负责编发，并不直接参与写作，但在作品写完投寄到编辑部再到发表的过程中，编辑是最主要的审查关口，只有编辑通过了，最后才能进一步上交，最终决定是否发表。在这个过程中，编辑往往会根据自己的经验，或交换自己的看法，或对作家提出修改意见，这些都可以看作是间接地参与写作的过程。就写作的流程而言，编辑可能是作品在发表之前最早也是最后对作品提出意见的人，他一方面要为杂志负责，一方面要为读者负责，他和作家之间的关系既是一种合作关系，也是一种交流关系。他的一言一行都会对作家形成影响。所

① 程代熙，程红．西方现代派作家谈创作［M］．北京：中国广播电视出版社，1991：72.

以，在这个意义上，其实编辑又是创作中不可忽视的力量。

综合各种情况来看，作家和编辑之间的修辞关系也有各种复杂的形态，把这种复杂的情况稍加归类，又不外乎两种情况。

第一种，争论型。正常情况下，作家在接到编辑的意见后都会对作品做出相应的改动，但有时也有作家在创作之初就已经确立了的主张或者具有成熟的思考，所以当他面对编辑的意见时可能会坚持自己的主张而不愿改动，从而和编辑形成一种争论的状态。而从编辑的角度出发，每个编辑除了拥有自己的角度和看法之外，还会受到其他条件的限制，比如刊物的风格、读者的喜好以及敏感性很强的政治、宗教或者民族问题等原因，要求作家做出改动，这样有可能也会和作家形成不同的看法，有所争论。比如曹征路在2005年出版的小说集《那儿》（百花文艺出版社2005年版）的后记中就曾谈到一件有趣的事情。20世纪70年代末，具体说就是1978年，他刚刚走上创作道路不久，就写了小说《李固之死》，小说写好之后，他投寄到了刚刚创刊不久的《清明》杂志，几个月后收到了该杂志的编辑张禹的回信，信中张禹谈了自己对李固这个人物的一些看法和稿件的其他方面的意见，认为他在这个时候写这样的小说有映射邓小平复出的意思，有政治投机之嫌。曹征路说当时自己年轻气盛，很不服气，后恰好到合肥出差，就拿着稿子找上门去了，结果编辑张禹不但没有生气，反而请他喝酒，席间两人也交换了看法，彼此有争执，但最终的结果是谁也没有说服谁，他在作品中坚持了自己的观点，而张禹在小说发表时在没有征求他的意见的前提下就把这部分内容给删了，虽然他觉得不服气，但小说发表了他也就没有再做坚持，但后来的事实证明，张禹的做法是对的，因为20多年过去了，这篇小说至今还挂在网上，广为流传，可见小说如果当时果真具有政治投机之嫌的话，早就被淘汰了，被人忘记了。

第二种，接受型。一些编辑在拿到作家的文章之后会对作家的小说进行删减，许多作家会表示认同，接受编辑的意见。例如，美国当代作家欧文·肖说，他的小说《幼狮》写完后，他把稿件寄给了编辑卡明斯，但卡明斯看了之后帮助他删去了《幼狮》原稿中的10万字，对于这种删减欧文·肖说他是表示同意的，因为如果他坚持留下的话，说不定作品就会造成可怕的失败。其实，诸如此类的情况他说他还遇见不少，比如他的小说《告别不莱梅的水手》，其中写到一个人从南到北走过格林威治村时，在基督教女青年会附近碰上了一次打斗，小说写完之后他把稿子投寄到《纽约人》，《纽约人》的那位"可怜的"编辑竟然实地去走了一遭，还掐算了时间，回来后把结果告诉了他，从而纠正了细节上的错误，这使他不由得心服口服，对作品做了改正。他觉得现在这样的编辑不是越来越多了，而是越来越少了，这真是一个遗憾。

在作家和编辑的这种具有修辞性质的关系中，还有一种情况值得提及，那就是许多作家在成名之前或者之后都是报刊的编辑，他们常常能够看到许多青年作家的稿件，于是利用身份上的便利，常常给青年作家的创作提出修改意见或者直接帮助他们修改稿件，从而对青年作家的写作有所指导和帮助。比如契诃夫在成名之后曾经做过一段时间的编辑工作，他谈到他之所以愿意在《新时报》上编辑小说栏，是因为他觉得有必要对一些来稿"修饰一下，磨磨光，而且我要为那些表面看来不能用的稿子出力帮忙，只要把他们缩短一半，再经过修改，就可以使它们变成过得去的小说"。他还说，一年冬天的晚上，他在一个朋友家把一篇已经抛弃的坏小说修改了一下，登在了《星期六增刊》上，结果这篇小说受到了许多人的喜爱①。其实，不论在国内还是在国外，不论是过去还是现在，许多作家的职业都是在报社和杂志社当编辑，有这种经历的作家为数不少，许多青年作家的稿件都接受过他们的修改，这些青年作家因此受益匪浅，这或许可以看作是文学史上非常值得称道的事情。

---

① 段宝林．西方古典作家谈文艺创作［M］．沈阳：春风文艺出版社，1980：648.

第六章　作家的艺术素养

每部小说都有自己的风貌和品性，这使得每部小说都是一个不可模仿的生命体。或者换一种说法，一部小说之所以写得好，除与题材、主题、思想等因素有关外，更主要的则与作家的天赋、才华、素养等因素有关，尤其是与作家的艺术修养关系紧密。因为“作家的修养不仅指作家的世界观和思想认识水平，同时也包括作家的艺术功力。作家、艺术家的艺术表现能力无疑会影响、制约作品的艺术质量”①。

一　艺术素养的培养

毛泽东在《在延安文艺座谈会上的讲话》中曾说：“我们必须继承一切优秀的文学艺术遗产，批判地吸收其中一切有益的东西，作为我们从此时此地的人民生活中的文学艺术原料创造作品时候的借鉴。有这个借鉴和没有这个借鉴是不同的，这里有文野之分、粗细之分、高低之分、快慢之分。所以我们决不可拒绝继承和借鉴外国人，哪怕

① 敖忠．文学创作中的题材问题——鲁迅〈关于小说题材的通信〉及其他［J］．文艺理论与批评，2008(4)：42—46.

是封建阶级和资产阶级的东西。”可是，怎么做才能对这些优秀资源有所借鉴呢？显然，这就牵扯到了作家艺术修养的培养问题，因为作为艺术知识以及艺术技能的储备、吸收和消化的综合反映，作家的艺术修养越高，他借鉴的能力就越强，反之则不然。

那么，作家都是通过什么方式来培养自己的艺术修养的呢？有没有什么最优的渠道呢？回答是有的，因为既然是修养那就不是天生的，而是后天养成的。就目前来看，这个途径主要有三条。

（一）向经典名著和著名作家学习

对于很多作家来说，向经典名著学习是获得艺术修养的主要途径。鲁迅先生就坦诚地认为，自己之所以能写小说，是因为“《小说作法》之类，我是一部都没有看过。我来做小说，也并非自以为有做小说的才能……大约所仰仗的全在先前看过的百来篇外国作品和一点医学上的知识”①。这里面其实暗含着向名著学习的意思。其实，对于鲁迅先生来说，他读过的书何止百来篇外国作品，据鲁迅博物馆统计，他的藏书中中文部分，线装书 930 种 7 579 册，平装书 797 种 965 册，期刊 218 种；外文部分，日文 993 种，俄文 77 种，西文（包括德文、法文、英文及其他种文字）754 种。可见他的阅读之丰富。这也就难怪他的小说总是写得那么深刻、圆润、峻厉而通达了。茅盾先生也认为经典名著对他的创作有很大影响。在他看来，伟大的作家之所以伟大，“除了他独创的部分外，还凝结着他从时代的文化遗产中提炼得来的精髓。伟大的作家，是以人类有史以来的全部智慧作为他的创作的准备的”②。他坚信，“没有读过若干的前人的名著，——并且是读得很入迷，而忽然写起小说来，并且有写得很好的作家，大概世界上并不多罢”③。他从十几岁时就开始读小说了，那时大人们不

① 鲁迅．南腔北调集·我是怎么做起小说来的［M］//鲁迅全集（第四卷）．北京：人民文学出版社，1981：521.

② 茅盾．关于文艺修养［M］．长沙：湖南人民出版社，1983：16.

③ 同①，4.

让看小说，认为小说是野史、闲书，是茶余饭后的消遣品，但他还是偷看了《三国演义》等书，到后来开始写作时他又系统地阅读了《水浒传》和《儒林外史》等经典著作，阅读了狄更斯、司各特、大仲马、莫泊桑、左拉、托尔斯泰、契诃夫等人的作品。正是这些阅读对他后来的写作产生了重要影响，以至于当有年轻人向他求教写作的秘诀时，他这样说道，“在从事写作以前，诵读名著的范围应很广泛”，“诵读的范围愈广，则愈能得受多方面的启迪，他在写作的准备项下的积蓄愈厚愈大”。[①] 相比于鲁迅和茅盾先生，只上过四年学的茹志鹃能走上写作道路，完全是靠自学。据她说，她之所以走上创作道路，与她长期、反复阅读《红楼梦》和鲁迅先生的小说有很大关系，她承认正是阅读启迪了她的思维，给了她写作的能力。她甚至对哲学书籍也十分感兴趣，因为在她看来，“辩证唯物论，表面看来和文艺无关，但实在是很有关的……作家头脑里有无辩证法，摄入的生活就有很大的不同。一个作家的思想，具有几分剖析能力，他对人对事对生活便有几分深度”[②]。余华在苏州大学的演讲中在谈到自己的写作经历时说，他刚开始写作的时间是1980年，20岁，起初他不知道怎么写，甚至连引号都不会用。这个时候他正在宁波进修牙科，就在这个时候他读了两篇小说，一个是发表在《小说月报》上的汪曾祺的《受戒》，一个是被选入《诺贝尔文学奖获奖作品》（上、下册）中的川端康成的《伊豆的舞女》。他认为这两部作品中后者对他的影响非常之大，他就模仿川端康成进行写作，并阅读了他的所有作品。他十分欣赏川端康成描写细部的写法，那是一种与众不同的写法。所以他认为他的创作实际上就是从读了这两部优秀的小说才开始的。

中国作家如此，外国作家也同样如此。在许多人眼里，托尔斯泰是个天才，但殊不知他的“天才”也是从学习中得来的。因为在他看

① 茅盾．关于文艺修养［M］．长沙：湖南人民出版社，1983：20.

② 茹志鹃．漫谈我的创作经历［M］．长沙：湖南人民出版社，1983：5.

来，“没一个真正的艺术家就连现在也不是在学校里而是在生活中学习的，他们是从伟大的大师们的典范作品中学习的”[①]。他本人也正是在向经典名著的学习中才走向成功的。或许正是看到了这一点，他的后辈们也都十分看重向经典名著学习。如苏联当代作家邦达列夫认为自己“一旦不再向古典作家学习，创作也就会止步不前”，因为他相信“在不毛之地是长不出任何东西的：作家只有汲取前人的文学创作经验，才能创造自己的作品”。他甚至不无偏颇地认为：“世界古典文学，即俄罗斯和西方的古典文学中，最完美的作品促进着文学创作的发展，大概，这是一条通向理想创作的道路。”[②] 而苏联当代作家普罗斯库林则更绝对地认为：“不过，不管怎么说，我坚信：是文学生产了文学！”他承认自己深受莎士比亚、肖洛霍夫、列昂诺夫等作家的影响，“这些作家帮助我去考虑和领悟我们时代的巨大性格，我可以说比这还更多：经典作家的作品鼓舞着我的工作，鼓舞着我的构思——它们就是具有这种引人入胜的魅力”。他甚至断言：“没有过去的文化传统，没有我们赖以成长、发展的那种文学，是不可能写出长篇小说的。”[③] 苏联当代作家西蒙诺夫也说：“显而易见，你对某些文学作品的偏爱，喜欢这个作家，不喜欢那个作家，欣赏这个作家，不欣赏那个作家，都会影响到你所构思的、准备写的，以及正在写着的作品的形式、结构和布局。”[④] 总之，有太多的作家都是在向经典名著学习中提高了自己的艺术修养，最终走上了文学创作的道路，并逐步成为著名作家的。这都不证自明地说明向经典名著和著名作家学习是提高艺术修养的有效途径。

---

① 段宝林．西方古典作家谈文艺创作［M］．沈阳：春风文艺出版社，1980：525.

② 邦达列夫．致我的读者［M］//北京师范大学苏联文学研究所．苏联当代作家谈创作［M］．北京：北京师范大学出版社，1984：29.

③ 普罗斯库林．生活的忠实旅伴［M］//北京师范大学苏联文学研究所．苏联当代作家谈创作［M］．北京：北京师范大学出版社，1984：133.

④ 西蒙诺夫．既是自白，也是宣传［M］//北京师范大学苏联文学研究所．苏联当代作家谈创作［M］．北京：北京师范大学出版社，1984：257.

(二) 向民间艺术学习

如果说艺术是生活的产物，这是一条颠扑不破的真理和规律，那么，民间艺术的诞生就最能体现这一规律。因为民间艺术基本都是生活的结晶，是民间艺人从生活的智慧和经验中加工提炼而成的。因此，任何人要想成为作家，就必须重视向民间艺术学习。这也是有大量的佐证的。

茅盾先生不但重视向经典名著学习，而且也十分重视向民间艺术学习。他说："自然，世界也有未读过前人的名著而就能写了好的作品的人，但是他即使没有受到前人名著的影响，大概总受到过民间的口头文学的影响；他从民间故事、歌谣等民间的无名作家的集体作品(而这些作品经过时代的锤炼和增饰，具有高度的艺术价值) 一定受到过很多的好处。"所以，他建议"写小说的人倘使除了研究'人'而外还有什么应得研究的，就是前人的名著以及累代相传的民间文学"[①]。当代作家孟伟哉就坦诚他之所以能够走上文学创作道路，就与他所接受的民间艺术的熏陶有关。据他回忆，小时候，家里穷，没有什么书看，但母亲、祖母、外祖母以及乡亲们讲述的那些"古话"——民间传说和故事，都给他留下了难忘的印象，他常常跟着母亲去听这些东西，结果成为"最早吸取的一种文化和文学的营养"，"启发了我的某些幻想，对我的想象力有所培养"。[②] 周克芹也是民间艺术的最大受益者。他说小时候生活在农村，没什么文化生活，人们经常聚集在一起讲"圣喻"和评书。评书多是剑仙侠客、劫富济贫之类，听众是男人，女人们是不去听的；"圣喻"多是英雄烈女创建功勋或柔弱女子惨遭不幸的故事，情节曲折，凄婉动人，听众多是女人。他因为小，只能跟母亲去听"圣喻"，听得多了，满脑子都是或

---

① 茅盾．关于文艺修养［M］．长沙：湖南人民出版社，1983：4—5.

② 孟伟哉．曲径求索［M］//李犁耘，吴怀斌．中青年作家谈创作（上）．济南：山东文艺出版社，1984：422.

悲壮或凄婉的故事，满脑子都是勤劳善良、刚烈忠贞的女子形象，因此在带着弟弟妹妹玩的时候，他就坐在河边编故事，编了一个又一个，都是讲家境贫寒、无依无靠的女子备受欺凌，但最后都终于找到了善良的人家，他说他常常被自己所编的故事感动得泪流满面。所以，当读者问他是什么时候开始创作的，他回答说："我的创作事实上是从上学读书之前就开始了。"[①] 作为世界级的大文豪，托尔斯泰也是民间艺术的忠实拥趸，他十分重视民间艺术的宝贵经验。他认为"民歌、英雄叙事诗、民间故事虽然很简单，可只要俄罗斯语言存在一天，就有人读"。他一生除了写小说之外，还常常为农村儿童编写民间故事。正因为如此，他对那些忘记民间艺术培养的作家们进行了猛烈的批判，认为他们有"最严重的疯病"[②]。

（三）向艺术理论学习

向经典名著和民间艺术学习固然重要，但经典名著和民间艺术经验往往是具体的，甚至是零碎的。作家在步入文学殿堂之后，要想有更大的作为，就必须学习艺术理论，掌握艺术规律，因为艺术理论是艺术本质和规律的概括，它源于艺术作品，但又高于艺术作品，反过来对创作具有指导作用。茅盾先生曾说："艺术修养，不仅仅指一个作家阅读了多少前代巨匠的名著，而且也指他对于文学理论上的理解，对于一般文化艺术的广大的知识。一个作家并不一定要先获得文学理论和一般文化艺术的知识，然后能创作，这是不消说的；可是，一个作家的不断的精进，事实上却有赖于这方面的修养。既然成为作家以后，他在创作上的准备应当不仅是观察和体验生活——这是直接的准备，而亦应当充实他对于文学理论的了解和对于一般文化艺术的知识的掌握。不研究文学理论，不求取广博的知识，单单像照相师拿

---

① 周克芹.《许茂和他的女儿们》创作之初［M］//李犁耘，吴怀斌.中青年作家谈创作（上）.济南：山东文艺出版社，1984：448.

② 段宝林.西方古典作家谈文艺创作［M］.沈阳：春风文艺出版社，1980：513.

着镜箱到社会中去摄取，对于一个作家是危险的。这危险的程度，不下于对于社会科学知识的全然盲目。”① 是的，沉湎于具体的经验难免会匠人气，而这是艺术最为忌讳的，要避免这种气息，就要跳出这种窠臼，而如何才能做到呢？简单地说，只有在掌握了艺术的规律、了解了艺术的本质之后才能做到。中国现代以来有一个很好的传统，那就是组织青年作家走进艺术院校、讲习所、培训班学习，如延安时期的鲁迅艺术文学院、当代作家的培训班，事实证明，这些措施在提高青年作家的创作能力上都发挥了重要作用，许多人在经过系统的理论学习之后，创作水平都有明显的提高，有的甚至迈进了伟大作家的行列。

二　艺术素养对修辞的影响

对于一个作家来说，提高艺术修养的目的当然是为了提高自身创作的能力，因为艺术修养不是自我装饰、自我标榜的颜料，随意涂抹在脸上供人欣赏，它的真正功能在于帮助作家解决实际的创作问题。换言之，提高创作能力才是培养艺术修养的动力之一。而正如前述，由于艺术修养是一种综合素养，因此它对创作的影响实际上是贯穿写作的全过程的。

首先，艺术修养影响着作家的艺术趣味，进而影响着作家的修辞取向。艺术趣味是指包括艺术情趣、品位和格调在内的一种精神特性，它牵扯到作家的价值观、世界观、道德观，是一种虽然看不见、摸不着，但是却对作家的创作尤其是修辞取向有深刻影响的艺术素养。因此，在这个意义上，也可以说创作是作家展示其艺术趣味的过

① 茅盾．关于文艺修养［M］．长沙：湖南人民出版社，1983：16.

程。的确，一个作家艺术修养如何，在其艺术趣味上体现得最明显，甚至有时候有什么样的艺术修养就有什么样的艺术趣味，而有什么样的艺术趣味就有什么样的修辞取向，彼此紧密相关，相辅相成。席勒生性沉静，喜好沉思，他的艺术趣味在于返回自然，主张用理智打动人，所以他的修辞具有一定的哲学倾向，他也被人们称作“进行哲学思考的诗人”或“作诗的哲学家”①。司汤达生性热诚、坦率，他“注意的乃是热情之研究”，认为作家是“人类心灵的观察者”，要特别注意“洞察心灵某些角落的轶闻”，为了“能使人们读过他的作品之后只记得意思而不复记忆个别词句”②，艺术应该表现生活的特征，所以他非常注重修辞的情感，痛恨雕琢和浮夸。梅里美的艺术趣味在于关注“某一时代的风气和特征的真实图画的轶事”，认为只有这些东西“才能够把那个引起我的兴趣和关心的人物形象供给我”③，所以，他对历史叙述表现出了浓厚的兴趣。孟伟哉因为偏爱“那种充满了激情的，严肃、悲壮和风格崇高的作品”④，艺术趣味在于表现那些崇高的事物，所以他的修辞常常表现出庄严凝重的特点。可见，艺术修养决定艺术趣味，艺术趣味又制约着作家的修辞取向。

其次，艺术修养影响着作家处理生活的能力。处理生活的能力是作家创作中很重要的一种能力。创作的过程也可以看作是作家处理生活的过程。对于一个作家来说，如何处理生活，生活被处理成什么样子，一要境界，二要技巧。境界是看待生活的一种眼光和视野，但技巧却是把生活加工成文学的重要手段。有时候生活是丰富多彩的，生活处理能力差的作家只能把它处理成干瘪无味的样子，有时候生活是单调乏味的，生活处理能力强的作家却能把它处理成饶有趣味的样子，这背后发挥决定作用的是作家的艺术修养。艺术修养高，自然技

① 段宝林．西方古典作家谈文艺创作［M］．沈阳：春风文艺出版社，1980：161.

② 同①，292.

③ 同①，294.

④ 孟伟哉．曲径求索［M］//李犁耘，吴怀斌．中青年作家谈创作（上）．济南：山东文艺出版社，1984：423.

巧就多，反之则不然。技巧多的作家，处理生活的能力就强，反之则也不然。技巧多的作家能够把别人的经验化为自己的经验，技巧差的作家只能停留在模仿阶段。对此，茅盾先生就曾说："'学习'是把前人的名著来消化，作为自己创作时的血液，并不是剽窃前人著作的皮毛和形骸，依样画起葫芦来。"而要达到这样的境界，作家应该"一边读，一边回想他所经历过的相似的人生，或者一边读，一边到现实的活人生活中去看。他应当把书中的典型人物和他所见过的类似的人物比较起来，或他未曾见过像书中所描写的那种典型，那么，就试着到社会中找找看"①。鲁迅先生的艺术修养是很高的，他从不简单地模仿别人来写作，这使他的小说在处理生活方面总是给人耳目一新之感。就拿《狂人日记》来说，果戈理写过一个同名小说，鲁迅先生看到后也写了同名的小说，所不同的是果戈理笔下的狂人是一个败在了沙皇强权制度中的真疯子，以此表达了对社会的批判和对弱者的同情，而鲁迅先生笔下的狂人却是一个表面疯癫，其实狂放、清醒、不羁的反抗斗士，他不需要同情，而是需要理解。从小说的社会意义上看，显而易见，这正是鲁迅先生超越果戈理的地方。还比如他的小说《药》，这篇小说所写的事情其实人们都熟悉。1907 年，秋瑾和徐锡麟被杀，鲁迅先生闻之想要写一篇小说，但苦于找不到很好的角度，因为只写秋瑾和徐锡麟难免会写成传奇，这是鲁迅先生不愿看到的，他的目的是通过这件事情揭示社会的本质。而就在此时，南方痨病盛行，人们传说吃了人血馒头就可以治好，于是许多人拿这个偏方来治病。两件事都涉及血，一个是为了民众的解放，一个却是愚昧的产物，鲁迅先生凭着自己的艺术修养，敏锐地感觉到了两者之间所暗藏的联系，于是他对这种现象进行了深入的剖析，最终把本来互不搭界的两件事情糅合在了一起，一篇深刻揭示辛亥革命不彻底性的小说就这样诞生了。

最后，艺术修养还影响着作家的修辞创造性。创作的过程是作家不

① 茅盾．关于文艺修养［M］．长沙：湖南人民出版社，1983：20—21.

断应用和选择修辞技巧、方法、策略的过程。一篇小说有没有创造性，思想、主题的创新固然都是重要的衡量因素，但有没有新的修辞方法和技巧也同样重要。那些伟大的作品之所以伟大，其中一个原因就在于它们创造了新的修辞方法。然而，修辞方法并不是凭空创造出来的，原有的方法固然可用，但一味地使用别人的方法还称不上创造，作家只有博采众长，积累大量的修辞技巧、方法和经验并消化了这些技巧、方法和经验，他才有周旋的余地，才能在此基础上创造出新的方法来。例如，1952 年，E. M. 福斯特在接受记者采访时就说，他从简·奥斯汀那里“学到了家庭可能出现的幽默。我当然比她更有抱负，我试图在别的事情上使用它”，而从普鲁斯特那里“学会了观察人物的一些方法，就是现代潜意识的方法。我能采取的现代方法都是从他那里学到的”。[①] 正是把这一切都融合在了一起，所以他才逐渐形成了自己的修辞风格。其实，真正的创作都是不可重复的。对于作家而言，每一次写作对他来讲都只能是第一次，尽管有时候他也可能写别人写过的题材，但修养不同最后的结果可能会很不相同，其原因就在于有时候现成的修辞经验的确很多，但用来进行自己的创作时，发现并不一定适合自己，所以它又很少。因此，唯一的办法就是将这些经验进行消化，创造出自己的方法来。成功的修辞都是十分“自我的”，也都是“第一次的”。

三 艺术素养影响修辞的四个层级

正如上述，由于艺术修养是后天培养的，加之个人文化水平、理解能力、感悟能力、消化能力的不同，所以艺术修养对修辞的影响往

① 程代熙，程红．西方现代派作家谈创作［M］．北京：中国广播电视出版社，1991：523.

往要经历一个由低到高、由初级到高级的过程。具体到创作中，呈现出四个层级。

第一个层级是亦步亦趋的模仿阶段。任何作家的艺术修养都有一个最初的形成过程，在这个过程中，作家由于对创作规律还很陌生，所学的东西还无法融会贯通，所以常常会陷入简单的模仿和抄袭之中。许多初学写作的人，今天读了某一作家的作品，明天就会写出貌似该作家的作品来，过几天又读了另外一个作家的作品，又写出貌似另一个作家的作品来，这都是艺术修养还未完全成熟的表现。茅盾先生把这个阶段称为“是模仿，不是学习”[①] 的阶段。正如前述余华刚开始的写作就是照着川端康成的进行的，这个阶段就是亦步亦趋的模仿阶段。不过，需要注意的是，初学者的模仿和那些偷懒耍滑的作家的照搬照抄是不同的。因为对于后者来说，他们的致命伤是懒得去探索，他们的特点就是跟风，他们的目的就是模仿，一看别人开创了新的写作领域引起了轰动就一拥而上，一看别人创造了新方法取得了成功就赶快照猫画虎，照搬照抄一番，以至于许多好的题材和方法就因这种模仿和抄袭而被搞得声名狼藉，不受人待见。而初学者的模仿则是一种帮助，也是他进入文学殿堂的帮手，他会沿着这条路渐渐摸到艺术的真谛。所以，两者是完全不同的。

第二层级是似像非像阶段。经过第一个层级的磨炼后，虽然积累了一定的艺术经验，但由于还处在没有完全消化和吸收、缺乏充分的转化能力的阶段，所以尽管有了自己的想法，但模仿的痕迹还是十分明显。茅盾先生把这个阶段称为似像非像阶段。他认为这个阶段的作家尽管“融化了他所研究的甲乙丙丁等各家，然而他所写的作品非甲非乙非丙非丁……而亦似甲似乙似丙似丁”[②]。不过，在茅盾先生看来这是非常大的进步，值得赞扬。因为这一阶段虽然没有达到成熟阶

---

① 茅盾．关于文艺修养［M］．长沙：湖南人民出版社，1983：18—19.

② 同①，19.

段，但比起第一个阶段已经有了很大长进，是值得肯定的，只是总体上由于模仿的印记很重，所以也处于低级阶段，并不是模仿的高级阶段，也不是艺术修养应该达到的最终目标。

第三层级是融化阶段。有了前面两个层级，作家渐渐就能够熟练地应用学习到的东西，形成自己的风格，只是由于还没有完全达到自由的境地，作品难免还会带有某种模仿的影子。对处于这一层级的作家来说，他们感悟能力已经增强，已经知道把学到的东西化而用之了，已经基本摆脱了单纯地模仿皮毛或形骸的毛病，但由于没有达到自由创新阶段，所以如果仔细去看还是能够从他的作品中看出某一作家的影子来。茅盾先生认为处在这一层级的作家“是有才能的作家”，“应得高的评价”[①]。因为在他看来，伟大的作家一定是有独创性的作家，也一定是有非凡才能的、天才式的作家，但可惜的是，这种“伟大的天才作家在人类文化史上屈指可数亦不过几个，而人类文化史之所以不至于在屈指可数的‘泰岱’以外成为一片荒漠”，“就赖于多数的有才能的作家”，因此，他认为如果这样的作家能在自己的作品里表现出不止一个天才作家的影响，那就更应该得到更高的评价，“因为他已经到融化了前人的精华这一步，他所缺的只是伟大的独创”[②]。

第四层级是最高的一个层级，即创造阶段。在吸取了前人的经验后，又能把这些完全消化、融汇，逐渐沉淀为自己的血肉，在一个作家的作品中已经看不到其他作家的影子，而只有他自己的东西，也就意味着一个作家进入了创造阶段。只有这样的作家才是真正的作家，也只有这样的作家才能成为伟大的作家。余华就认为，一直模仿会葬送作家的写作前途，因为“任何一个作家教会了你写作的同时也会葬送你的前途，你越迷恋他，你自己的道路就没有了”[③]。是的，一个

---

① 茅盾．关于文艺修养［M］．长沙：湖南人民出版社，1983：19.

② 同①.

③ 王尧，林建法．我为什么要写作——当代著名作家演讲录［M］．苏州：苏州大学出版社，2005：65.

作家在经历了模仿，有了一定的写作经验之后，就应该逐渐探索自己的写作道路，只有当他所写的作品“非甲非乙非丙非丁，并且也不似甲似乙似丙似丁，他是用他自己的天才把前人的精华凝练成新的只是他自己的东西了，他在人类智慧的积累上更增加了一层”[①]，他才是一个真正的作家了。到了这一层级的作家，既不会轻易隔断与传统艺术的联系，也不会陷入别人的修辞圈套中，而是已经进入自由创造的境界。文学史上，那些成就卓著、声名显赫的作家就是这样的作家。能够达到这一层级的作家是很少的，但也正因为少，所以格外珍贵。

总之，大量事实表明，艺术修养如同是一个蓄水池，这个蓄水池越大越满，作家的修辞就越自如、越从容。对此，还是刘震云说得好：“一个作家背后的蓄水池到底有多深是最重要的，这个蓄水池中有对生活的认识、对哲学的认识、对民族的认识、对宗教的认识、对世界的认识等。作品呈现了他背后的蓄水池。我曾经说过，一个作家的真正的功力不在有形的小说，而是后面无形的东西，这是一个层面。另一个层面，具体到一个作品里面，作家真正的功力包括呈现出的力量，不管是荒诞还是什么，它不在你的文字表面，功夫在诗外。这就是结构的力量，这个结构力量特别考验作家的胸怀，这个胸怀就是你能看多长看多宽，你对生活的认识、对人性的认识、对文学的认识以及对自己的认识。”是的，一个作家只有拥有了这样的一个蓄水池，他的创作才能蒸蒸日上，最终达到一个相当的高度，而这个高度就是海明威所说的“境界”，而要想达到这个“境界”，自然就需要很多的因素，“第一，必须有才气，很大的才气，像吉卜林那样的才气。还得有训练，福楼拜那样的训练。还必须知道能写到什么程度，内心坚定不移，好比巴黎的标准量计永恒不变，免得假冒。作家还必须聪明，不计名利，尤其是要活下来。把这一切都集中在一个人身上，还

---

① 茅盾．关于文艺修养［M］．长沙：湖南人民出版社，1983：19.

得让他克服压在作家身上的一切影响。因为时间这么短，最难办的事情是活下来，完成他的作品。我希望我们有这样的作家，我们愿意读一读他的作品”①。由此可见，即便是伟大的作家也非常看重写作的整体素养。否则，那种“境界”任谁都是做不到的。

① 董衡巽．海明威谈创作［M］．北京：生活·读书·新知三联书店，1985：12—13.

第七章 作家的写作能力

关于写作的意义和价值，人们看法较多，但不论把它看作是什么，不论把它看作是对抗世界的手段抑或一种职业，前提是必须要写得出来并写得好看。否则，没有实际的创作能力和成为艺术作品的东西，一切都只是一种假想。所以，最终决定一篇作品是不是文学作品并是否好看的重要因素实际上是作家的写作能力。那么，作家应该具备哪些写作能力呢？

一 观察能力

作为一个写作家，学会观察是迈向写作成功的第一步，同时也是非常重要的一步。所谓观察，是指一个人对现实、生活、宇宙以及万事万物的观察。这个过程既包含了看，也包含了探究和体认，同时也是一个人获得事物印象的重要手段和基本过程。依靠这一手段和过程，作家不仅可以从宏观上把握事物，获得事物完整的印象，而且可以从微观上体认事物，进一步了解事物的特性，从而对事物有一个既表又里的把握，为写作打下坚实的基础。因此，是否具有观察能力早就被许多作家和理论家看作是能不能写出好的作品的一项基本能力，尽管我们也知道，会观察不一定就能写出作品，或者说写出优秀作品，因为还有其他的要素影响着写作，但不会观察，要想创作则几乎是不可能，尤其是要想写出优秀的作品几乎是不可能的。因此，不论是作家们谈创作感受，还是理论家们论述创作，通常都会谈到观察能力，而且通常都放在首要的位置。

那么，对于作家来说，为什么观察能力这么重要呢?

首先，观察是描写的基础，不会观察就无法获得对事物的整体印象，所以也就不可能逼真地描写。创作，就其塑造的形象和呈现的画面而言，尽管不像绘画、摄影那样完整和直观，但是当作家应用语言文字将事物做出描述之后，给读者留下的整体印象依旧和绘画、摄影一样，是完整的、形象的。而之所以会形成这种完整的印象除了与读者自己也有相同的经验和体认并激活了这种经验和体认有关，更重要的还是得益于作家对事物的观察，因为作家描写一个事物，在他心目中其实是对这个事物的形貌、位置、结构、布局及质地有一个通盘的安排，只是这种安排不是来自想象，而是来自平时他对事物的印象，当他把这种通过观察得来的印象用语言文字有序地描述出来之后，读者在阅读的时候融入自己的经验和体认，自然就能在脑海中构建出事物的基本面貌。文学最终是要靠形象来说话的，这样，有没有完整的形象，能不能给读者留下完整的印象，就与作家的观察能力息息相关了。

其次，观察是获得写作材料的基础，不会观察就无法从生活中看到有价值的写作材料，所以也就无法找到写作的价值。生活是琐碎的，不是所有的生活都可以进行描写，都可以被写进作品中，能够进入写作的通常都是被筛选过的。可是，如何筛选呢?前提之一就是观察，因为没有观察自然就不可能看到写作的价值，当然也就无法筛选了。有时即便看到了，但也因为缺乏观察而无从辨认——生活从来都是鱼龙混杂的，不会因为哪个人的一厢情愿而自动显示意义——被轻易放弃掉。对此，巴尔扎克就十分真诚地呼吁作家要认真观察生活，因为“你们简直难以想象，在这个充满了痛苦的城市里，曾经有过多少被埋没了的奇遇，多少被遗忘了的悲剧，多少可怕的和美丽的事物！人类的想象力永远也不能达到这里面所及所隐藏着的真情，也没有人能够发现这些真情；非要深入其中，才能发现里面竟有那么些动人的场面：有悲剧性的，然而都是机缘巧合的杰作”[①]。是的，巴尔扎克说得没错，在我们的生活中，在我们的城市和农村中，在我们每天消失的日子里，不断有奇迹发生，如果我们不认真观察，很有可能把最宝贵的、最值得书写的东西轻易放弃掉，那将是文学多大的损失啊！

最后，观察是真实的基础，不会观察就无法获得事物的准确面貌，所以也就无法提供真实感。歌德认为他的诗具有客观性，都是因为他善于用“眼睛非常地注意和练习”而获得的，即通过观察获得的。在他看来，观察也是自己获得知识的非常重要的手段，因为他从来没有为了要写诗而去观察自然，但是早期的写生画以及后来的自然研究，都使他“长期对自然事物做了细致的观察，逐渐把自然熟悉在心，甚至于最小的细节”，所以，他走上文学创作道路，成为一名诗人后，“需要什么，它便归我掌握；我不可能很容易地犯了违反真实的过失”[②]。

总之，作为作家创作的基本功，观察能力的高低直接决定了作品的基本面貌，也提供了作品的真实性。所以，观察历来都被作家们所重视。

那么，如何才能够提高观察能力呢？根据已有经验，通常有以下一些方法。

一是将自己融入观察对象之中，成为他们中的一分子，而不是作为观察者，游离于对象之外。观察一般有两种，一种是有意的，一种

① 段宝林．西方古典作家谈文艺创作［M］．沈阳：春风文艺出版社，1980：310.
② 同①，147.

是无意的。就其效果而言，有意的，注意力集中，能够在短时间内形成清晰而强烈的印象；无意的，不带目的性，比较自然，往往能够对事物形成本质性的看法。带着目的的观察，由于功利性太强，往往把对象当作标本来看，这样很难深入对象的深处，很难体会到事物的本质，尤其是如果观察对象是人就更是如此。好的观察或者说属于真正的观察是那种不知不觉就融入其中，自己也成为被观察对象中一分子的观察。这样的观察，作家既是在观察对象，又是在观察自己，既是在体认事物，也是在体认自己，所以，没有那种与事物相隔的感觉。对此，巴尔扎克就曾说："我喜欢观察我所住的那一郊区的各种风俗习惯、当地的居民和他们的性格。我和工人穿得一样褴褛，又不拘礼节，所以他们对我倒也一点不存戒心。我可以和他们混在一起，看他们做买卖，看他们工作完毕后怎样互相争吵。对我来说，这种观察已经成为一种直觉，我的观察既能不忽略外表又能深入对方的心灵；或者也可以说就因为我能很好地抓住外表的一切细节，所以才能马上透过外表深入内心。"① 巴尔扎卡的小说之所以现实感强、描写真实细腻，应该说就得益于这种观察方法。

二是对生活敏感，做一个生活的有心人。观察固然可以有意去做，但是因为这使得自己和事物之间隔了一层，所以人们一直认为最好的观察应该是随意的、随机的，这样所见者才真，所见者才亲，所见者才最自然。对此，海明威在接受记者采访时也承认了这一点，当记者问道："当你不在写作的时候，你仍经常地做一个观察者，在寻找着可能有用的东西，是吗？"海明威这样回答道："诚然。如果一个作家停止观察，那他就完了。但是他不必有意识地去观察，也不必去想怎样它才会有用。开始的时候也许会那样，但是后来他所看到的每一件事情都进入他知道或者曾经看到的事物的庞大储藏室了。"② 海明

---

① 段宝林．西方古典作家谈文艺创作［M］．沈阳：春风文艺出版社，1980：310.
② 董衡巽．海明威谈创作［M］．北京：生活·读书·新知三联书店，1985：50.

威所说的，其实也就是要做个生活的有心人，不但能够从别人轻易就放过的生活中看到价值，能够从别人见了不一定会有感觉的事物中发现写作的灵感和契机，而且这些平时的观察也会慢慢地积淀下来，用不到的时候可能感觉没什么用处，可一旦在创作中需要的时候，它就会清晰地涌现出来，成为一种持久的热情和丰富的经验，帮助作家完成创作。因此，观察对于一个作家来说应该是随时随地的，甚至可以说，一个真心要想创作的人，一个把创作当作生命的人，观察就是他日常生活的一部分。

三是仔细认真，不能走马观花，要深入进去，沉淀其中。走马观花虽然也能够留下印象，但很可能因为粗制滥造而无法成为写作的动力，因为走马观花就如同雾里看花，美则美矣，但云山雾罩是看不到细处的，而这细处恰恰是创作必需的。对于一个靠文字来描述事物、呈现世界的人来说，作家必须具有细腻逼真描绘事物的功夫，要把所写的事物写得像是读者亲眼看到的那么真切，甚至比读者自己看到还要生机勃勃，还要活灵活现，还要引人入胜，才能步入文学的殿堂。然而，要做到这些当然就离不开仔细、认真的观察了。对此，福楼拜在论到作家的修养的时候曾经说过："当你走过一个坐在自己店门前的杂货商面前，走过一个吸着烟斗的守门人面前，走过一个马车站面前时，请你给我描绘一下这个杂货商和这个看门人，他们的姿态，他们整个的身体外貌，要用画家那样的手法传达出他们全部的精神本质，使我不至于把他们和任何别的杂货商人，任何别的守门人混同起来。还请你用一句话就让我知道马车站有一匹马和它前后五十来匹是不一样的。"[①] 是的，都是守门人，都是杂货店商人，都是马，能不能写得各不相同，才是考验作家写作能力和修养的硬功夫，而这离开了仔细、认真的观察显然是无法做到的。

① 段宝林．西方古典作家谈文艺创作［M］．沈阳：春风文艺出版社，1980：396.

二 感觉能力

观察生活的过程在一定意义上也是作家感知事物的过程，这个过程中作家会对事物形成一种整体感受，它停留在作家的记忆中，等到写作的时候就会浮现在作家眼前，成为写作的一种参照。因为对于作家来说，生活的过程其实也就是每天以各种方式感受的过程，这个过程随机随性，或许很多时候他自己也并不一定十分清楚，但等到写作的时候生活的情景会自动浮现出来，刺激着想象，帮助他完成写作。一个作家缺少了这种感觉能力，是根本无法写作的。果戈理曾说："一个艺术家只能够描画他感觉到了的，在他头脑里已经形成了充分的概念的东西；否则的话，画将是死的，学院式的画。"[①] 契诃夫也说，作家"必须写自己看见的、感觉到的，而且要写得正确诚恳才成"[②]。的确，一个作家写作只能写他自己感觉到了的，没有感觉到的或者完全没有概念的事物他是不可能想象出来的。比如许多作品中出现的"鬼"的形象，其实都是根据"人"的样子来写的，因为"鬼"谁也没见过，但"人"大家都见过，而且在人们的意识里"鬼"是"人"的灵魂，这样人们写到"鬼"的时候只能是根据感知到的"人"的基本样子来写，这就很好地解释了果戈理和契诃夫所说的话。

一个作家，如果不能对事物形成鲜明的感觉能力，那么，他也就无法形成对事物的印象，当然也就无法通过印象来表达思想。正如德谟克利特所说的那样，"感觉和思想是由透入我们之中的影像产生的，因为若不是有影像来接触，就没有人能有感觉或思想"[③]。的确，虽然

① 段宝林．西方古典作家谈文艺创作［M］．沈阳：春风文艺出版社，1980：404.

② 同①，638.

③ 同①，4.

我们也看到有作家凭借学识可以在缺乏对事物的感觉的前提下进行写作，但问题也正在于他缺乏感觉，所以无法深入本质，思想性就大打折扣了。

所谓感觉能力，是指作家对生活进行观察之后，在大脑中留存的对事物的一种整体的记忆。这种记忆既是宏观的又是具体的，它使得作家对事物有一种提前的预判和充分的想象的空间。因此，对于许多作家来说，感觉能力和记忆能力是紧密相伴的。对此，冈察洛夫就说："在我本人心中没有诞生和没有成熟的东西，我没有看见、没有观察到、没有深切关怀的东西，是我的笔杆接近不了的啊！我有（或者说曾经有）自己的园地，自己的土壤，就像我有自己的祖国，自己的家乡的空气，朋友和仇人，自己的观察、印象和回忆的世界——我只能写我体验过的东西，我思考过和感觉过的东西，我爱过的东西，我清楚地看见过和知道的东西，总而言之，我写我自己的生活和与之常在一起的东西。"① 冈察洛夫所说的观察和体验其实正是储存在记忆里的对事物的感觉。对此，托尔斯泰虽然没有直接提到感觉，只是就记忆而言的，但从语义上看则指的就是感觉，他曾承认自己所写的东西有许多是靠回忆来完成的，这种回忆很多时候就是指感觉在心中的存留，"不是我实际上体验到的，而是我所写的以及我和那些被我描写的人物所共同体验到的"②。换言之，他所写的并不是生活本身，而是生活留存下来的一种感觉和记忆。契诃夫在给某杂志主编巴丘希科夫的信中其实也表达过相同的意思，在他看来真正的写作并不是对眼前事物的实写，而是在拉开一段距离之后的一种感觉的审视："您在一封信上表明一种愿望，要我就地取材，写一篇外国生活小说寄给您。这样的小说我只能在回到俄罗斯以后凭回忆才写得出来。我只会凭回忆写东西，从来也没有直接从外界取材而写出东西来。我要让我

① 段宝林．西方古典作家谈文艺创作［M］．沈阳：春风文艺出版社，1980：422.
② 同①，534.

的记忆把题材滤出来，让我的记忆力像滤器那样只留下重要的或者典型的东西。”①

三　洞察能力

一个作家要想创作出不同凡响的作品，单有观察能力和感觉能力是远远不够的，他还必须具有智性浓郁的洞察能力。所谓洞察能力，简单说就是指具有独特的眼光，能够拨开事物的表象，发现事物本质的一种悟性。世间的事物能够被人们首先感受或者看到的是表象，表象是获得事物印象的重要一环，但表象只是事物外在的形态，在这种形态下面往往隐藏着的才是事物的本质，即事物运行的原因、规律和发展逻辑。这些东西从表象上往往是无法看到的，必须透过这种表象去发现、去感悟，即用独到的眼去拨开表象去深入本质。文学史上那些流传下来的经典著作或者那些备受人们推崇的著作，都是极具洞察力的著作。比如果戈理的《死魂灵》，小说所塑造的乞乞科夫是一个非常经典的人物形象，这个人物形象之所以经典，原因就在于通过这个人物我们能够深刻地感受到当时俄国贵族社会空虚无聊的精神实质，而且能够感受到当时俄国社会所存在的制度弊病，具有直达社会本质的力量。那么，这个人物身上所具有的这种穿透力是从哪里来的呢？显然，这与果戈理对生活的深刻洞察是分不开的。对此，果戈理在谈到乞乞科夫的形象塑造时就曾这样说道：“如果作家不去洞察他（乞乞科夫）的心，如果不去搅起那瞒着人眼、遮盖起来的、活在他的灵魂的最底处的一切，如果不去揭破那谁也不肯对人明说的、他的秘密的心思，却只写得他像全市镇里，马尼罗夫以及所有别的人们那

① 段宝林．西方古典作家谈文艺创作［M］．沈阳：春风文艺出版社，1980：641.

样子，——那么，大家就会非常满足，谁都把他当作一个很有意思的人物的吧。不过他的姿态和形象，也就当然不会那么活泼地在我们眼前出现！因此，也就没有什么感动，更不会事后还在震撼我们的魂灵。”[①] 换言之，果戈理正是通过自己长期的观察，感悟到了这个人物灵魂背后的社会本质，他才塑造了这么一个人物形象。或许正是因为看到了洞察能力的重要性，所以契诃夫十分看重洞察能力，并对那些具有深刻洞察能力的作家表达了由衷的赞美，“真正的作家好比古代的先知：他比平常人看得清楚些”，原因是这些作家在认真观察的基础上往往对事物都有一种很强的洞察能力，比如一堵墙，在一般的人看来或许没有一点有趣的地方，可是在那些高明的作家眼里，当他凝神看着它的时候，就会有所发现，找到别人以前没有注意到的东西，所以“好小说是可以因此写成的”[②]；还比如月亮，他认为这已经是个老题材了，可是有一些作家仍旧用它来写成好东西，甚至可以写出很有趣味的东西来，关键是要从中具有自己的发现，而不是别人的、已经陈旧的东西。契诃夫说得没错，这的确是许多著作成为名作的根本原因。就拿《红楼梦》来说，小说所写的事情并非惊天动地的大事，也缺少气贯山河的英雄，更多的则是琐碎的生活画面以及吃喝拉撒这样的小事情，甚至包括青年男女的斗气、拌嘴等这样的不起眼的事情，但由于曹雪芹对封建大家族的生活有着较强的洞察能力，所以表面上看，这些事情都是小事情，但正是这些小事情却折射出了封建社会的腐朽和没落，所以小说具有很深刻的内涵，深刻地揭示了封建大家族的生活本质，从而成为一部不朽的名著。从这个意义上讲，越是洞察力强的作家越能写出伟大的作品，或者反过来说，越是伟大的作品越能表明作家的洞察能力之强。

作家的洞察能力在一定意义上是作家对社会生活的理解深度的如实反映。一个作家对社会生活的理解越深刻表明他洞察得越透彻，当

---

① 段宝林．西方古典作家谈文艺创作［M］．沈阳：春风文艺出版社，1980：409．

② 同①，639．

然他的作品也就越深刻。那么，作家怎样才能具有这样的理解能力呢？很显然，这需要长期的培养。文学史上能够写出传世之作的作家尽管也有年轻的，也有一出道就取得成功的，但更多的则是那些经历了反复磨砺，具有一定写作年龄的人。因为对于那些刚开始写作的作家来说，或许起初他也能够凭借对生活的观察进行写作，但如果再要深入可能就会受到限制，所以通常只有他的理解能力达到一定的积累，他的写作能力才会越来越强。作家格非对此就非常有感受，他认为："文学能不能有新境界，实际上取决于我们对社会理解的深度。我们怎么理解这个世界？这是非常关键的。一个人假如没有文化自主的价值系统的引导，是不可能有大成就的。"而要达到这种境界，就需要改变观察生活的方法。他认为如果没有阳明学的出现，明代以后色情文学的出现就不可能，因为阳明学的出现公开质疑了几千年来的道统，"把所有'道德'都变成了相对的东西"，所以"明代中后期的文学，实际上有思想方法的革命，最后才导致了对生活观察的革命"。今天我们什么都有，但文学的审美情趣却丢失了，他认为非常重要的原因在于缺少了洞察生活的独特的方法，所以他特别强调洞见生活的方法问题，"我认为方法上必须要对生活有洞见，有洞见才能坚持自己的价值……有独到特殊的看法，也许目前不被大众所接受，但未来可能会促成很大的文学标志性的东西的出现"[①]。此言可谓是一语中的。

四　写实能力

追求真实并达到真实，这是每个小说家的梦想。对于小说而言，真实是小说的生命，是小说之所以备受人们关注的关键所在。失去了

① 文艺报社．文学下午茶——当代作家艺术家对话录［M］．青岛：青岛出版社，2013：14.

真实，也就意味着小说失去了一切魅力。狄德罗说：“任何东西都敌不过真实。”[①] 巴尔扎克也认为：“获得全世界闻名的不朽的成功的秘密在于真实。”[②] 这都是对小说讲求真实的肺腑之言。

那么，为什么小说对真实有如此高的要求呢？或者说为什么小说必须真实呢？盖因小说最终是要接受读者的阅读检阅的，而“读者只有认为一部小说真实、可信，他才会接受它，就像人们相信一个人诚实可靠，才会同他做朋友一样”[③]。一部作品如果要是连真实都做不到，读者如何相信呢？哪一个读者愿意看到虚假的小说呢？不真实，就意味着小说寿命的终结。当然，正因为如此，所以长期以来真实也成为人们衡量一部小说好坏的一个重要标准。

所谓真实，左拉认为“就是如实地感受自然，如实地表现自然”。在左拉看来，真实就是衡量一篇作品好坏的唯一标准，因为“当我读一本小说的时候，如果我觉得作家缺乏真实感，我便否定这作品”[④]。契诃夫认为真实和生活一样自然，作品的真实“必须把生活写得跟原来面目一样，把人写得跟原来面目一样，而不是捏造出来”[⑤]。而李建军则认为，“真实的真正内涵不过是令人信服和让人乐意接受。就此而言，真实性乃是小说修辞应该追求的首要意义的目标，因为一位小说家不管有多么高明，是不可能说服读者欣赏并接受一部虚假的作品的”[⑥]。可见，衡量一篇作品是否真实，就是看作品是不是像生活一样自然，是不是如实地表现了自然，读者是不是乐意接受，如果做到了那就是真实的。

不过，需要注意的是，小说中的真实尽管和生活一样自然，但并

---

① 段宝林．西方古典作家谈文艺创作［M］．沈阳：春风文艺出版社，1980：99.

② 同①，308.

③ 李建军．那些优雅的东西都烟消云散了［M］∥文学还能更好些吗．上海：复旦大学出版社，2012：84.

④ 同①，588.

⑤ 同①，632.

⑥ 同③，85.

不意味着就是生活的照搬照抄和复制，更不是和现实一模一样，而是艺术化了的真实。现实的真实是事实上的真实，而艺术的真实则是一种被体验到的真实，两者之间不能画等号。冈察洛夫就认为，“艺术的真实和现实的真实并不是同一个东西。从生活中整个儿搬到艺术作品中的现象，会丧失现实的真实性，不会变成艺术的真实。把生活中的两三件事实照原来的样子摆在一起，结果会是不真实的，甚至是不逼真的”，“因为艺术家不是直接仿照自然界和仿照生活来写作的，而是在创造他们的逼真物”①。冈察洛夫所说的这个“创造物”，其实就是作家根据现实然后又超越现实所塑造的事物形象，它同现实一样形神兼备，但现实中却又找不到相应的对应物，而是人能感觉到的一种真实。换言之，作家所塑造的这个“创造物”与现实有若隐若现的联系，却是超越了现实的只是从情理上来说的真实，这就是为什么文学中的真实有时比现实的真实更感人的缘故，也是为什么人们喜爱文学作品的根本原因。

其实，不只是冈察洛夫，许多作家对真实都有自己的理解。莫泊桑是一个十分注重真实感的作家，但在他看来，“绝对的真实，不掺水分的真实是不存在的”，因为“我们每个人都有一种思想倾向，教我们这样或那样去看待事物；同一桩事，这个人觉得是正确的，另一个人就可能觉得是错误的”，所以“想描写得真实，绝对的真实，是一种不能实现的妄想，人们至多只能根据各自的观察能力和感受能力，确切地再现所观察到的东西，按照我们所见过的样子描绘出来；至多只能根据大自然赋予我们的形象记忆力，把我们获得的印象写下来”②。莫泊桑对真实的这种理解，某种程度上说，确实是作家写作时所能够达到的真实。因为虽然作家笔下的真实和生活不分伯仲，但这并不是现实，而只是作家对生活的一种印象而已，即是一种想象了

① 段宝林．西方古典作家谈文艺创作［M］．沈阳：春风文艺出版社，1980：421.
② 同①，622.

的、加工过的，并不是生活的实录。对于莫泊桑来说，他甚至认为，这种印象的真实一定程度上都不是生活提供给作家的，而是由作家的气质决定的。比如左拉是人们公认的自然主义的文学大师，但莫泊桑却认为左拉虽然竭力主张观察的真实、描写的真实，但自己却过着十足的隐士生活，足不出户，不了解社会，只靠笔记本里的一些札记和东零西碎收集的若干资料去创作人物、刻画性格，结果不得不虚构，因此他认为左拉的真实就是相对的，并由此否定左拉的这种做法。

那么，一个作家如何才能做到真实呢？对此，人们也是各有各的看法。在托尔斯泰看来，一个作家要做到真实就必须具备三个要素："①什么人和什么样的人在说？②怎样说——他说得好还是坏？③他是否说他所想的以及完全是他所想到、所感到的东西。对我来说，这三个要素的不同的结合决定着人类思想的一切作品。"[①] 他认为屠格涅夫的小说之所以具有真实价值，是因为屠格涅夫讲出的东西都是他自己感觉到的东西。在这里托尔斯泰实际提出了一个十分重要的观点，即判断一个作品是否真实的标准是看作家是不是说出了"他所想的以及完全是他所想到、所感到的东西"。而这其实正是文学作品真实的最根本的要害所在。一本文学作品如果仅仅是照着生活描写或一切以生活的真实为真实，这不能算作真实，至少不能算作文学的真实。文学的真实来自"想到的所感受到的"东西。托尔斯泰的这个观点其实可以从两个方面去理解，从作家的角度，一个作家只有不违背自己的内心，写出了自己看到的和感受到的，这种真实从情感上才是不虚伪的，所以是真实的；从读者的感受的角度来说，一个读者能够感受到的，其实正是他在现实中看到的东西留在他脑海里的印象，这种印象虽然在作品中已经不一定是原来的样子，但因为它遵循了事物的特点，尤其是揭示了事物的本质，所以比原来的生活更为真实。应该说托尔斯泰的真实观是十分深刻的，这是不是正是他要超出一般作家，

① 段宝林．西方古典作家谈文艺创作［M］．沈阳：春风文艺出版社，1980：554.

能够走得更远更好的原因所在呢？

与托尔斯泰贵在写出自我的感受的观点不同，巴尔扎克的真实观重在符合事实。在他看来，一个作家要做到真实，贵在选取事实和把握性格，因为作家所选取的事实只有符合人们的习惯和认知范畴，这件事情才能被认为是真实的，否则，生活中虽然是真实的事实，但一旦写在小说中如果出乎读者的认知范畴和意料，很可能被看作是偶然的事件，而不被认为是真实的。

如果说古典作家们的真实观还重在内容方面，那么到了现代作家们这里，真实观已经开始发生变化了，甚至有人已经从形式的角度来关注真实了。如美国当代作家欧文·肖认为，一个作家所写的东西是不是真实，主要在于技巧，这种技巧就在于要尽可能地贴近现实，而这个现实就是能不能贴近材料，因为“小说在风格和样式上都要贴近实际，尽可能地贴近，不是贴近我，而是贴近材料本身。也就是说，我要把人物和其创造者之间的脐带剪断”。他甚至把这种能力看作是作家的一种创新能力，“在写《哥萨克》（托尔斯泰作品）时他就是俄国的一名炮兵军官；在写《相似物》（作家不详）时他就是都柏林的一条醉汉；在写《混乱的早年的不幸》（德国作家托马斯·曼的次子戈罗·曼的作品）时他就是一位德国教授”。尽管他认为要做到这些不大可能，但“非常有意思的作品正是出于这种意图”[①]。可见，在现代作家这里真实观也在不断随着文化、文学语境的变化而变化着。

总之，虽然对于如何做到真实，作家们的看法不尽相同，但有一点却是相同的，即他们都承认所谓的真实就是要写出生活的印象，让读者能够感受到并可以接受。所以，真实自然而然也就成为作家必须具有的一种基本的写作能力。往更深里说，真实其实就是要符合生活的逻辑，能够体现生活的基本规律。如果一部作品连生活的逻辑都不

---

① 程代熙，程红．西方现代派作家谈创作［M］．北京：中国广播电视出版社，1991：96．

符合，不能够体现生活的基本规律，那它的真实性就令人怀疑了，因为虽然文学作品所描写的生活是经过作家提炼、加工了的，但是这种提炼、加工是基于生活逻辑展开的，是依据生活的基本规律进行的，并不是随心所欲想怎么写就怎么写的。李建军就曾认为贾平凹的《废都》是一部并不成功的作品，原因之一就是它不真实。比如小说中有一个情节写到庄之蝶在一千米远的地方就看到了阿灿在等车，可等阿灿刚上车，庄之蝶就到了门前，李建军认为这样的情节显然也是虚假的，因为就生活的真实而言，一个人在一千米外看清一个人的脸本身就是个奇迹，更何况要在阿灿上车的短时间内跑完一千米显然是做不到的。诸如此类，他认为都表明《废都》是一部虚假的小说。是的，不论是什么作家，成名的还是不成名的，真实并不会因为名气就有高低之分，大作家所犯的这种错误有时候更不可原谅。

屠格涅夫在回忆自己的创作时也曾谈到过一件往事，就是他在写作小说《旅店》时，曾在小说中设置了“区警察局长”这样一个职位，但小说写出来之后，批评家安宁柯夫就提出了质疑，因为如果按照小说故事发生的时间（1830 年）来计算，这个时候国家并没有这样的职务，由于屠格涅夫写作的时间是在这之后，这时候已经有了这一职务设置，所以他在写作的时候就设置了这样一个职位，安宁柯夫认为这违反了生活的基本真实面，必须改正。屠格涅夫接到这个批评之后，很诚恳地承认了错误，并在修改小说时把这一段给删除了。

种种迹象表明，文学作品如果不真实，其质量将会大打折扣，甚至会导致失败。因此，不管一部作品如何写、写什么、写得如何，也不管人们持有怎样的审美观，相信没有人会对虚假的小说感兴趣，或者说在对待文学作品的真实问题上会出现巨大差异。因为任何读者都明白，文学作品本身就是生活的一种反映，如果作品失真了，也就意味着所反映的生活是虚假的，这样的作品还有什么意义呢？这世界上还没有听说过因为作品虚假而被人们追捧的怪事。

之所以这么看重文学的真实，其实往更深层说，追求的是一种情理的真实。文学虽然和现实生活非常相像，但并非现实生活的照搬照抄，文学当然描写的是生活，但这并不意味着就是对生活原封不动地复制和粘贴，文学中所描写的生活是经过作家加工提炼之后更加符合人的情理的生活，或者说所描写的是现实生活中虽然不曾发生，但按照人们的情理是必然存在或者必然会发生的事情，它可以和现实生活相同，但这种相同绝对是超越了现实生活的。因为情理的真实和现实的真实是两种不同的真实，情理的真实要求符合人们的预期，现实的真实要求的是符合人们的当下，前者是文学作为一门艺术对生活描写的本质特征之一，所以出现在文学中的真实有时候比现实的真实更加微妙，更加吸引人。事实上，很多时候，人们所接触到的生活之真只是表象上的真，而情理之真恰恰是一种本质之真，因此这就是为什么文学作品有时候往往比现实生活更感人的深刻原因。对此，善于描写谍战类小说的麦家就认为："文学从来都有两种导向：一种是我刚才说的把真的也写成假的，还有一种是把假的写成真的——这就是文学的魅力，也是最考察小说家才情的。什么叫才情？就是你把假的说成真的、把粗糙的生活描绘成一种灿烂的虚构能力。"①

文学的真实之所以是一种本质的真实还因为它体现了作家如实感受生活的一种能力。作家笔下的现实尽管看起来和真实的现实没有什么区别，但事实上他所写的只是他所感受到的现实，即他自己感觉到的世界，而不是就现实而现实。毕飞宇在一次访谈中说："'现实感'就是一种错觉，它是望远镜或显微镜下的世界，这世界仿佛在视觉之内，实际上却在视觉之外，是神奇的'虚构'帮我们完成了奇妙的、伟大的视觉转换。"他的小说《哺乳期的女人》被大家公认为是一篇优秀的作品，对此，他这样解释道："这个短篇小说完全是虚构的，但它却是真实的。我说它真实，并不是我真的

---

① 文艺报社．文学下午茶——当代作家艺术家对话录［M］．青岛：青岛出版社，2013：38—39.

遇到过小说里的事件和人物，我是指，我的担忧是真实的，我的情绪是真实的。”① 换言之，他的真实是由虚构完成的一种感觉的真实，是一种符合他心理预期的情理的真实。

在追求真实的过程中，许多作家往往简单地把对自然、生活的如实描写当作艺术真实的前提，这有一定的道理，但这种写作倾向一度被人们称为自然主义的写作，并受到了人们的诟病，认为这种描写往往会流于对现实的过于尊重而导致成为现实的自然翻版。但是就已有的各种各样的小说作品而言，对自然、生活的忠实的描摹依旧是小说主要的特征，看看巴尔扎克对巴黎社会风情的真实描摹，看看《红楼梦》对封建大家族中生活的如实描写，看看帕斯捷尔纳克的《日瓦戈医生》对俄罗斯森林的描摹，都是带有浓重的描摹现实的影子，这从另一个角度也说明，小说的真实尤其是对自然的描写的真实都是以现实为基础的。其实，自然主义也好，现实主义也罢，如实的描写也好，虚构的倾诉也罢，笔者以为，只要作家所写的是那种人们能够感觉到的真实，是那种符合人们情理的真实，是从内心能够接受的真实，都是值得肯定的，强行划分真实的等级，认为这种真实要好于那种真实，并不能说明小说的好坏。对此，我们要有清醒的认识。

五　表现能力

对于作家具体的写作而言，什么能力才是最基本的呢？是观察能力、想象能力还是语言能力、思考能力？显然，这是一个需要思考的问题。虽然这些能力对于写作而言都是不可缺少的，但如果表达不出

---

① 文艺报社．文学下午茶——当代作家艺术家对话录［M］．青岛：青岛出版社，2013：2.

来，这些能力都无法得到有效的体现。读者阅读首先读到的是作品本身，其次才有可能会去关注作家的观察能力、想象能力、思考能力，甚至技巧和知识等。因此，对于一个作家，就具体的写作而言，表现能力才是最基本的能力。

所谓表现能力，是指通过语言文字把自己感受到的一切如实地、深刻地、艺术化地呈现出来的能力。文学是语言的艺术，文学的形象和画面不可能像影视或画作那样可以直接呈现在读者面前，而是要通过语言文字来完成。当作家通过语言文字把自己在现实中所感受到的一切变成具体可感的画面或形象表现出来时，他的使命才算完成。而他所感受到的有些是现实中不存在但内心中体验到的，这就要求务必真实和逼真，必须具有耐人咀嚼的内涵，必须具有艺术的美感。所以，作家的表现能力是需要长期磨砺才能具备的。这种功夫伴随着作家终身，不仅仅包括他使用语言文字的能力，也不仅仅包括感情的投入程度，最主要的是具备能够综合言说、表达、呈现的能力。单有某一种能力或许对提高写作水平有重要意义，但表现能力却是一种需要作家全盘把握的综合能力。拿观察能力来说，虽然这也是写作的基本能力，但正如自然主义大师左拉所说："观察并不等于一切，还得要表现。这就是为什么除了真实感以外还要有作家的个人特色。一个伟大的小说家应该既有真实感也有个性表现。"① 左拉对作家阿尔封斯·都德非常赞赏，原因之一就是他认为都德的小说具有强烈的个性化表现能力。比如，他认为都德对小说中的某个场景的描写，"由于他具有真实感，他便为这种场景所打动，他保存着这个场景的非常强烈的印象，多少年过去了，而这个形象却保存在脑子里。最后，这形象盘踞在脑际，作家非把他说出来不可，非把他过去见过和保存下来的表现出来不可。于是便创造一个奇迹，一部独创性的作品创造出来了"②。而都德之所以能够做到这一切，是因为都德

---

① 段宝林．西方古典作家谈文艺创作［M］．沈阳：春风文艺出版社，1980：590.
② 同①，590—591.

能回忆起他所见过的一切，他看见了某个人物，看见了他们各自的姿势，看见了某些境界，所以他能够准确地表现这一切。

表现能力不能只是简单地理解为技巧和知识，作家的表现能力的综合性是指作家的综合实力，这里面当然也包括技巧和知识，但它不是简单的炫技和知识的堆砌，也不是简单的模仿和虚构，而是要根据小说的需要进行阐述和叙事的能力。表现能力不足的作家才靠技巧来弥补生活的不足，那些没有内容的作品才靠知识来弥补叙述的苍白，没有个性的作家才只是一味地模仿，没有实际体验的作家才只能通过伪造来掩饰自己的不足，这些都是写作中作家通常会犯的毛病。真正有表现能力的作家绝对不是靠炫技、知识的堆砌、模仿和伪造才成为伟大作家的。正如海明威所说："作家写小说应当塑造活的人物；人物，不是角色。角色是模仿。如果作家把人物写活了，即使书里没有大角色，但是他的书作为一个整体有可能流传下来；作为一个统一体、作为一部小说，有可能流传下来。如果作家想写的那个人是谈论旧时代的大师，谈论音乐，谈论现代绘画，谈论文学或者科学，那么就应当让他们在小说里谈论这些问题。如果人物没有必要谈论这些问题，而是作家叫他们谈论，那么这个作家就是一个伪造者；如果作家自己出来谈论这些问题，借以表现他知道的东西多，那么，他是在炫耀。不管他有多好的一个词儿，或者多好的一个比喻，要是用在不是绝对必要、除它无可替代的地方，那么他就因为突出自己而毁坏了他的作品。"①

海明威所说的其实也就是作家表现能力的一种，即通过人物来体现作家观点的写作方法。

表现能力的首要标准是准确，如果一个作家对自己所描写的事情和人物无法做到准确，那说他具有表现能力就令人怀疑。表现能力中的准确，严格说来是要求作家能够把事物或者人物按照其本身的规

① 董衡巽．海明威谈创作［M］．北京：生活·读书·新知三联书店，1985：2.

则，即所谓的自然法则恰如其分地表现出来的一种写作能力，是作家所表现的事物和人物就是读者所感受到的或者能够想象、希望看到的样子的一种能力，这种能力看似非常简单，但要达到并不容易，它需要长期的、细致的观察和深刻的、智慧的领悟能力，甚至包括高超的语言驾驭能力等才能够达到。因此，准确的表现能力需要磨砺和提高。

然而，事实证明，表现能力不仅仅包括准确地展示事物的能力，还包括在这个基础上作家的融入程度，即作家能够把自己的个性与所描写的事物熔铸到一起，与所表现的事物合二为一，只有达到这个高度，读者在阅读的时候才不会产生和事物相隔的感受，才不会考虑哪些是虚构的情节，哪些是现实的情节，作品如同脱离了人为的痕迹，成为和现实生活同步的真实的整体。因此，在这个意义上，真正的表现能力其实还包括了作家将事物自我化的能力。对此，诺贝尔文学奖获得者斯坦贝克曾说，自己写了多年小说，终于发现“小说的写作中有一种魔力存在”，“却没有人能把它归纳成文传授下去”，原因就在于“这个‘文’似乎就存在于作家要把他感觉到的重要的东西传达给读者的那种强烈欲望之中，如果作家有种交流的欲望，他就有时——并不总是——会找到这样做的方法”[①]。斯坦贝克所说的存在于作家强烈的交流欲望中的东西，即小说写作的魔力，其实正是作家熔铸个性于事物之中的表现能力。

那么，怎样才能实现表现的个性化呢？显然，这也并非三言两语就能够说清楚的。比如有的作家记忆能力非常强，他可以通过追忆重新唤起他对事物的那种最初的感受，并能把这种感受真实、自然地表达给读者，让读者也能够感受到；再比如有的作家善于营造故事氛围，他可以把粗糙的、简陋的现实加工营造成具有特殊韵味的故事情节，以

① 程代熙，程红．西方现代派作家谈创作［M］．北京：中国广播电视出版社，1991：317.

此来达到表现的目的；还比如有的作家善于勾勒事物的形象，通过塑造生动的人物形象来达到表现的目的。莫泊桑就是一个不靠讲有头有尾的故事来娱乐和感动读者的作家，他个性化的表现能力主要表现在善于把生活的形象准确地描绘给读者。在他看来，通过准确的形象才能“强迫我们来思索、理解蕴含在事件中的深刻意义”，一个作家“以一种本人所特有的，又是从他深刻慎重的观察中综合得出来的方式来观看宇宙、万物、事件和人”，使得他的作品具有“一种十分巧妙、十分隐蔽、看上去又十分简单的手法，使人看不出斧凿的痕迹，指不出作品的设计，发现不了他的意图”①。总之，在真实的基础上展示个性化的表现方面，作家们是有不同的手段和方法的，这既体现了作家的个性，也决定了作品的风格。但不论哪一种，只要能够将自己的所感所想表达出来，并且能够使读者感受到这种表达就是值得鼓励的。

个性化的表现能力还体现在作家的语言使用能力上。能不能准确地使用语言，将自己的感觉、性情传达给读者，对作家来说是一个基本要求，但同时也是一个很高的要求。语言的表达能力不仅考验着作家的写作才华，同时也考验着作家的写作水准。正如前述，文学是语言的艺术，是通过语言文字这个基本媒介来实现的艺术。对于文学作家来说，要想进行创作并写出优秀的作品，离开了语言或者没有语言能力其实都是一句空话。所以，从这个意义上，作家的表现能力其实落脚点重在语言，这一点似乎也得到了文学史的证明。在文学史上流传着许多炼词、炼句的佳话，这些案例不但充分说明了作家对语言的重视程度，而事实上也正是作家们呕心沥血的语言锤炼才大大改善了文章的质量，增加了文章的内涵。比如流传已久的一个演员修改郭沫若抗战时期所写的剧本《屈原》中婵娟骂宋玉的一句话就很有代表性。郭沫若在剧本中写婵娟骂宋玉的原话是：“你是个没有骨气的文人!”上演时他在下面听，总觉得这句话不够味，想在“没有骨气的”

① 段宝林．西方古典作家谈文艺创作［M］．沈阳：春风文艺出版社，1980：605—606.

后面加上“无耻的”三个字。这时一位演员提醒他说把“是”改成“这”，就够味了。果真改了之后，效果不一样了。是的，“你是什么”只是个单纯的叙述语句，没有更多的内涵；“你这什么”则变成了坚决的判断，而且附带语省略了，更有内涵。由此可见，语言的使用对于表达有多么重要。对此，莫泊桑在提到自己的创作时也曾非常动情地说：“不论一个作家所要描写的东西是什么，只有一个词可供他使用，用一个动词要使对象生动，一个形容词使对象的性质鲜明。”但他认为要做到这一点并不容易，需要作家“去寻找，直到找到这个词，这个动词和形容词，而决不要满足于‘差不多’，决不要利用蒙混的手法，即使是高明的蒙混手法，不要利用语言上的戏法来避免上述困难”①。

个性化的表现能力也与作家所使用的技巧、方法有关。技巧和方法长期以来被人们看作是技术层面的问题，但事实上就创作而言，它并不是独立于文本的，而是和内容紧密相关的，两者浑然一体，很多时候不可能分得清哪些是技巧、方法，哪些是内容，甚至也感觉不到它的存在，但其实它在文章中到处都是，体现着作家对事物认识的独特角度，对表现内容有着至关重要的影响。有时候好的技巧和方法可以达到事半功倍的效果，有时候坏的技巧可能会毁掉一个好的故事。因此，作家对技巧、方法的选择不但事关作家的修养，也事关内容的表现，不可掉以轻心。

那么，什么样的技巧才是最好的呢？或者说哪种技巧才是最好的呢？对此，也不能一概而论。因为技巧的选择和使用，除了与每个作家自己的审美价值理念有关外，还与他所写的内容有关，与他所表达的主旨有关。对别人合适的技巧、方法，对自己不一定就适合，对别的作品意味着是好的技巧、方法，对自己的不一定就是最好的，关键是看是否与内容相贴合，时机要对，否则再好的技巧也无济于事。更何况技巧讲究的是整体的妥帖，要求的是一种综合的美感，如果与整

① 段宝林．西方古典作家谈文艺创作［M］．沈阳：春风文艺出版社，1980：613.

体不和谐，那么就不是最好的技巧。所以贾平凹就认为："技巧是不能单独抽出来说的，你能说鼻子应该是什么鼻子为好，眼睛是什么眼睛为好？它只能看具体的五官组合。林语堂说过关于熊掌雄壮美和鹤足挺拔美，其实雄壮美和挺拔美并不是熊与鹤的追求所致，是生存所致。技巧是随具体内容而来的。越是考虑到技巧，越没技巧；越没技巧，其中正有大技巧。有人讲长篇小说是结构的艺术，我总怀疑说这话的人并没有写出个好的长篇小说。"① 是的，技巧不是刻意的选择，而是一种随着作家性情，随着内容展开并和作家的叙述相契合的自然而然的结果。那些越是不露痕迹的技巧，那些越是具有表现力但越看不出来是技巧的东西，才真正能够展现作家的匠心独运。而所谓的匠心独运按照贾平凹的话说其实正是一种技巧的选择，因为在他看来，"古人讲的起承转合，目的就是要让文章从容自然而有起伏，西方人讲的隔离呀陌生呀，目的就在于引导读者化入化出。俗话说演员是疯子，观众是傻子，什么技巧都是装疯卖傻，诱你为傻子，如有的魔术师做魔术明明是在露他的魔底，却在露时又把你装进更大的迷惑里。无技巧的境界是有了技巧之后说的话，说寂寞的人必是曾热闹过了，陶潜的淡泊是不淡泊之后"②。

六　想象能力

当越来越多的事实证明，艺术是不能离开想象的时候，想象能力的强弱自然也就更为作家们所关注。千百年来，作家们有关想象力的论述可谓层出不穷，透过这些论述明显能够感觉到，作为艺术魅力的

① 贾平凹，穆涛．平凹之路［M］．西宁：青海人民出版社，1994：59.
② 同①，61.

组成部分，想象能力是每一个想要从事文学创作的作家所不能缺少的。

其实，不只是艺术，几乎所有的事情都是离不开想象力的，艺术家需要想象力，科学家也需要想象力。可以说，想象是人的本能，是才情，是创造力。王蒙甚至把想象力看作是人的特征："想象是人之所以为人的特征。"因为在他看来，科学、技术、创造、艺术、历史、地理等都离不开想象，而这些也都离不开语言，但"语言就是一种想象，语言本身就是一些声音罢了，文字不过是一些视觉的形象罢了，但它们却有意义，是因为语言可以和某种客观实际的对象联系起来"①。

那么，什么是想象呢？对此，人们的看法也不尽相同。狄德罗认为想象是一种物质："想象，这是一种物质，没有它，人既不能成为诗人，也不能成为艺术家、有思想的人、一个有理性的生物、一个真正的人。"② 这是一个值得关注的观点，因为通常人们都认为想象力是可感但不可见的，是无形的，它存在于人的内心但不表现出来，人们是无法感知到的，但狄德罗把想象看作是一种物质，从另一个层面揭示出了想象力的客观存在，证明想象力并不是虚无的，它是诗人、艺术家、思想家甚至理性的人本身所具有的一种能力。而在歌德看来，想象是一种补充和扩展的能力，可以把事物还没有表现出来的东西加以补充和拓展，变得更为丰富和细腻，因为他说他就具有"与任何人说了十五分钟的话，我能写出他谈了两个小时之久的话来"③ 的能力，这种十五分钟的谈话能够写出两个小时之久的对话的能力，其实缺少了想象能力是不可能完成的。而在亚里士多德看来，想象能力是一种综合能力，因为它包含了其他的如感觉和判断但又与这些东西完全不同的能力，用他自己的话说："想象不同于感觉和判断。想象里蕴藏

---

① 王蒙．王蒙演讲录［M］．北京：生活·读书·新知三联书店，2011：176—177.

② 段宝林．西方古典作家谈文艺创作［M］．沈阳：春风文艺出版社，1980：106.

③ 同②，151—152.

着感觉，而判断里又蕴藏着想象。……一切感觉都是真实的，而许多想象是虚假的。”①

总之，不论人们如何看待想象，一个基本的事实是：想象是一种独特的思维状态，是人们掌握和表达世界的一种手段，既需要天赋，也需要经验。因为如果仅仅从文学的角度来解释，想象其实就是作家在头脑里对已储存的表象进行加工改造从而形成新形象的心理过程，它既关涉一个人在这一方面天生的能力，也关涉一个人在这一方面后天所积累的经验。所以，正因为如此，冈察洛夫才十分肯定地认为，“想象永远是艺术家的手段”②；而契诃夫也十分肯定地认为：“你有细腻的推想能力或者假想本事，这才是真正的才能。”③

那么，想象在文学创作中到底意义何在？有什么作用呢？对此，作家们给出的答案同样五花八门。在狄德罗看来，作家之所以想象，是因为源于一个接一个的问题的强迫，当这些问题强迫你想象的时候，“也就是说由抽象的、一般的声音转为比较不抽象的、比较不一般的声音，一直到他获得某一种鲜明的形象表现，即是到达理智的最后一个阶段——休息的阶段。到了这个时候，他成了什么了呢？他将成为画家或诗人”④。而莱辛则认为作家之所以想象是因为“诗人不只想要被人了解，他的描写不只要清晰而已——他还想给我们唤起生动的概念，要我们想象，仿佛我们亲身经历了他所描绘的事物之实在的可触觉的情景。同时，要使我们完全忘记在这里所用的媒介——文字”⑤。车尔尼雪夫斯基则认为作家之所以要想象是基于一种心理需求，比如当一个人不仅没有好的房子，甚至也没有安身的茅舍的时候，就要想象建造空中楼阁，一个作家之所以会想象是因为“当情感无所归宿的时候，想象便被激发起来；现实生活的贫困是幻想中的生

---

① 段宝林．西方古典作家谈文艺创作［M］．沈阳：春风文艺出版社，1980：21.
② 同①，421.
③ 同①，636.
④ 同①，106.
⑤ 同①，140.

活的根源”[①]。而李佩甫则认为作家之所以需要想象是因为“在这个世界上，凡是有用的都是有价的，凡是无用的都是无价的”，“比如一张桌子，哪怕是金的，也有价格。但百米赛跑跑了9秒，足球运动员踢进一个球，或者梵·高的一幅画，这些虽然对具象的现实生活没有任何用处，却体现了人类体能、智能和想象力的极限。人类的想象力至关重要，如果没有想象力，我们不一定有飞机；如果没有相对论，就不可能制造出原子弹”。所以，他认为文学就属于无用但也无价的范畴，“它提供的是实现生活的一个个沙盘。什么叫好？什么是好的生活？我们为什么活着？我们怎样生活得更好？文学给你提供了沙盘，让现实生活的人期望在其中找到一种更适宜人的好的生活。所以看似文学对现实生活没有任何用处，但是对于人的心灵是有用的，它可以为人类的想象力提供这样一种作用”[②]。而在王蒙看来想象的真正意义是留给我们一点现实中所没有的不存在的东西，他在不同场合多次提到想象的能力和作用问题，他说文学所写的事情可以是已经发生了的，也可以是幻想的。比如诸葛亮、关羽、曹操在历史上都实有其人，但即便如此，写在文学中又是另一回事情，这就是作家加进了想象的成分的缘故。有的历史学家做出考证，说诸葛亮实际没那么聪明和有能耐，要不然蜀汉的鼎立局面也不是那个样子，但是读小说的人却更愿意接受小说中的诸葛亮。因此，他说：“一个有想象力的人，一个多多少少能做一点梦的人，你天天做梦固然不好，但你永远不做梦也是很危险的……所以，文学给我们留下了虚拟的、理想的、非现实的元素。文学里面有大量现实的东西启发我们，认识现实，拥抱现实，投入现实的这些东西。但是，除了这些东西以外呢，它毕竟还有一些相对虚拟一点的东西，这是文学给我们留下来的。”[③]

① 段宝林．西方古典作家谈文艺创作［M］．沈阳：春风文艺出版社，1980：495.

② 文艺报社．文学下午茶——当代作家艺术家对话录［M］．青岛：青岛出版社，2013：50.

③ 王蒙．王蒙演讲录［M］．北京：生活·读书·新知三联书店，2011：130.

古今中外作家们对想象在创作中的作用和意义的评价，尽管角度有所不同，但在本质上有许多方面却是相同的，在他们眼里，创作之所以需要想象是因为生活总有许多问题，当这些问题导致作家情感无所依傍，在现实中无法找到对应物时，作家就会寻找一种新的东西来替代它，以此来满足情感的需要或者揭示出问题的本质，而这个过程正是所谓的想象。

既然想象对于创作有如此重要的意义和作用，那么，如何才能产生或者拥有想象能力呢？关于想象力的产生，人们也有不同的看法。

（1）想象产生于所经历过的生活。比如，冈察洛夫就认为，想象就产生于一个人所经历过的生活，对此，他以个人的体会如此说道："我本人以及我在其中诞生、受教育和生活过的环境，都毫不受我的意识的约束、自然地借反射的力量反映在我的想象中，像窗外的风景反映在镜中似的，又像广阔的景色有时会反映在小小的池塘里一样，有倒映在池塘里的点缀着云彩的天空，有树木，有耸立着建筑物的山峦，有人，有动物，有无谓的忙碌，有悠然的静寂——这一切都呈现在一幅惟妙惟肖的缩影中。这个简单的物理学定律在我身上和我的小说中发生了作用，这一点我自己几乎没有觉察出来。"[①]

（2）想象产生于再现的能力。比如，屠格涅夫就认为，想象甚至什么也不是，就是对真实生活的再现能力，比如"你感觉在你身旁有谁站着，和你一同走着——就这样，一个活生生的人物就形成了。这有点像梦，你在小说中的人物走来走去，看见自己在他们中间……直到他成了我熟识的老友，我看见他并听见他的声音，我才动笔"[②]。这其实也是与现实有关的。

（3）想象产生于记忆力。早期的人们，如苏格拉底、柏拉图等人，在谈到想象时认为是天赐的神力，但亚里士多德则认为："想象

① 段宝林．西方古典作家谈文艺创作［M］．沈阳：春风文艺出版社，1980：425—426.

② 同①，434.

和记忆属于心灵的同一部分。一切可以想象的东西本质上都是记忆的东西。”[①] 巴尔扎克也从自己的经验出发认为：“我不知道我怎么会把我将告诉你们的这个故事保留了那么久没有讲出来，这个故事不过是我脑袋里所藏的许多稀奇古怪的故事中的一个，我的回忆就像摇彩票似的把它从我的脑袋里摇了出来：这种故事我多得很，都和这一个同样怪诞，而且也都在我脑袋里藏着，可是，将来我都要一个个把它们讲出来。”[②] 王蒙也认为作家之所以要想象，是因为人一生会经历很多事情，这些都会成为记忆，但是人的每次回忆都会不同，人在回忆中不断摸索，“所以回忆是离不开想象的”[③]。可见，想象的产生和人的记忆是紧密相关的。

（4）想象产生于洞察力。前面已经说过，洞察力是指作家对现实的一种洞悉和感悟能力，它是作家对现象进行深刻剖析之后，逐渐深化认识的一种能力。想象力虽然是基于现实基础上的，但由于超越了现实，所以如何想象、想象得好与坏都与作家对现实的认知、洞悉和感悟有关。当作家对现实的认知、洞悉和感悟能力越强，他的想象能力就越强，反之则不然。因为想象必须既要符合现实又要超越现实，既符合人们的心理又要超越人们的心理，即既和现实保持联系又要和现实保持距离，好的想象都具有这种特点。所以，作家余华就曾说：“现在有很多人在强调想象力是多么重要，但是要明白一个道理，就是想象力后面必须要跟着洞察力。因为洞察力在帮助想象力把握住叙事的分寸，否则就是瞎想，就是没有现实根据的胡编乱造，这一点非常重要。”[④] 余华非常喜欢博尔赫斯说过的一个比喻，这个比喻就是想象力和洞察力的完美结合。博尔赫斯写一个人从世界上消失了，消失得无影无踪，然后他用了一个比喻——仿佛水消失在水中，他认为没

① 段宝林．西方古典作家谈文艺创作［M］．沈阳：春风文艺出版社，1980：21.

② 同①，310.

③ 王蒙．王蒙演讲录［M］北京：生活·读书·新知三联书店，2011：177.

④ 王尧，林建法．我为什么要写作——当代著名作家演讲录［M］．苏州：苏州大学出版社，2005：69.

有比这个比喻更精妙的了，再也没有比水消失在水中更干净的那种消失了，是一个充满了丰富的想象的比喻，体现出了精妙的洞察力。

想象产生的这种过程其实和小说写作的过程是十分吻合的，因为小说虽然描写的是现实生活，但这种生活实际上是被超越了的，许多是现实中并不存在的东西；而想象尽管源于现实，但也是超越了现实的，也是现实中并不存在的。这样，想象也就理所应当地成为小说写作必须要充分利用的一种思维形式。就拿《西游记》来说，孙悟空的形象尽管光芒四射，但他的基础就是一只猴子，而猴子在现实中是存在的，然而，现实中的猴子并没有七十二变、一个筋斗十万八千里、可把几千斤重的如意金箍棒放在耳朵里等这样的能力，这些都是作家想象的产物，他把这些赋予了猴子，从而寄托了自己的情怀，塑造出了令读者既感到神奇又符合预期的一个神化形象，让读者在现实与荒诞之间体验到一种审美的快感，情感得到了满足，从而接受了作家的这种想象。因此，从根本上说，想象其实就是作家为构建一种新的艺术形象、满足读者和自己对事物的某种寄托的心理需求。

想象，按理说其实是一个很大的概念，它包括了幻想、联想等更为具体的思维方式。因此，一提到想象，人们自然就想到了幻想和联想。就拿幻想来说，作为想象的重要组成部分，它在写作中就十分重要。所谓幻想，是指一个人基于事物的发展现状所做的对事物的前景或结果的一种超前的推理和判断。由于这种推理和判断是根据已有的现状展开的，是对事物的发展和结局的一种预测，所以有时候它会很超前，达到一种人们永远无法在现实中能够见到的境地，因此具有虚幻性。但由于它又符合人们的心理预期，符合事物的某种发展状态，所以读者都乐于接受。这一点，俄罗斯评论家皮沙列夫就有比较清晰的认识，他认为“幻想可能赶过自然的事变进程，也可能完全跑到人和自然的事变进程始终达不到的地方”，“如果一个人完全没有这样来幻想的能力，如果他不能间或跑到前面去，用自己的想象力来给刚刚开始在他手里形成的作品勾画出完美的图景，——那我就真是不能设想，有什么刺激力量会驱使人们在艺术、科学和实际生活方面从事广泛而艰苦的工作并把它坚持到底”，所以他十分肯定地认为“只要幻想的人真正相信自己的幻想，仔细地观察生活，把自己观察的结果与自己的空中楼阁相比较，并且总是认真地努力实现自己的幻想，那么幻想绝没有什么不好的地方”。① 而在托尔斯泰看来，幻想其实和现实是一对矛盾着的但又统一的整体：“幻想里有优于现实的一面；现实里也有优于幻想的一面。完满的幸福将是前者和后者的合一。”② 的确，不会幻想或许也不失为一个作家，但绝不可能成为一个顶级的优秀作家。贾平凹的写作就常常充满了幻想的色彩，比如在中篇小说《佛关》中，他对蝴蝶和小虫子的描写就充满了幻想的色彩。对此，他自己曾说：“我是常常陷入这‘虚幻’情境。陷入这虚幻之中，那文笔是很灵活的。不可否认，我常常在创造‘第二自然’，我自己又无法解释这种现象，我想，一个作家所强调的想象力，是不是也算其中之一呢？当我写作中不进入这种虚幻，笔是很涩的，脑子也转不起来，有些木。每每这样的时候，我就知道是该出外走一走了，到山里去，尤其是到我家乡的山里去，一走，周身上下就鲜活了。好像一个缺血的人又输了血的状态。”③

在文学创作中，想象有很多种，王蒙把这些想象做了归类，主要有以下几类。

第一种是生发性想象。所谓生发性想象，是指作家针对现实生活中触动自己情思的某种现象所做的进一步的补充、细化、完善，从而得出一个现实中并不存在的较为完整的画面的想象。在实际的创作活动中，作家所看到或者听到的有时候就是一些现象，这些现象虽然触动了作家的神经，但由于不是一个完整的画面或者故事，而是一种普遍的状态，所以有必要发挥人的联想和幻想，构造出一个完整的故事

① 段宝林．西方古典作家谈文艺创作［M］．沈阳：春风文艺出版社，1980：505.
② 同①，536.
③ 贾平凹，穆涛．平凹之路［M］．西宁：青海人民出版社，1994：85.

或者一个较为完整的画面来，由于它是对这些现象的进一步生发，所以称作生发性想象。比如王蒙的小说《风筝飘带》，据他自己回忆，这篇小说的构成源于他在生活中看到的一个现象。刚刚改革开放，许多青年从农村回到了城市，但是他们没有房子住，他们谈恋爱都没有地方，有一天他在分给他的房子的旁边看到有一对青年男女在亲热地说话，这个房子是有主人的，只是还没住进来。于是，他有感而发：伟大的祖国呀，你有960万平方公里的土地，却不能提供一个能让人坐下来说说话、能拥抱、能亲吻、不受太多干扰的地方。由此，他把这个现象和感受加以想象，发展成为一个意境、一个故事。还比如他的另一篇小说《春之声》，是讲主人公岳之峰在"文化大革命"结束后从国外回来，一个人坐在闷罐车里回家探亲的故事。岳之峰刚从德国访问回来，看到了祖国正在发生巨大变化，到处都呈现出改革开放的景象，人们的生活和以前已经发生了很大变化，他现在要坐在闷罐车里回老家探亲，于是，在这个封闭的空间里，他听到有人在用录音机播放施特劳斯的圆舞曲《春之声》，由此引发了他的各种联想，小说的故事情节主要就是由他的各种联想和想象连缀而成的，所以这被看作是我国新时期最早的意识流小说。对于这篇小说的创作，王蒙说这其实是自己在陕西短途去探望亲属时的感受。当他上了火车之后，车门一关，什么也看不见，但听到有人在用录音机播放邓丽君的歌(小说中他改成了施特劳斯的《春之声》)，于是，他有了很多的感慨，感慨社会的变化，感慨改革开放给人们带来的精神改变，最后写成了这篇小说。由此可见，生发性想象是对现实中某种现象的具体化和形象化的过程，或者说是把一种普遍的社会现象变成一个具有鲜活人物和丰富细节的故事的过程。

第二种是荒诞性想象。所谓荒诞性想象，是指完全不符合常理的、现实生活中不可能发生的具有荒诞感觉的想象。荒诞性想象的思维状态是完全超越了现实的，具有极端性和荒唐性，在现实生活中不存在对应物，但由于它符合人们的心理预期，所以人们往往能够从中体会到某种价值和意义，乐于接受。荒诞性想象由于乖谬荒诞、夸张性强，通常被作家用来表达某种喜剧效果或者讽刺效果。比如当代作家邓刚写过一篇小说叫《出差》，写的是一个人坐在办公室里好好的，突然首长来说要派他去出差，他问出差干什么去？首长说不知道。他又问到哪里出差？首长还是说不知道。他又问去几天，首长继续说不知道。于是，他就出差了，糊里糊涂上了车，到一个地方下来，来了一批人迎接，问名字结果不是他，但还是把他接走了。到了单位，今天参加一个会，不知道怎么回事，明天参加一个会，不知道怎么回事，稀里糊涂好几天，钱花光了，莫名其妙弄了一大堆发票就回来了，结果首长还高度表扬了他，说你出差成绩很大。小说通过这种荒诞性的想象，夸大地描写了现实生活中某些单位和个人，整天糊里糊涂，一天不知道在干什么，花着国家的钱，却不做具体的事情，因而具有很强的讽刺性和批判性。还比如果戈理写过一篇小说叫《鼻子》，写的是一个官员的鼻子突然跑了，因为鼻子对自己一天到晚待在脸上发挥不了更大的作用而沮丧，想做更大的官。离开之后的鼻子十分神气，到处招摇撞骗，经历了种种荒唐的事情。果戈理之所以写这么一个故事，就是想借鼻子来讽刺那些十分愚蠢但自鸣得意、自以为是、生活混乱的人。上述小说所使用的想象就是荒诞性想象。

第三种是神秘性想象。所谓神秘性想象，是指作家赋予某种东西一种神秘色彩和力量的想象。这种想象或者演绎一种不可知的神秘场景，或者展示一种神秘的力量，或者赋予人某种神性的色彩，或者绘制某种神秘的自然。总之，这种想象展示的是日常生活中很少能够遇见但有可能存在的东西。比如美国作家约翰·契弗的短篇小说《火把》，古代作家蒲松龄的小说《聊斋志异》，当代作家王蒙的小说《神鸟》都属于这种想象。就《神鸟》来说，小说讲述的是一个叫孟迪的音乐指挥家，在第一次面对观众指挥乐队演奏的过程中，看到一只鸟在大厅里飞来飞去而受到启发一举成名，后又被人们认为是疯子，最终变成一个平庸的人的故事。小说中这只鸟的出现一直带有神秘色彩，孟迪是第一次作为指挥亮相剧场，乐章的第一、二部分平淡无奇，甚至走向失败了，可是就在这个时候，他看到一只鸟飞进了大厅，鸟儿高低急缓的飞行合着音乐的节拍，孟迪仿佛受到了启发，使得本来毫无生气的指挥和演奏突然充满了灵感，指挥得越来越好，乐队演奏也激情澎湃，全场观众被震撼了，起立鼓掌。孟迪从此名满天下，受到了各方的追捧。但是，只有他知道，他的成功得益于那只鸟，于是，他回去找那只鸟，但是没找到，问管理人员没见到，问清洁工也没有见过，结果大家都以为他神经不正常了，后来他被人们送进了精神病院，经过治疗以后变成了一个唯唯诺诺的人，最后得了肝癌死了，弥留之际他伸出手指着天空说"我看见了，我看见了"。小说所描写的这只鸟就属于神秘性想象。

第四种是故事性想象。小说就是讲故事，而完整的故事一般都有头有尾，而有头有尾就必须要有起承转合，有悬念，有发展，甚至还要符合某种观念，比如好人有好报，一个人做好事，大家都帮助他，鸟帮助他，老鼠也帮助他等。王蒙认为这种想象通俗文学中特别多。比如金庸的武侠小说中就很多。《连城诀》是金庸的一部武侠小说，而其中主人公练剑的秘诀就是唐诗。金庸的小说故事编排十分紧凑，特别紧张，一见面就会打起来。王朔曾批评说，这没道理嘛，见面两句话就打起来了，但王蒙认为武侠小说就应该这样，否则一见面就搂一块儿去，那就不是武侠小说了。福尔摩斯的探案故事也是如此。但是也有一些很严肃的小说，比如雨果的《悲惨世界》，写冉·阿让从一个罪犯变成一个大好人，这里面就有为了故事发展而加进去的想象。

第五种是夸大性想象。这种想象就是把现实中不可能的东西夸大描写。比如斯威夫特的《格列佛游记》，主人公到了小人国自己是一座泰山，到了大人国自己是一个小人儿。其中写到为了吃鸡蛋是磕大头还是磕小头，形成了大头党和小头党，斗争了上百年，极具戏剧性，非常精彩。王蒙写过一篇小说叫作《讲演术》，一个国家非常流行演讲，遇到什么事情都演讲，蝗虫来了给蝗虫演讲，大风来了给大风演讲。第二次世界大战时希特勒来到这个国家一看，发现到处都在演讲，没人做工，没有钱，吓了一跳，急忙下令撤退，不敢进去了。小说主要是讽刺在空头政治的年代，人们夸夸其谈但不解决任何问题的现实。这些小说都属于夸大性想象。

第六种是戏剧性想象。所谓戏剧性想象，是指作家采用创作戏剧的方法展开的想象。由于时空限制，戏剧要求故事情节要紧凑，这样就不免要使用集中和夸张的手法，以期能够在很短的时间内给读者留下强烈的印象。所以戏剧性想象是为了强化戏剧性效果而特有的。但小说也可以使用，比如小说中常使用的偶然、巧合、对比、误会等，都属于戏剧性想象。戏剧性想象的特点就是随着舞台情节的发展，观众恨不得跑到台上去告诉主人公"事情不是这样的"。比如《奥赛罗》中，奥赛罗受人挑拨，对美丽的妻子产生了误会，最终杀了她。可是观众都知道他的妻子是无辜的，但无奈奥赛罗不知道。还比如《罗密欧与朱丽叶》中有一个情节，本来朱丽叶吃了一种特殊的药，是假死，吃完之后几小时人就会苏醒了，以摆脱对他们爱情和婚姻的干涉，但罗密欧不知道，一看朱丽叶"死"了，也跟着死了，真死了，朱丽叶醒过来看到罗密欧真死了，也跟着真死了。欧·亨利就很受戏剧的启迪，他的小说很多都使用了这种戏剧性想象，比如《麦琪的礼物》。

第七种是强调性想象。所谓强调性想象，是指有时候为了突出人物的某种性格或者某个方面的特点而对此进行有意强调的想象。这种想象和夸张性想象很接近，但也有区别。比如"黛玉葬花"，这里面其实就有强调性想象的特点，因为一个人不可能为了花而达到那种程度，即便是她如此的多愁善感，而黛玉却对花达到了痴迷的程度，甚至还要葬花，这个行为的描写其实就是为了突出黛玉那种病态的性格而做出的想象。

七　形象思维能力

作为艺术，文学所使用的思维是有别于科学的研究思维、哲学的思辨的形象思维。冈察洛夫认为："这一点（形象思维）我们处处都看到了，在一切有才华的小说家身上都看到了。"① 歌德就曾批评德国人把在每一事物上所探寻到的深奥的思想和观念分别强加在每一个事物上，使得人生过分艰苦难当，他主张"应当有勇气沉溺在你的印象中，让自己得到欢娱、感动、提高，甚至教训和鼓舞，去做出伟大的事业，不要认为除了抽象思想和观念之外，一切都是空的"②，这其实也是在强调形象思维。

那么，文学为什么要用形象思维呢？这是因为文学是用形象说话，而不是用理论说话，用画面说话，而不是用推理说话。换言之，文学家尽管最终的目的也是要告诉人们某种道理，但他的道理不是靠理性的推理，而是靠生活的画面来实现，即他通常描写的都是日常生活中经常能够看到的、细小的、具体的东西，是这些东西组成了生活的画面，他把自己所要告诉的道理融入这些东西之中，通过有头有尾的一连串的故事形成生活的画面感，最终实现自己的目的。所以，王蒙就认为，小说经常描写的是一些非常细致的东西、别人不太注意的东西，它对于概念的统治、对于生活的粗线条化都是一种细微的补充。他甚至举了一些例子来加以说明，比如做司法工作，必须先弄清楚它是合法还是非法，是违犯了《民法》还是《刑法》，是属于刑事犯罪还是民事纠纷才能进行推断；做医生的也同样要搞清楚概念、范

① 段宝林．西方古典作家谈文艺创作［M］．沈阳：春风文艺出版社，1980：423.
② 同①，150.

畴，什么病、什么病原，是细菌性的还是病毒性的等才能进行诊断，但文学不是这样，不是从概念入手的，也不提供具体的范畴，它所描写的东西是具体的，是要让读者自己去体会、去感悟的东西。比如一部《红楼梦》，毛泽东看到的是阶级斗争，佛学家看到的是“色即是空，空即是色”，道德家看到的是一部忏悔录，索隐家看到的是反清复明的主题，它只提供给你细节，提供给你形象，但它不给你判断。① 而同样歌德也认为：“作为诗人，我的方式并不是企图要体现某种抽象的东西。我把一些印象记在心里，而这些印象是感性的、生动的、可喜爱的、丰富多彩的，正如我的活跃的想象力所提供给我的那样。作为诗人，我所要做的事不过是用艺术方式把这些观点和印象融会贯通起来，加以润色，然后用生动的描绘把他们提供给听众或观众，使他们接受的印象和我自己原先所接受的相同。”② 托尔斯泰也认为：“不管他有多好的技巧与理想，一个艺术家如果不能使观众集中注意力在他的画面上，他会变得毫无趣味的。一个作家也是如此。”他十分赞赏鲍格洛夫的《孙儿》和德国作家波仑兹的《农民》，认为《孙儿》的特点在于“很有兴味”，“在小说中，作家将他所见到的事物描写出来”，而《农民》的特点在于写出了“农民生活之诗”，因为作家“特别忠实而诚恳，他能够洞悉农民生活的光明的诗的一面，吸引读者，总之，他是有一些东西要告诉读者的”，并懊恼自己到现在“还没有写过这样的东西”。③ 总之，有很多的作家都认为，文学是用形象来说话的，它的基本方式是在忠实于生活的基础上，构建出鲜明的事物形象，营造出多姿多彩的生活画面，至于其他的它都不需要考虑，可以交给读者自己去完成。

其实，更进一步说，作家之所以写作的时候使用的是形象思维而不是抽象思维，是因为形象思维本身和生活具有一致性或者说是受到

---

① 王蒙．王蒙演讲录［M］．北京：生活·读书·新知三联书店，2011：126—127.

② 段宝林．西方古典作家谈文艺创作［M］．沈阳：春风文艺出版社，1980：150.

③ 同②，530.

生活启发而形成的一种思维方式，生活永远都是以具体的事件展开的，尤其是对某个具体的人来说，他的生活就是他的完整的生活流程组成的，他展示给我们的他的生活的样子永远都是具体可感的，是形象化的，并不是什么抽象的观念和意义。文学之所以要用形象思维，强调的就是生活不管有多深刻的意义，但在写作品的过程中还应该处理成生活的样子，或者说生活是个什么样子我们就把它写成什么样子，尽管这种生活是经过作家加工了的、整合了的，已经不再是原来的样子，但它依旧是生活，而不是直接出面告诉读者某种意义或观念。所以文学使用形象思维可以说是它先天就具有的本性，不可更改。也正因为如此，屠格涅夫才认为：

我不但不愿意，而且根本不能够、也没有本事抱着先入为主的思想、抱着实现这个或那个观念的目的写出什么东西来。

一部文学作品在我手里产生，就像草生长出来一样。

譬如说，我在生活中遇到了某一位费克拉·安德烈也夫娜、某一位彼得、某一位伊凡，你瞧，这个费克拉·安德烈也夫娜、这个彼得、这个伊凡的身上忽然有某种与众不同的东西，我在别人身上没有看见过和听见过的东西震撼了我。我仔细观察，他或她使我产生了特殊的印象；我反复思索，后来这个费克拉、这个彼得、这个伊凡离远了，不知流落到哪里去了，但是他们所造成的印象却深印下来，逐渐成熟。我把这些人同别人加以比较，把他们领到不同的活动领域中去，于是我的脑子里便造成了完整的特殊的小世界……后来意想不到地出现了描绘这个小世界的要求，我便满心欢喜地快快乐乐地来满足这个要求。

因此，从来没有任何先入为主的倾向在指挥着我。①

既然成功的作家都言之凿凿地确信任何写作都不可能是从观念入

① 段宝林．西方古典作家谈文艺创作［M］．沈阳：春风文艺出版社，1980：438.

手的，那么，作家又该如何成功地应用形象思维进行创作呢？冈察洛夫认为作家对形象思维的使用存在着两种情况：一种是自觉地使用，一种是不自觉地使用。他认为作家自觉地使用形象思维，他的智力会对形象所没有完全说出来的东西起补充作用，但这样写出来的作品往往会枯燥乏味、苍白无力、干瘪无趣，因为这样的形象“它们诉诸读者的智力，很少诉诸读者的想象和情感。它们劝说、教导，硬要人相信，然而可以说，很少打动人”①。这样塑造出来的人物往往带有作家强烈的倾向性，会失去它自身的活力。但与此相反，如果一个作家在使用形象思维的过程中处在不自觉的状态，他就会按照自己的感受，投入自己的情感，就会只是为了刻画一个真人，不去管其他的那些身外的东西，这样刻画出来的人物才“形象忠实于性格”，才是活的。其实，冈察洛夫的这段话意在说明，创作的过程是一个带有清晰目的的无意识的活动过程，也就是说，作家在写作的时候是有清晰的目的的，但在塑造人物形象、设计故事情节、展示生活画面时，并不需要时时刻刻惦记着目的，而是应该心无旁骛，不去考虑身外的因素，不受外界的干扰，只是一心塑造这个人物，他才能写出活的人来。那种带着自觉意识，知道自己是在创作人物，而用智力来弥补形象本身的不足的做法，刻画出来的人物往往因意识太过清晰，观念成分太重，而导致形象失去了本身的鲜活性。正因为如此，所以冈察洛夫把自己的创作归于后一种，这使得他在塑造人物形象时从来都不会考虑肖像、性格等意味着什么，而只是注重获得形象，比如奥勃洛摩夫懒洋洋的形象虽然具有俄罗斯人的性格，但这种性格是一点一点通过人物的行为表现出来的，是通过人物自己的活动表现出来的，而不是作家用自己的智力因素强加进去的，所以才使这一人物成了一个内涵深刻的形象。总之，综合作家们的创作情况来看，可以概括成一句话，那就是写形象，写印象，而不要讲道理。

---

① 段宝林．西方古典作家谈文艺创作［M］．沈阳：春风文艺出版社，1980：423.

八 创造能力

作家虽然依据生活写作，但并不是简单地描摹生活，而是要对生活有所创造。创造既是对生活的开拓，也是对生活的丰富。真正伟大的作家不但具有深刻的理解能力，而且具有强烈的创造能力。莫泊桑就认为，一个与众不同的作家的才能通常都来自其独特的创造力，因为“才能来自独创性”，而且“独创性是思维、观察理解和判断的一种独特的方式”①，如果“不承认一个作家有权力写一部诗意的作品或者一部现实主义的作品，这就是企图强迫他改变他的气质，否认他的独创性，不许他使用自然赐给他的眼睛和智慧”②。因此，他呼吁人们应该鼓励作家创造并勇敢地接受这种创造性。契诃夫也十分看重作家的创造能力，他认为“新手永远应当凭独创的作品开始他的事业”，并坚持这一原则，把它贯穿到自己的创作中，“在我的文学生活里，我觉着经常需要使我笔下的形象面目一新”。在谈到小说《草原》的创作时，他说：“我是以独创一格的面目出现的，不过我会因独创一格而挨骂，就跟以前为《伊凡诺夫》挨骂一样。”③ 但尽管如此，他并没有退缩，也不想重复别人、步别人后尘，而是在每一部作品里，按照自己对现实主义的深刻理解而奋力创新，最终使自己成为现实主义文学大师。

那么，怎么样才能算是具有创造能力呢？对此，当然不可能提供一个标准的答案，因为小说是一门综合艺术，它所涉及的要素很多，作家只要在某个方面有所突破并写出了新意就应该看作是创新。比

---

① 段宝林．西方古典作家谈文艺创作［M］．沈阳：春风文艺出版社，1980：604.

② 同①，604—605.

③ 同①，637.

如，旧题新作就是一种创造。文学发展到现在，许多题材其实人们都有所涉猎，都是已经写过的，那么，是不是后来者就再也不能写了呢？不是的，如果后来者对旧题材有新的认识和理解，我们同样应该把它看作是一种创造。贺拉斯是古罗马时期极负盛名的讽刺和抒情诗人，但即便如此，他也经常使用别人写过的题材进行创作，所不同的是他并不是只停留在旧题材的重复和一般理解上，而是另辟蹊径，往往写出了不同的新意。因为在他看来，一个诗人“与其别出心裁写些人所不知、人所不曾用过的题材，不如把特洛亚的诗篇改编成戏剧”。正因为如此，所以他信奉“公共题材”的艺术价值，认为在这个范围内，一个作家只要“不沿着众人走俗了的道路前进，不把精力花在逐字逐句的死搬死译上，不在模仿的时候作茧自缚，既怕人耻笑又怕犯了自定的写作规范，不敢越出雷池一步”①，能够像荷马那样从全部的史诗当中选一个插曲出来，开端、中间和结尾丝毫不相矛盾，这就是独创。

比如，依据自由的心灵进行艺术的探索也是一种创造。歌德和爱克曼在谈到荷兰画家鲁本斯的画作时，当爱克曼问歌德，鲁本斯画中的人物是由我们把阴影投到画里的，而树丛却由画的里层把阴影投到我们这方面来，对这种违背自然规律的现象怎么看时，歌德说这其实正是鲁本斯的伟大之处，“显示出他用自由的心灵去超越自然，使自然符合他的更高的目的”的结果，原因就在于“艺术并不完全受制于自然的必然规律，而是有它自己所特有的规律”，一个艺术家要“有一种较自由的心灵”，“应该借助于虚构”来进行艺术的大胆探索和创新。他举例莎士比亚的戏剧《麦克佩斯》说，该剧本有许多地方和鲁本斯的画一样，也有许多矛盾的地方，但这并没有让莎士比亚感到为难，因为莎士比亚追求的是每一个场合的话都要有力量。因此，他建议“我们不应该在细节上斤斤计较；毋宁说，对于一件本来是用大胆

① 段宝林．西方古典作家谈文艺创作［M］．沈阳：春风文艺出版社，1980：54.

而自由的气魄创造出来的艺术作品，我们也就应该尽量用大胆而自由的气魄去看它，欣赏它”[①]。由此可见，充分释放自己的内心世界，自由地去突破自然的束缚，着重展示人对自然的理解同样也是一种创新。

比如，能真实自然地描写世界也是一种创造。文学大师左拉信奉的是自然主义的艺术观，在他看来，艺术的创新能力在于用自然主义的角度观察生活并描写生活，让生活完全以一种纯粹真实客观的面目展现在读者面前。尽管他的这种创新观点受到了许多人的批评，但他始终坚持以自然的描写手法开拓现实，不但形成了其自然主义的艺术观，也奠定了他在文学史上的地位和成就。前面提到的莫泊桑，由于他的艺术观深受福楼拜、左拉的影响，而这两个作家都是主张真实为主的作家，因此他也认为一个作家的创新能力则主要是指能够真实地表现生活。在他看来，如果一个作家在他的作品中描写了真实、反映了真实，那么这就是一种创新。

比如，抒发全新的情感也是一种创造。作为艺术泰斗，托尔斯泰有自己的艺术观，他始终认为艺术的本质是为了表达感情。在他看来，作家的创新能力应该更多地是指情感的创新，一个作家只有发现了新的感情，并把它传达给读者才能算作真正的艺术作品，因为“艺术作品只有当它把新的感情（无论多么细微）带到人类日常生活中去时才能算是真正的艺术作品，就是因为这样，小孩和年轻人在接触到那些把他们未曾体验过的感情初次传达给他们的艺术作品时会有那样强烈的感受。谁也没有表达过的完全新的感情也能在成人身上产生同样强烈的效果”[②]。

总之，通过作家们的言论，我们可以看到文学的创新并不是拘于某个方面，而是可以在文学所能涉及的各个领域展开。换句话说，即文学的各个领域都存在着创造的可能。同时，通过作家们的言论，我

---

① 段宝林．西方古典作家谈文艺创作［M］．沈阳：春风文艺出版社，1980：144—145.

② 同①，518.

们可以看到所谓的创新并不意味着一定是符合大众口味的东西，很多时候只要是基于艺术规律基础上的，能够给读者带来前所未有的体验的东西，都应该看作是创造。

事实上，创造能力说穿了就是一种别人无法复制和模仿的能力，一种超越了前人的写作能力。这种能力很多时候源于作家对生活的理解。作家对生活的理解越深刻，他的创造能力就越强，反之则不然。同时创造能力也源于作家对艺术的长期坚持和积累，因为对艺术的创造力并非人的天生，只有经过长期不懈的努力和坚持才能够逐渐抓住艺术的真谛，从而有所突破。只是简单地知道某种道理或者看到某种现象并不能够保证就有创造力，只有当作家对生活有了全新的认识，并能形成自己独到的理解，对人的关系有了新的认识时，他才能够真正产生属于自己灵魂的东西，这才是创造力。所以，作家铁凝认为“创造是想象力对写作家灵魂忠实的投奔”，因为“生活中有现成的人物关系，但文学中从来没有现成的人物关系。对文学而言，我们不是生活在真实中，而是生活在对真实的解释中。不可能有拿来就用的人物关系，特别是长篇小说中的人物，都是放在作家心里多年培育出来的，是培育，而不仅仅是存放”①。所以，只要一个作家具备了足够的修养和能力，只要能够遵从自己的内心，而不是人云亦云、盲目服从，就都是一种创造。

九　感染能力

文学作品能不能打动人，固然与作品的选材是否新颖、情节设置是否精彩、思想是否有深度、人物的命运是否令人关注有关，但根本

① 王尧，林建法．我为什么要写作——当代著名作家演讲录［M］．苏州：苏州大学出版社，2005：202.

上还是取决于作家感情的强烈和投入程度。作家投入的感情越强烈，作品就越能打动人；作家抒发的感情越真挚，作品就越能吸引人。所以，狄德罗才说："没有感情这个品质，任何笔调都不可能打动人心。"[①] 歌德也认为："能一般地感动大众的东西，是作家的性格而不是他的作为艺术家的才能。"[②] 斯坦贝克也说："一部能打动读者的作品必须能够使作家的思想感情与读者产生交流。作品的这种交流能力正是衡量它好坏的尺度。……小说可以写各种各样的事情，可以运用各种各样的手法和技巧——只要它能打动读者。"[③] 没错，一部作品要想感染读者，作家必须充满真挚的感情，要展示自己伟大的人格，要把这一切与读者的交流结合在一起，只有这样，作品才会以情动人，才能受人尊敬。托尔斯泰就是一位把艺术的本质视为情感表达的艺术家。在《艺术论》中，他不止一次地反复强调艺术的根本是表达情感并感染别人，因为在他看来，"艺术起源于一个人为了把自己体验过的感情传达给别人，于是在自己心里重新唤起这种感情，并用某种外在的标志表达出来"[④]。为此，他列举了各种形态来说明这一道理。比如一个孩子曾经遇到过狼，当他给人叙述时，再度体验到了那种感情，并感染了听众，使听众也体验到了相同的感情，这就是艺术；如果男孩并没有遇到狼，只是害怕，他假设遇到了狼，把它同样描述得很生动，以至于在听众心里也引起了自己遇到狼时的那种感情，这也是艺术；如果一个人在现实中或在想象中体验到了痛苦的可怕或享乐的甘美，他把这些画出来，使其他人受到感染，这也是艺术；如果一个人体验到了欢乐、忧郁等感情，以及这种感情的转换，他用声音把这些表达出来，感染了听众，这也是艺术。总之，在他看来，"各种各样的感情——非常强烈的或非常微弱的，非常有意义的或微不足道

① 段宝林．西方古典作家谈文艺创作［M］．沈阳：春风文艺出版社，1980：105.

② 同①，146.

③ 程代熙，程红．西方现代派作家谈创作［M］．北京：中国广播电视出版社，1991：317.

④ 同①，515.

的，非常坏的或非常好的，只要它们感染读者、观众、听众，这都是艺术的对象”①。假如我们先不论情感就是艺术的本质这一观点的对错，单就情感在艺术中的功能而言，不可否认，托尔斯泰所说的的确是真理：艺术之所以被人们接受就是因为它利用感情感染人。大多数对人类产生过重大影响的艺术作品都具有这个特点，正是因为这些作品都是发自作家肺腑的真情流露，所以感染力强，才在读者中间形成共鸣。因此，托尔斯泰不无感慨地说道，尽管小说中“诗意、模仿、惊心动魄、有趣——这些因素在艺术作品中都可能看见，但是他们不可能用来代替艺术作品的主要特性：艺术家所体验过的感情”②。换言之，艺术要想感染人，必须首先感染作家自己，只有自己被感染了，并把感染了自己的感情通过一定的方法传达出来，让读者也产生相同的体验，才能感染读者，因为“如果艺术不能感染自己，那它是死了。这里面存在着艺术的秘密，能以某种感情感染自己，这种能力使艺术家和常人有所区别”③。

① 段宝林．西方古典作家谈文艺创作［M］．沈阳：春风文艺出版社，1980：516.
② 同①，521.
③ 同①，531.

第八章　作家的修辞使命

作家的使命决定了作家在人类历史文明的长河中所扮演的角色和所处的地位。作为用语言文字来把握世界并创造世界的人来说，作家奋力在艺术的世界中开拓写作领域，挖掘人的精神世界，展示人类的博大情怀，因此作家崇高而伟大，理应受到人们的尊敬。关于作家的修辞使命，即作家的写作使命，作家们也从自身的经验出发做过描述。如莫应丰认为："作家对于时代，应该是一面镜子；作家对于读者，应该是一个良友；作家对于妖孽，应该是一把尖刀；作家对于明天，应该是一只雄鸡。"① 而铁凝在谈到文学的作用和意义时认为："文学可能并不承担审判人类的义务，也不具备指点江山的威力，它却始终承载理解世界和人类的责任，对人类精神的深层关怀。它的魅力在于我们必须有能力不断重新表达对世界的看法和对生命新的追问；必须有勇气反省内心以获得灵魂的提升。"② 的确，作家应当是一个既能够通过语言反映时代，又能够通过艺术形象塑造时代，既能够创造属于自己的世界，又能够和读者平等交流，既能够对假恶丑进行毫不留情的批判，又能够对真善美表达赞美的人。而对于那些能力超

① 莫应丰．关于《将军吟》的创作［M］//李梨耘，吴怀斌．中青年作家谈创作（上）．济南：山东文艺出版社，1984：568.

② 王尧，林建法．我为什么要写作——当代著名作家演讲录［M］．苏州：苏州大学出版社，2005：195.

群的作家来说，人类生活中所具有的一切都是他思考和表达的对象，他表达对世界的全新理解，提升人类的精神境界，是海明威所说的一个具有“大才能”的人，因为“作家像吉卜赛人一样，是一个局外人。只有才能不大的人才具有阶级意识。对于才能大的人来说，一切阶级都是他的领域。他从一切人那里吸收养料，他所创造的东西成了大家的财富”①。由此可见，作家应当是一个肩负着多种使命的人。

本书将从代言、探索、批判、建设、交流几个层面对作家的修辞使命做出分析。

一 代言

在文学作品之外的所有与文学有关的文字材料中，笔者向来十分关注作家谈创作一类的文字。因为一来这些文字材料最能体现作家对文学的认识以及他们的文学观，从中可以触摸到他们用毕生的精力去靠近文学的真正轨迹；二来这些文字材料最能体现作家写作时的真实状态和心理，既是作家心血的结晶，也是作家创作的真实写照。读这样的材料有时候常常就能生出和作家面对面交谈的感觉，能够从字里行间感受到他的心思、计谋、气质和性格，也能够感受到他创作时候的痛苦、犹豫、选择和坚定，更能够感受到他发自内心的道义和良知。这是许多没有创作经验的人所难以体会并能够告诉我们的。可以说这是研究作家最直接也是最有效的材料之一。

同时，从这些文字中我们还能够看到，尽管许多作家最初从事创作的动因五花八门，有的是为了成名，有的是为了兴趣，有的是为了

① 董衡巽．海明威谈创作［M］．北京：生活·读书·新知三联书店，1985：110.

还债，有的是为了倾诉，有的是有感于生活，有的是为了公平和正义，有的是为民请命，有的是为某人代言，有的为了理想，甚至有很大一部分人是因为某种原因误入文学领地的，但一个不可忽视的事实是：当他们一旦走上文学创作的道路之后，对文学的那份热爱渐渐变得炽热起来，对文学的态度渐渐变得严肃、纯净起来，甚至他们中的许多人早已经摆脱了最初的想法，将文学看作是一项神圣的事业来对待，逐渐成为一个时代、社会以及人民的代言人。

其实，如果不算十分苛刻的话，所有的写作都可以看作是一种代言。在历史的长河中，很多时候人们所经历的生活都是不同的，有时候他们掌握了话语权，能够自我表达，但有时候他们没有掌握话语权，无法自我表达，所以这时候他们的心声就会被淹没，得不到有效的释放，从而成为沉默的、被压抑的一群人。这个时候就需要那些拥有话语权的人为他们说话，成为他们的代言者。许多具有使命感的作家在他们的内心深处都存在着这么一种理想，并以此为目的而进行创作。这应该是一个优秀的作家最应当具有的使命感。

比如，苏联当代作家邦达列夫就曾明确坦诚自己之所以要写作，并不是为了自己，而是要为那些和他一起战斗但死去的战友们代言。在一次采访中，当记者问到他为什么说自己除了写作之外没有比这个职业更好的职业时，他这样说道：

> 在阵亡将士的面前，我不止一次地感到内疚。也许这种心情并不完全合理，但是有一点是毫无疑义的：你的生命是成千上万的将士用生命换来的，你在战后度过的岁月，就是他们馈赠给你的最珍贵、最美好的礼品。不应该忘记，许许多多的同代人安息在斯大林格勒郊外，安息在库尔斯克和柏林的城下。一想到这些，就会产生前线战士所熟悉的痛苦，即失去战友、束手无策的痛苦，因为无法做出努力，无法改变当时的状况，无法使战死沙场的战友起死回生。哪怕这个世界上只剩下一个老战士，这种感

觉也将长久保存下去。这就是对您的问题的回答。[①]

如果了解邦达列夫的人生经历，我们就能够理解他为什么会有这样的创作取向了。邦达列夫生于1929年，父母都是小职员，年轻时他当过工人，第二次世界大战爆发后应征入伍，其间曾在炮兵部队服过役，后来当过军官，参加过许多场战斗。1949年他离开了部队，之后就开始了文学创作。他的作品多以卫国战争为题材，是苏联当代有名的军事题材作家。他之所以会选择这样的题材进行创作，不仅仅是因为他参加过战争，熟悉普通战士的战地生活，更重要的是因为在这场战争中和他一起的许多战友都已经长眠于地下了，而他则活了下来，战友们的痛苦和牺牲始终萦绕在他的心中，让他难以忘怀，但可惜的是他们已经不能说话了，他觉得有必要为这些牺牲的战友们说话，把他们的事迹告诉给人们，让后人们知道他们的事迹。所以，他的这类作品由于真实地反映了青年一代在战争中的经历、痛苦、思想和情感，很受当时青年读者的推崇。

比如，屠格涅夫就认为他的创作并不是仅仅为某一类型的人代言，而是为祖国，为伟大的俄罗斯人民代言。因为在他看来，一个作家的使命并不在于自己的私利，而是在于“再现祖国人民，他的面貌，他的内心与精神生活，他的命运与他的伟大事业的发展”，“要有真正爱国主义的责任感和高贵的情感”，所以为了使自己笔下的主人公能够真正“集中当代生活的全部意义”[②]，他立足现实，面向俄罗斯最广大的社会、生活和人民，通过自己的如椽之笔，全面地表现了俄罗斯人民博大、深沉的胸怀和顽强、坚韧的性格特点，从而也奠定了他在俄罗斯文学史上崇高的地位。试想如果只是为了自己写作，他能够获得如此巨大的荣誉吗？他能够受到人民的爱戴吗？

---

① 邦达列夫．人是一个世界［M］//北京师范大学苏联文学研究所．苏联当代作家谈创作．北京：北京师范大学出版社，1984：36.

② 段宝林．西方古典作家谈文艺创作［M］．沈阳：春风文艺出版社，1980：437.

还比如，鲁迅先生虽然没有明说过自己是为谁代言，但从其创作风格和取向上看，他和屠格涅夫有着很多相似的地方，也是立志为中国人而代言。只是和屠格涅夫相比，鲁迅先生的代言多以批判为主，更加具有悲悯的情怀。这也就是长期以来很多人认为鲁迅先生对中国人是充满敌意的、对中国文化是充满厌恶的缘故。殊不知这仅仅是表面，外冷内热的鲁迅骨子里恰恰对自己的民族有着更为深沉的挚爱之情，正因为爱之深，所以他才恨之切，才对民族的丑恶性格做了毫不留情的剖析和批判，所以他的创作表面上是在批判，实际上则是在“哀其不幸，怒其不争”中表达了一种渴望和大爱。他渴望民族的复兴，渴望人民的强大。作为一个思想深刻的人，他知道仅仅写出肤浅的表象、离奇的情节，热闹是热闹，却于事无补，不能从根本上表现民族的本质精神。所以，他从创作之初就始终坚守在自己生活的大地上，立足于生活之中，力争写出民族的现实精神，记录中华民族在现代转型中所付出的代价和成长的疼痛，尤其是他通过阿 Q、华老栓等形象的刻画，为一个失去话语权、生存权的民族所代言的勇气，其实才是他真正值得我们崇敬的地方。

所以在这个意义上，具有代言的责任意识实际上是一种很高的理想，体现了作家博大而悲悯的情怀，因为它不是为了自己的小情感、小欲望无法得到满足的宣泄，也不是为了某一个集团部分人的利益的叫嚣，而是在为那些失去话语权的人们争取权力，传达他们的心声。所以具有代言动机的作家往往都是具有博大的悲悯情怀的人，是一个不把自我放在第一位的人，是一个具有高尚道德情操的人。

然而，曾几何时，作家的这种代言使命却受到了部分人的质疑和批判。在一些批判者看来，一个作家是不可能为别人代言的，因为所谓的代言是站在更高的角度俯视被代言者，所以不可能真正了解被代言者的处境。比如莫言在一次演讲中就对“为老百姓写作”的观点提出了质疑。在他看来，“‘为老百姓写作’听起来是一个很谦虚、很卑微的口号，听起来有为人民做马牛的意思，但深究起来，这其实还是一种居高临下的态度。其骨子里的东西，还是作家是‘人类灵魂的工程师’‘人民代言人’‘时代良心’这种狂妄自大的、自以为是的玩意儿在作怪。这就像说我们的官员是人民的勤务员一样，听起来很谦卑、像奴仆，但现实生活中的一些官员，根本就不是那么一回事”，“因此我认为，所谓的‘为老百姓写作’其实不能算作‘民间写作’，还是一种准庙堂写作。当作家站起来要用自己的作品为老百姓说话时，其实已经把自己放在了比老百姓高明的位置上。我认为真正的民间写作就是‘作为老百姓的写作’”。因为“作为老百姓的写作”不需要考虑什么，“在他写作的时候，没有想到要用小说来揭露什么，来鞭挞什么，来提倡什么，来教化什么，因此他在写作的时候，就可以用一种平等的心态来对待小说中的人物。他不但不认为自己比读者高明，他也不认为自己比自己作品中的人物高明”[①]。不能说莫言所说的没有道理，但是我们也应该看到莫言所说的也只是写作的另一个方面。事实上，很多时候作品能不能代言，作家能不能充当代言的角色，与标榜什么口号和主义没有直接的关系，而与作家站在什么立场上有直接的关系，与作家是不是真心为代言者表达有直接关系。如果只是打着代言的旗号，实际上却只是为了自己或者某一部分人而代言，那就值得怀疑。“为老百姓写作”或者“作为老百姓的写作”这的确存在立场问题，后者尽管可以祛除写作中的那种局外人的优越感，但是站在老百姓的立场上来写作，事实证明同样也可以产生伟大的作品，我们不能一味地都去否定。正如上述的苏联作家邦达列夫，他是经历过战争的，他的许多战友都牺牲了，已经无法说话了，但他们的情感、理想、心理，他们所经历的种种磨难和巨大牺牲，如果没有人替他们说出来那么就再也不可能被人们所知道，更何况对于那些牺牲者来说，他们已经不在了，邦达列夫为他们代言和作为“战士的

① 王尧，林建法．我为什么要写作——当代著名作家演讲录［M］．苏州：苏州大学出版社，2005：5—6.

写作”显然并没有本质的区别。因此，不能对代言式的写作一概否定。

或许正是受到了这种质疑和批判的影响，现如今真正出面以代言者的角色进行创作的作家越来越少了，更为流行的是自言自语式的写作、自说自话式的写作和自我欣赏式的写作。那些标注着“小女人”“小散文”字眼的写作，正在毒害着写作的本质，文学越来越像是在喁喁私语，至于说些什么可能只有说话者知道，与读者有什么相干呢？尤其是一些自命为现代派的作家，他们不但不为大众代言，而且也不为一个群体代言，只为自己考虑，还美其名曰“文学就是要表达自我，这才是真正的文学”，诸如此类，不一而足。更有甚者把写作当游戏，只是为了“写作而写作”。比如美国当代女小说家尤多拉·维尔蒂就认为她的写作既不是为了朋友，也不是为了自己，而是“为写作而写作，为写作中的乐趣而写作”。她说：“如果我停下笔来去考虑某某人会怎么想，或者一位陌生人读我的作品我会有什么感受，等等，那么我就会瘫痪，什么也写不成了。我对朋友们的意见的确非常认真。只有当他们读了我已完成了的作品时，我才能舒一口气，坐下来休息休息。但是在写作过程中，我必须专心致志，一个心眼只想着所写的内容以及它对我的要求。”[①] 这种极端的写作目的和意识，尽管在某种角度讲是有意义的，体现了个人的价值，但从中我们也能看到为什么和传统的那些具有代言性质的小说相比，许多现代小说会遭到人们遗弃，因为它是自私的，是软弱无力的，是无病呻吟的。哪个读者会听一个与自己不相干的人自说自话呢？这是不是也从另一个角度证明了代言——为了那些不能言说者——的行为，其实正是一个作家之所以成为作家的应该具有的修辞使命呢？

---

① 程代熙，程红．西方现代派作家谈创作［M］．北京：中国广播电视出版社，1991：288.

二　探索

1900年，托尔斯泰在日记中这样写道："艺术家为了影响别人，应该是一个探索者，应该使他的作品成为一种探求。如果他找到一切，明白一切，并且教导人或者特地安慰人，他就不能影响别人了。只有他在探求，观众、听众和读者才会在探求中和他打成一片。"① 这段话道明了一个真理：艺术家应该就是探索家，他的魅力很大程度上就来源于此。的确，文学创作尽管肩负着反映生活、回答问题、揭示真理的使命和义务，但这些东西永远都不可能从表面上就能获得。生活尽管提供了丰富多彩的画面，但这些画面并不是艺术，艺术需要从这些画面中发现和探索。所以，作家要想让自己的作品保持吸引力，他就不能停止探索的脚步。作家一旦停止了探索的脚步，那么也就意味着他的力量在减弱。因为真正有力量的写作绝不是等着生活自动跑到纸上，况且自动呈现的生活并不都是艺术性的，而是需要用另一种眼光、另一种技巧、另一种功夫去开拓、去探索、去加工才能获得。可以说，也正是因为有了作家的勇于探索，文学的世界才变得如此的华丽缤纷、神奇有趣。因此，在这个意义上，一个作家对生活的探索能力不仅仅是衡量他能否成为一个优秀作家的试金石，也是衡量他的作品能否成为读者喜爱的作品的基本标准。对此，文艺理论家钱谷融先生说得好，作家"不应以教育者自居，而应该是个热诚的探求者"，只有"当他在探求的时候，他一心扑在探求对象的身上，目不旁顾，心无杂念，他是专

① 钱谷融．论托尔斯泰创作的具体性［M］//当代文艺问题十讲．上海：复旦大学出版社，2004：201.

一的，因而也是真诚的。只有这种真诚态度，才最能引起我们的注意，打动我们的兴趣”。[①] 而作家李国文也深有感触地说：“创作过程是个非常复杂的过程，从生活里的东西，变成脑海里的东西，再变成文字上的东西，这个过程不易说清楚……创作的过程自然也应该有规律可循，肯定是个性的东西多于共性的，因之主要还得靠自己去摸索，去闯。”[②]

那么，作家要探索什么呢？

第一，作家应该不停地去探索人生以及社会的本质。社会是复杂的，文学是生活的反映，所以文学的内容就来源于纷繁复杂的社会。然而，事实证明，文学书写社会的复杂并不是文学的真正目的，对于文学来说，写出社会的复杂意在展示社会的本质，这里面就包括生死、人性、社会、权力等问题，也包括人的情感、灵魂等问题。但这些都不是现成的，而是需要探索才能够发现。托尔斯泰之所以成为一座令人敬仰的丰碑，与他总是把笔触伸向人的精神，伸向人在现实生活中的困境有关。当他把人的生死、信仰等问题放在社会的大背景中去思考、去探索人的种种可能性的时候，他的作品便充满了强烈的哲学意味，以至于读者从他的作品中时常能够看到他对这些严肃而重大问题的哲学思考。托尔斯泰的这种探索精神曾引起了他的后辈作家格拉宁的高度赏识，在谈到文学的探索性时，他引用了托尔斯泰在写给鲍博雷金的一封信中的话，对托尔斯泰的这种探索精神给予了高度评价。托尔斯泰在写给鲍博雷金的信中说，如果要他把一生中的两个小时用在写一部关于地方自治或土地规划的小说上，他也会吝惜这点时间的，然而，他却甘愿用毕生的时间来写一部关于生存和对生活的热爱这一永恒主题的小说。格拉宁认为这就是托尔斯泰的伟大之处，因

① 钱谷融．论托尔斯泰创作的具体性［M］//钱谷融．当代文艺问题十讲．上海：复旦大学出版社，2004：201.

② 李国文．作家的心和大地的脉搏——关于创作的一点感想［M］//李犁耘，吴怀斌．中青年作家谈创作（上）．济南：山东文艺出版社，1984：327.

为在他看来“过分耽溺于哲学思考的偏向这比哲学思考的匮乏给我们造成的威胁要小得多，而在当代文学中我们正尖锐地感到这种匮乏”①，“文学正是能够，而且必须从这样的高度来对现代生活的迫切问题做出反应”②。的确，对于一个小说家来说，不回避社会矛盾和生活问题，“力求触及时代最尖锐的矛盾，从最尖锐的冲突中探求真理，这就是我们的文学取得成就的来源。大胆探索，这是作家的才能最引人入胜的特性之一”③。

第二，作家应该探索艺术的真理。文学尽管要对社会、人生做出回应，但绝不只是对生活的记录，文学对生活的描写必须是艺术化的，这样才能打动人，这才是艺术的本质精神。换言之，文学描写人生的目的是为了点亮艺术之灯，而不是为了评论社会，也不是为了写作本身。因此，对于一部作品来说，衡量它的好坏，不在于它提供了多少生活的资料，也不在于作家描写的生活是否重大，而在于它是否把生活的资料转化成为动人的艺术，在于它对人生、道德以及人的本质是否艺术化。对此，格拉宁就认为：“作家不顾传统的看法、公共舆论的要求以及他开始写作时所持的个人见解，对各种情况进行检验，力求揭示真理。这是一种艺术的真理，这种真理是以美、性格的真实、形象的魅力……来检验的。”④ 巴尔扎克为了写好反映 19 世纪整个法国历史的《人间喜剧》，不仅花费了很长的时间对生活、对人生进行了思考，而且对艺术的表达方式也做了长久的探索，甚至为探索艺术的真理找不到很好的办法而苦恼，“可是一个社会所提供的三四千个人物的戏剧，如何能够使它引人入胜呢？如何能够同时使诗人、哲学家，以及要求用警策动人的形象表达的诗和哲学的群众喜欢

---

① 格拉宁．总有人迎着雷电［M］//北京师范大学苏联文学研究所．苏联当代作家谈创作．北京：北京师范大学出版社，1984：75.

② 同①，76.

③ 同①，80.

④ 格拉宁．问题与答案［M］//北京师范大学苏联文学研究所．苏联当代作家谈创作．北京：北京师范大学出版社，1984：80.

呢？我虽然能够理解这部描写人类感情历史的重要和美妙，可看不出有什么办法可以把它写出来”[①]。为了能够找到这个办法，巴尔扎克研究了许多著作甚至包括科学著作。比如，巴尔扎克通过研究司各特的作品发现，司各特的“小说里面表现了古代的精神，他把戏剧、对话、画像、风景、描写结合在一起；他把奇妙和真实——史诗的两种元素放进小说里面，使穷室陋巷般亲切的语言和诗情画意互相辉映，可是司各特没有想象出一套理论，而只是在工作的热情中，或是由于这种工作的必然结果，才找到了自己的写作方式，他便没有想到把他的作品联系起来，调整成为一篇完整的历史，其中每一章都是一篇小说，每一部小说都描写一个时代”。而也正是看到了司各特的这种缺乏，巴尔扎克便努力去寻找这种艺术的本质规律，最终探索到了有利于完成作品的方案。因为在他看来，虽然司各特有自己的本色和优势，但这并不影响自己在人性的千殊万类中发现产生这种才能的原因，所以他把法国的社会当作历史，而把自己当作书记员，“编制恶习和德行的清单、搜集情欲的主要事实、刻画性格、选择社会上的主要事件、结合几个性质相同的性格特点揉成典型人物”，写出了“许多历史学家忘记了写的那部历史，就是风俗史”[②]，最终完成了《人间喜剧》这样具有史诗性质的著作。巴尔扎克的探索是成功的，《人间喜剧》不但得到了革命导师恩格斯的热情赞美，而且也得到了全世界人民的喜爱，足见这种探索的价值和精神所在。

第三，作家应该探索事物的真相。世界纷繁复杂，许多事物的真相被它们的外表所遮蔽，因此有时候我们常常被表象所蒙蔽。作家从生活出发加工提炼甚至虚构作品，在一定意义上，这不仅仅是为了编排故事，而是为了探索事物的真相。提供真相、追求真相、探索真相，这是文学的使命之一。因为到现在为止，我们还没有发现一本虚

① 段宝林．西方古典作家谈文艺创作［M］．沈阳：春风文艺出版社，1980：299—300.

② 同①，300.

假的作品成为经典。读者的这种求真的诉求，使得文学不得不为了还原事物的真相而做出不懈的努力。或许这里边会涉及各种问题，等待作家来解决，给出答案，但事实上文学不是生活教科书，也不是行政命令，它不负责解决问题、给出答案，它需要做的事情只是提供真相，其余的只能交给读者去思考和评判。

其实换个角度，如果我们不过分执拗于要从文学中寻求生活的答案，不执拗于这种狭隘的话，从某种意义上讲，真相其实就是答案。因为问题是由生活提供的，而对生活的真相的揭示其实就是提供了问题的答案。或许正是看到了这一点，所以托尔斯泰认为“艺术家之所以成为艺术家，仅仅在于他不是按照自己的愿望，而是按照事物的本来的面貌来观察事物”①。而巴尔扎克说得就更为透彻：“艺术家的使命在于能找出两件不相干的事物之间的关系，在于能从两件最平凡的事物的对比中引出令人惊奇的效果，这就不能不使艺术家给人的印象经常是一个不合情理的人。众人看来是红的东西，他却看出是青的。他是那样地深知事物内在的原因，这就使他诅咒美景而为厄运欢呼；他赞扬缺点并为罪行辩护。他具有疯病的各种迹象，因为正是他所采用的手段愈能击中目标时看去却像离目标愈远。”②

第四，作家还应该探索生活的真谛。刘震云曾说：“一个好的作家，首先必须是个哲学家，如果这个人仅仅是个编故事的人，我觉得它不一定是一个好的作家。第二，好的作家比哲学家的要求要高，哲学家是直接把有形的东西说出来，说得越明白越好，因为哲学家针对一种社会现象、针对一种社会制度、针对一个民族、针对一个发展的历史，必须讲明白。作家是管哪一块呢？是管哲学上说不明白的那些事。比如人的情感、人性、结构，哲学家就说不明白……这些说不清的东西，就是作家要说清楚的。作家就是要表现人与人之间的关系缝

---

① 拉斯普京．我不能不同马焦拉告别［M］∥北京师范大学苏联文学研究所．苏联当代作家谈创作．北京：北京师范大学出版社，1984：116.

② 段宝林．西方古典作家谈文艺创作［M］．沈阳：春风文艺出版社，1980：312.

隙中透出来的一丝冷风、一丝暖意、一丝生活的味道，是味道而不是道理。味道被读书的人咂摸到了，这个苦辣酸甜就是人生给予的。这个苦辣酸甜哲学家不必论述，也没法论述。”① 的确，文学家都是哲学家，但这个哲学家并非论述真理的哲学家，而是能够揭示生活真谛、描述生活味道、提供生活情趣的哲学家。换言之，哲学家的任务不是为了说明社会是什么、人生是什么，而是还原一种生活，把哲学在探讨生活的过程中无法深入、无法说清楚的事情还原成为一种人生的味道，让读者从这种味道中体味人生的意义。

第五，作家还应该探索人的具有宗教精神的浪漫梦想。在谈到为什么写作时，史铁生这样说道：“先是为谋生，其次为价值实现（倒不一定求表扬，但求不被忽略和删除，当然受表扬的味道总是诱人的），然后才有了更多的为什么。现在我想，一是为了不要僵死在现实里，二要维护和壮大人的梦想，尤其是梦想的能力。”正是带着这种梦想，他敏感地意识到“人是天地间难得的一种会梦想的动物”②。那么人的梦想是什么呢？人为什么会有梦想呢？这是因为人明知道人生之苦，但从不放弃用心中的光明去点燃活着的烈焰；人明知道一切都不可知，但却孜孜以求想要知道；人明知道命运最终都逃不脱灭亡，但还是“在不绝的知途中享用生年”。可以说正因为人困惑于自身，困惑于自然，困惑于命运，却依旧具有超越肉体而趋于宗教精神的东西，这就是梦想。不唯如此，人总是会在苦难中看到光明，在贫贱中不向困难低头，在琐碎中有了浪漫的诗意，小说由于具有反映这一切的先天优势，所以也就自然成为人们实现这种浪漫梦想的最佳途径，作家在一定意义上恰恰是帮助人们实现这个梦想的人。

---

① 文艺报社．文学下午茶——当代作家艺术家对话录［M］．青岛：青岛出版社，2013：58—59.

② 王尧，林建法．我为什么要写作——当代著名作家演讲录［M］．苏州：苏州大学出版社，2005：135.

三 批判

生活中有真善美，同时也有假恶丑，文学固然要歌颂真善美，但假恶丑作为生活的一部分，也需要得到揭露和批判。一个作家不可能只看到真善美，很多时候他所见到的恰恰都是假恶丑的东西，因此他要想全面地反映生活，就没有理由只写真善美而无视假恶丑。假恶丑的东西尽管不像真善美那么令人心旷神怡，但由于它的存在恰恰映衬了真善美，或者说它的背面恰恰就是真善美，所以揭露和批判假恶丑其实也就是在呵护真善美。更进一步说，恰恰因为假恶丑的存在对人生、对社会、对生活具有重要影响，反而显得真善美更加招人喜爱。因此，在一定意义上，描写假恶丑有时候反而更能展示社会、人生乃至人性的丰富的本质。其实，假恶丑的东西之所以成为假恶丑，就是因为它从根本上违背了社会的规律和正常的人性。文学要反映人性，自然也就免不了要对假恶丑的东西加以揭露和批判，以期达到警醒的目的。这一点正如李建军所说："文学就是人类思考和批评生活的一种方式。一切伟大的文学，无论是文学创作，还是文学批评，其本质都是反思性和批评性的。文学创作是对生活的反思和批评，文学批评则是对文本以及它所叙述的生活内容的反思和批评。"①

文学的批判功能决定了作家通常都会以一个批判者的身份出现在大众面前，当然也就意味着批判是他应当肩负的修辞使命。对此，美国诺贝尔文学奖获得者辛克莱·刘易斯在诺贝尔文学奖颁奖典礼上发表的获奖感言中曾做过高度辩护。他认为文学的功能不仅仅是歌颂，其实也意味着批判。他说这话是针对当时美国一位文学协会的领导

① 李建军．文学还能更好些吗［M］．上海：复旦大学出版社，2012：1.

人、很有名的文学院士对他能够获得诺贝尔文学奖愤慨而言的，因为这位院士公开声称，把诺贝尔奖授予一位嘲弄美国制度的人，简直是对美国的侮辱。对此刘易斯认为，从这位学者的批评中可以证明一个事实："在美国，我们大多数人，不仅包括读者，甚至还有作家，他们至今仍然害怕的，并不是对美国的一切歌功颂德的文学作品，他们歌颂的对象不仅是我们的美德，而且还有我们的谬误。"① 正是因为这样，所以包括那位学者在内的人们才对他批判了美国而大为不满，为此他列举了很多美国作家，说如果把这个奖授予这些作家，那些批评家也还是觉得有话要说、表示不满，因为这些作家在他看来其实和他一样也都是对美国表示了不满的人，对美国进行了批判的人。因此他认为批判始终都是文学的一个基本命题，也是一个作家应有的素质。

其实，使用批判的修辞手法并不是自刘易斯开始的，而是文学诞生以来就一直存在着的，早已成为作家们表达对社会思考的有力武器，尤其是到了19世纪，批判的手法不但是现实主义小说的一个重要标志，也是现实主义小说的一个重要分支。对于以反映现实、描写现实为己任的小说家们来说，批判的修辞手法是自然而然的首选。而正是因为小说所具有的这种批判功能，不但极大地提高了文学在人民中间的威望，而且也成为许多政治家掌握舆情、了解民生的一条重要渠道。

批判的修辞理念，其真正含义是指文学应该保持独立的品质，不但不能和社会现实中流行的东西同流合污，而且要保持相当的警醒。批判的这一功能使得文学在一定意义上天生就不是为了迎合社会而出现的，而是为了和社会的巨大惯性、习以为常的现象对抗而出现的。换言之，文学必须作为对社会、对现实具有巨大冒犯性的力量而存在。那些伟大的作家往往都具有自己所在的时代不具有的品质和判

① 王宁，顾明栋．诺贝尔文学奖获奖作家谈创作［M］．北京：北京大学出版社，1987：107.

断，他们的作品往往也具有自己所在的时代所不能容忍的品格，如鲁迅、契诃夫、马尔克斯等人。他们对社会的目光永远都是挑剔的，是对立的，有时甚至是令人无法接受的。但正因为如此，他们最终赢得了人们的尊重，成为伟大的作家。格非在一次接受访谈时就认为，“文学是他者的东西，是跟社会异质的东西，文学需要独断的、冒犯性的东西出现”，“没有这样的人格，就不要指望有这样的作品出现”,[①] 说的其实也正是这一道理。

那么，作家为什么必须对社会保持批判的态度呢？答案当然有很多，比如社会的风气不正，人们的精神猥琐，道德的不断践踏，坏人当道，恶行遍地等，都是需要作家痛加批判的。文学自然对这些现象都不会放过。但对于具体的写作来说，它的批判永远都是具体的。在王蒙看来，这种具体化有五个方面：第一，他要写坏人，通过写其坏，揭露其真实的丑恶面目；第二，为了写人生意义的不确定，因为人活着很不容易，最后却都面临着死亡，人生的意义是什么呢？这是一种价值屈辱、价值迷失；第三，作家是为了批判这个社会，像雨果、托尔斯泰等人一样，通过写社会的黑暗、人性的黑暗来批判这个社会；第四，作家一般来说都是理想主义者，他的感情和现实老是有一种距离；第五，作家又是一批个性非常强的人，他对社会看不惯，活着本身自己的不痛快也会强加在社会头上。[②]

一般而言，作家所使用的批判修辞手段有三种：揭露、讽刺和谴责。

（1）揭露。所谓揭露，简单地说，是指作家对社会负面现象和问题的揭示和暴露。将社会的包括人的丑恶暴露出来，接受历史的审判，让读者有所思考，进而能够自觉加以抵制，是一个作家不可推卸的责任，也是文学应有的修辞使命之一。揭露其实始终都是文学的表

① 文艺报社．文学下午茶——当代作家艺术家对话录［M］．青岛：青岛出版社，2013：15.

② 王蒙．王蒙演讲录［M］．北京：生活·读书·新知三联书店，2011：77.

达手段，只是到了19世纪才终于形成一种明确的主张或者说是“流派”，这就是19世纪兴盛一时的批判现实主义文学。这个时期涌现出了一大批善于揭露的文学大师。巴尔扎克的很大一部分作品都是揭露性的，因为在他看来，“作家对当今时势嬉笑怒骂的时候，他们往往做得对”，因为“社会要求我们描写一些高尚的人物吗？但模特儿在哪里呢？你们的褴褛衣裳，你们的失败的革命，你们的高谈阔论的资产者，你们的死气沉沉的宗教，你们的蜕化堕落的政权，你们的落难街头的国王，难道这些是那么诗意盎然，因而值得将他们美化吗？”所以为了“准备接受新的指责”，他在《人间喜剧》中“只能冷嘲热讽”，“嘲笑那垂死的社会”。[①] 我们不能说巴尔扎克是因为揭露而成为受人喜欢的作家的，但至少我们知道揭露是他成为受人喜欢的作家的原因之一。

（2）讽刺。所谓讽刺，是指作家对社会中的不公、丑恶乃至虚假的人、事、现象等进行嘲弄和讽刺的一种修辞方式。生活有其灿烂可人的一面，但也存在着大量的丑恶、虚假和不公。这些丑恶、虚假和不公是违反人性的或者说是与社会的道德要求不相吻合的。作家在描写和赞美灿烂可人的一面的时候，当然也会写到丑恶、虚假和不公，只是这种描写不再是抒情的，而是讽刺的。换句话说，写作就是要利用言说的自由和权利来嘲讽那些令人啼笑皆非的道理、人物和事情，就是要通过嘲笑刺痛一些麻木的神经，达到令人警醒的目的。果戈理是一个嘲讽的高手，他的很多作品通过嘲笑这一手段达到的喜剧效果，有时候特别能打动人、吸引人的目光。在他看来，“如果不把现时的卑鄙龌龊的全部深度显示出来，你另外就无法使社会，甚至使整个时代的人去瞻望美好的事物”[②]。果戈理的《死魂灵》，刻画了乞乞科夫这样一个丑恶的灵魂，目的就是嘲讽那些没有灵魂但自以为是的

① 段宝林．西方古典作家谈文艺创作［M］．沈阳：春风文艺出版社，1980：308.
② 同①，411.

人，因为“我们自己不知道世界上有很多的卑鄙和糊涂吗？即使没有这书，人也常常看见无法自慰的事物的”[①]。而在喜剧《钦差大臣》中果戈理更是充分施展了自己嘲讽的才华，使得这部喜剧在嬉笑怒骂中充满了讽刺的意味：“我决意在《钦差大臣》里把我那时看到的所有一切俄国的坏东西收集在一起……一下子把这一切嘲笑个够。”[②] 他甚至把嘲笑这样一种修辞手段当作一个有思想的灵魂来看待，当有人指责他的喜剧人物没有一个可敬时，他这样回答道：“有一个可敬的、高贵的人，是在戏中从头到尾都出现的。这个可敬的、高贵的人就是‘笑’……它从人的光明的品格中跳出来。”[③] 可见，嘲讽是他取得成功的一个重要因素。

当然，社会中的许多丑恶、虚假乃至不公都不是直示于人的，而是大多都伪装成美好、真实和公平的样子，这使得它们非常具有迷惑性，因此如果不经过仔细辨认是很难识破的。所以讽刺其实就是用含着“骨头”的语言将它们一一曝光，从而达到讽刺的目的。对此，郜元宝就认为讽刺就是“用清晰的语言揭示暧昧的现实”[④]。

总之，不论是对现实还是历史中的丑恶、虚假、不公进行嘲弄或者揭示，其目的都是为了批判，只有把这些不入人法眼的东西加以否定，真善美才能得到彰显。

（3）谴责。所谓谴责，是指作家对社会的丑恶、虚假和不公进行责骂和指斥的一种修辞方式，它比起讽刺来更为激进和决绝。果戈理认为他写《死魂灵》还有一个目的，就是“在大家内心煽起了对于我的主人公们以及他们的猥琐的憎恶，它散布了一些我所需要的愁闷和我们对于我们自身的不满”[⑤]。谴责作为一种小说的修辞手法，往往表达了作家对人生、现实、社会的不满。因为通常社会中的不公和丑

① 段宝林．西方古典作家谈文艺创作［M］．沈阳：春风文艺出版社，1980：408.
② 同①，410.
③ 同①，412.
④ 同①，35.
⑤ 同①，405.

恶，不合理的社会制度，不符合道德规范的行为都会带来社会的负面效应，增加人生的难度，作家的义务就是对这种不公、丑恶、不合理进行谴责，以此来唤醒人们。所以邦达列夫才说："文学就是从外在世界向内在世界的伟大的过渡，它应该用良心进行普遍的检验，谴责世界互不关心的恶习，谴责残忍、贪婪、野蛮的同大自然的竞争，因为这种竞争导致自然界的毁灭，也造成人的毁灭，它使人类不仅在肉体上毁灭，而且由于意识到本身的过错，也造成思想上的毁灭。"[①] 是的，邦达列夫说得没错，因为仅有暴露是不够的，仅有嘲讽也是不够的，要谴责，要批判，要让这些丑恶的东西不能容身，这才是一个伟大作家应尽的本分，才是一篇优秀作品应该有的品质。

四 建设

从本质上来说，文学不论是批评还是嘲讽，不论是赞美还是歌颂，最终的目的都是给人们展示一个积极、美好、向上的理想世界，以期能够供人们的精神"诗意的栖居"。所以，对于作家来说，无论批评还是嘲讽，赞美还是歌颂，每一种表达方式都可以看作是他为了建设这样一个真善美的世界而做出的修辞选择。这一点也是得到作家们承认的。比如王蒙就认为，文学就是"追求光明，向往真理，渴望发展和进步"的产物，"它以人为中心，它追求人成为真正的人，它要求人和人的关系为真正的人的关系"[②]。所以从这个角度而言，说作家是一个彻头彻尾的理想世界的建设者一点都不为过。只不过具体到

① 邦达列夫．瞬间［M］//北京师范大学苏联文学研究所．苏联当代作家谈创作．北京：北京师范大学出版社，1984：40.

② 王蒙．王蒙文存·你为什么写作（第二十一卷）［M］．北京：人民文学出版社，2003：22.

每个作家，建设的目标、方向和路径各有不同罢了。

（1）比如革命。王蒙认为："文学与革命天生就是一致的和不可分割的。它们有着共同的目标——把旧世界打个落花流水，鲜红的太阳照遍全球。文学是革命的脉搏、革命的讯号、革命的良心；而革命是文学的主导、文学的灵魂、文学的源泉。"① 是的，纵观整个文学世界，很多优秀的作品都对革命表现出了浓厚的兴趣。这些作品由于描写了革命，本身也充满了力量和正气，给读者以鼓舞。当然需要说明的是，这里所说的"革命"，并不是狭隘意义上的，即不仅仅指流血牺牲、你死我活的战争，也不是某种政治变革的代名词，而是广义的，包括进步的诉求、理想的追寻、道德的完善、社会的和谐、人类的进步等内涵，是一个充满了正能量的词语，比通常人们理解的狭隘的"革命"范畴要大得多。文学史上不但有鲁迅、巴金、丁玲、茅盾等革命的作家，而且也有《钢铁是怎样炼成的》《铁流》《李有才板话》等革命的作品，这就足以证明革命永远都是文学的主题之一，或者更广泛地说，文学和革命在骨子里天生就存在着联系。当作家在书写人的进步、社会的进步的时候，一定意义上其实也就是在写历史的进步，这似乎完全可以作为文学的一条基本规律来看待。

（2）比如热爱。托尔斯泰说："艺术的目的与社会的目的是不能以同一单位计量的。艺术家的目的不在于无可争辩地解决问题，而在于通过无数的永不穷竭的一切生活现象使人热爱生活。"② 我国当代作家王润滋也认为，文学"给人们以生活下去的信心和力量，是作家的职能之一，也是作家的职责之一"③。的确，一个有责任感的作家应该是一个通过他的作品鼓励人们、引导人们、教会人们更加热爱生活的人，而不是让人们更加厌烦生活。他不是去探讨、解决问题的人，他

① 王蒙．我在寻找什么？［M］//李犁耘，吴怀斌．中青年作家谈创作（上）．济南：山东文艺出版社，1984：3.

② 段宝林．西方古典作家谈文艺创作［M］．沈阳：春风文艺出版社，1980：513.

③ 王润滋．愿生活美好［M］//李犁耘，吴怀斌．中青年作家谈创作（上）．济南：山东文艺出版社，1984：50.

的价值就在于他要用激情、热情激发人们热爱生活。如果一个作家不能通过自己的作品鼓舞人们，让人们更加热爱生活，那么他的作品就缺乏吸引力。

（3）比如同情。诺贝尔奖获得者斯坦贝克说："要人们牢牢记住什么完全没有必要，但我认为作家写作总有一个目的，这个目的不仅仅是为了把文章写得趣味横生。如果说我们的写作对于人类种族的进化和处于发展状态中的文化还做出了一点贡献的话，那就是：伟大的作品应该是一个值得信赖和探讨的东西。在坎坷的人生中它是智慧，是对懦弱者的支持和鼓励。"[①] 是的，这个世界自古以来就崇尚弱肉强食，但可惜的是在这个世界上强者总是少数，而弱者总是占绝大多数，弱者的生存、弱者的痛苦、弱者的心声更需要有人关注，更需要去理解，更需要有人去倾听。这就是为什么作家必须是一个具有悲悯情怀的人，必须是一个具有人道主义精神的人的缘故。换句话说，对弱者的同情，其实正是体现了作家内心深处企图建设一个美好、平等世界的精神追求。那些伟大的作家之所以能够让人们感到亲切，给人以巨大的精神力量，就在于他们总是能够把目光向下，能够在混乱的生活中、黑暗的现实里，甚至在绝望的环境里，关注底层的生存状态和精神活动，总是能够带来精神的慰藉，点亮了人们心中的希望之火。这也就难怪丁玲在给孙犁的一封信中这样说道："我并不是希望大家只写过去，我认为写现在，写动乱，写伤痕，写特权，写腐化，写黑暗，可是也要写新生的，写希望，写光明。不管你怎样写，总是从生活出发，写得深，写得热，写得细，写得豪迈。不管怎样令人愤怒、发指，但终究是要给人以力量，给人以爱，给人以前途，令人深思，促人奋起！"[②] 是的，可以描写丑，可以提到恶，但最终的目的则

① 程代熙，程红．西方现代派作家谈创作［M］．北京：中国广播电视出版社，1991：322.

② 李国文．作家的心和大地的脉搏——关于创作的一点感想［M］//李犁耘，吴怀斌．中青年作家谈创作（上）：济南：山东文艺出版社，1984：329.

在于建设一个美好的精神世界，这才是一个作家之所以是人类灵魂的工程师的原因，这才是一个作家作为人类精英最终的使命。

（4）比如对民族的热爱和赞美。作为著名作家，李国文的作品曾引起了人们广泛的喜爱和关注，根本原因在于他的作品对民族精神保持了高度的赞扬，能够激起人们对民族的热爱。对此，他这样说道："我不赞成一些作品把生活描写得那么消极，那样肮脏，而且也不赞成模仿外国作家用描写他们那个社会的手法来描写我们这个社会。我认为作品可以鞭策我们民族落后、甚至近乎顽劣的东西，也应该有一定的篇幅来写我们民族优秀的方面。"[①] 是的，民族落后的、顽劣的东西需要揭露，民族丑恶的、消极的东西需要批判，但民族美好的心灵、民族优美的思想、民族积极的文化、民族高尚的品质等，同样需要书写，同样需要歌颂和赞美。所以，对民族保持热爱恰恰是一个作家不可推卸的修辞使命之一。

俄罗斯文学在世界文学史上始终保持着很高的声誉，其中一个重要的原因就在于众多的俄罗斯作家不但对本民族抱有很高的热情，而且深深热爱着本民族的一切。他们的作品几乎都具有展示本民族独特的文化，准确表达本民族的精神的特点，是本民族人民最深沉的颂歌。阅读过俄罗斯文学的读者可能都有一个明显的感受就是，俄罗斯文学基本都能够立足本土，将笔触对准本民族的历史、文化和人们的生活，歌颂和赞美俄罗斯人民的伟大灵魂和精神，他们的作家不论是歌颂还是批判，不论是描写宏大的历史还是刻画渺小的人物，笔下总是充满了浓浓的俄罗斯情调，所以他们的文学其实完全可以看作本民族最完整的记忆。

（5）比如对良知的描写。人之所以为人，是因为人有灵魂，有思想，有感情，而其他动物则没有。人的灵魂不是虚无缥缈的，而是扎

① 李国文．作家的心和大地的脉搏——关于创作的一点感想［M］// 李犁耘，吴怀斌．中青年作家谈创作（上）：济南：山东文艺出版社，1984：330.

根于历史和现实的，是在人类文化的土壤中培育出来的。人，最高贵的是灵魂，但灵魂的核心应该是良知，这是人和其他动物的最大区别。因此，长久以来，挖掘并描写人的良知就是文学持久不衰的母题之一。对此，俄罗斯当代作家拉斯普京就认为，一个作家“善良、不慕虚荣、良心和内疚之情、对世界上所有发生的一切都具有责任感，这些品质是最为可贵的”[①]。拉斯普京所说的善良、不慕虚荣、良心、内疚之情、负责任等这些品质，其内核就是良知。文学描写人、塑造人，指的就是描写和塑造这些东西。文学如果不描写这些东西，就无法揭示人的精神世界，从而也就无法展示人的价值。所以，正是在这个意义上，人们才把作家看作人类灵魂的工程师，这其实就是对作家描写人的良知的最好肯定。换言之，正是作家着力塑造人的灵魂的美好和高贵，人的良知的可贵和有意义，人物才在文学中体现出了真正的价值和尊严。对此，高晓声在谈到他对陈奂生的形象塑造时就说：“我希望我的作品，能够面对着人的灵魂，面对着自己的灵魂。我认为我的工作，无论如何只能是触及人类灵魂的工作。我的任务，就是要把人的灵魂塑造得更美丽。”[②] 赵本夫的小说《天下无贼》描写的是一对贼夫妻由于良知未泯，本来是要偷别人的东西，结果最后却成为保护被偷对象的人，并为此付出了生命的故事。小说改编成电影上映后引起了巨大反响，当有人问他是不是真的相信天下无贼时，赵本夫这样回答道：“我怎么可能相信呢？我亲自抓过贼，我太清楚天下有没有贼了。正因为是这样，我才呼唤这种美好、良知。”他认为每个作家介入生活的方式不同，有的作家喜欢把现实残酷化，写血淋淋的一面，但“我更愿意用一种理想之光去照耀它，而不是将其赤裸呈现”，“我的小说不回避但也不执着于现实的丑恶，我更希望把它引渡

① 拉斯普京．我不能不同马焦拉告别［M］//北京师范大学苏联文学研究所．苏联当代作家谈创作．北京：北京师范大学出版社，1984：115.

② 高晓声．且说陈奂生［M］//李犁耘，吴怀斌．中青年作家谈创作（上）．济南：山东文艺出版社，1984：501.

到有希望的地方，但这并不意味着缺乏对现实的批判力。理想的产生正是对当下现实的不满，描绘理想就是指向现实。并不是要直接指出我要打倒谁，然后弄出个是非才是尖锐的”①。是的，文学的美，美在真，也美在善。真正优秀的作家往往都是一个心底柔软的人，在他的内心深处都保留着对人的良知的欣赏。那些对善视而不见，对善无所作为，对善一味糟践的作家虽然也可能会写出优秀的作品，但一定不能成为伟大的作家。伟大的作家如托尔斯泰、狄更斯、曹雪芹、鲁迅，无不是对善表现出坚守、真诚、敬畏的作家。善是一种情感，是一种态度，是一种道德，是一种正气。善是真的兄弟，它呵护着真，保存着美，是人性中最大的悲悯。所以苏联当代作家邦达列夫非常推崇善，在他看来，善是一种崇高的概念，一种人成为人的道德概念，“一个或一连串尽到职责和良心的完美的行动表现了人性，我想把它叫作善良。……善良，这就是爱，是恨，是斗争，是朝着目标前进，是对待现存世界、妇女、儿童、纷飞的雪花、雨水、八月的星光……的态度。善良是崇高的道德概念，而只有道德概念才能使人最终成为一个人”②。邦达列夫所说的这些东西正是我们在现实中司空见惯的，也正是一个作家着力想要表现的。雨果的《悲惨世界》，尽管也有很多文字写到了社会的黑暗，但由于他着力描写了冉·阿让的美德和善良，所以冉·阿让最终成为文学史上不朽的形象，令人肃然起敬；曹雪芹的《红楼梦》，尽管也写了封建家族的蝇营狗苟，但由于他着力刻画了宝黛发自内心的美好爱情，最终赢得了人们同情的眼泪；陈忠实的《白鹿原》，尽管也写了社会的不公和人性的丑恶，但对新一代积极向上的精神的描写更是让人看到了希望，如此等等，都再次说明歌颂人的良知是作家最不应该磨灭掉的优秀品质。

---

① 文艺报社．文学下午茶——当代作家艺术家对话录［M］．青岛：青岛出版社，2013：91—92.

② 邦达列夫．致我的读者［M］//北京师范大学苏联文学研究所．苏联当代作家谈创作．北京：北京师范大学出版社，1984：25.

（6）比如肯定人的进步，赞美人性的美好。人并非天生邪恶，也并非天生美好，人的成长总是复杂的，很多时候优点和缺点、完美和不足并存，这使得人的每一次进步、每一个思想都显得弥足珍贵。所以优秀的作家总能够发现这些东西，并尽力去描写它，承担起这份表达的责任。对此，俄罗斯作家邦达列夫就敏锐地指出："有时，一个人距离做出英勇和正义的举动只差一步。也许他一生都在为迈出这最后的一步做准备。但是也可能基于多种原因，生活没有教会他做好事，他惊慌失措，丧失了坚强的意志。描写自觉地迈出这一决定性步伐的一瞬间，从黑暗到光明、从否定到肯定的最后一个动作，这就是艺术的一个重要任务。"① 王蒙的《青春万岁》，从 1953 年开始写起到 1979 年出版，共耗费了 26 年，其间作家付出了巨大的代价，这一漫长的经历让他知道了"写作需要承担什么样的责任和风险，需要付出什么样的代价——心血、眼泪、青春、有时还包括鲜血和生命"。因为在他看来，"文学追求光明，向往真理，渴望发展和进步，因为文学是人学，它以人为中心，它追求人成为真正的人，它要求人和人的关系成为真正的人的关系——共产主义的关系，老吾老以及人之老，幼吾幼以及人之幼的关系。所以它要与一切剥削制度作战，要与黑暗、与愚昧、与一切反动和保守的势力和思想，与一切虚伪和谎言作战"②。

其实，不论作家的写作倾向于哪一个方面，其内心深处都其实有一个终极的目标，那就是建立一个更加美好的世界。当他们书写社会、历史、现实时，当他们批判丑陋、揭露虚假、讽刺邪恶时，当他们努力去揭开生活的真相、揭示现实的本质时，说穿了都是为了表达对真善美的深情期盼，都是为了呼吁人们呵护和建设一个美好的世

① 邦达列夫．致我的读者［M］//北京师范大学苏联文学研究所．苏联当代作家谈创作．北京：北京师范大学出版社，1984：25.

② 王蒙．我在寻找什么？［M］//李犁耘，吴怀斌．中青年作家谈创作（上）．济南：山东文艺出版社，1984：2.

界。正如巴尔扎克所说的："历史的规律，同小说的规律不一样，不是以一个美好的理想作为目标。历史所记载的是，或应该是，过去发生的事；而小说却应该描写一个更美满的世界。"[①] 诚哉斯言！不仅道出了小说存在的价值，而且道出了小说作家的真正使命。

五　倾诉

写作就其本质而言，完全可以看作是作家的一种倾诉——一种作家对读者的倾诉。原因正如王蒙所说，作家"能够同时与一千个、一万个、十万个朋友谈心，他永远也不会孤独，他永远和千百万人民在一起，去建立全新的、最美好、最公正也是最富裕的生活"[②]。对此，作家方方也从自身的经验出发认为："我写小说也是一种倾诉的需要。实际上你作为一个个体，在世界上是很孤独的……你没有人可以交流，你是很孤独的。"[③] 她是从当工人的时候就开始写作的，最初写的是诗歌，原因就是她感到孤独，把诗歌看作是一种倾诉。到了写小说的时候方方说她的这种感觉就更强烈了："我觉得现在写小说也是一种倾诉，把倾诉感作为一种动力。"因为她认为在这个现实世界中是没有真正的听众的，包括自己也不是一个真正的听众，所以她说"我要倾诉"，"我只能寻求纸和笔，只有纸和笔它最耐心。所以很多时候有些人问你为什么要写小说，我都回答说是一种倾诉的需要，我要说出来。借人物、借场景，有时候你说的就是别人的故事。我只是借故事的框架，但在故事的中间、故事的背后包含着我想说的东西，包括

---

① 段宝林．西方古典作家谈文艺创作［M］．沈阳：春风文艺出版社，1980：302.

② 王蒙．我在寻找什么？［M］//李犁耘，吴怀斌．中青年作家谈创作（上）．济南：山东文艺出版社，1984：2.

③ 王尧，林建法．我为什么要写作——当代著名作家演讲录［M］．苏州：苏州大学出版社，2005：156.

我说别人，包括我说自己，包括我所见到的人和事，我所感受到的一切，包括对社会的一种判断，一种感受”[①]。方方的这段话道出了一部分作家写作的真实原因。对于感到孤独的作家来说，写作尤其是写小说看起来写的都是别人的故事，是在讲述别人的现实和历史，但是故事、现实和历史中包含的则是自己的感受、思想和情感，抒发的是自己的情怀。的确，我们不可能随时都遇到可以倾诉的对象，我们也不可能时时倾诉，因为没有人会听，但是写作可以把这些东西呈现出来，让读者能够在阅读的时候倾听到，这实际上已经达到了倾诉的目的。

（1）作家之所以会产生倾诉的愿望，还因为他的内心深处始终存在着要把自己熟悉而读者不熟悉的人和事告诉给读者的愿望。因为每个人生活的领域都是不一样的，很多时候，人们只是知道自己所熟悉的生活，但对自己生活以外的事情则不甚清楚，所以对于每一个人而言，他们的内心其实常常保持着想要了解其他生活的愿望。因为对于那些自己所不知道的事情，往往人才觉得神秘，才更具吸引力，这完全符合人们探求的天性。作家由于生活面广，他所写的生活一般都是自己所熟悉的，但读者并不熟悉，因此当他把自己所熟悉的生活写出来并告诉给读者时，他就和读者有了一定的交流。事实上，这也正是许多作家形成写作动机的重要原因之一。邦达列夫在谈到自己的两个中篇小说《营请求火力支援》和《最后的炮轰》的创作情况时就说，这两篇小说中的人物都是他在战场上见过的，就是他的战友。他们一起行军，一起肩扛手推把火炮从秋天的泥泞中拖出来，一起射击，一起吃饭睡觉，一起分享过最后的一撮烟末，但战后，大家却各奔东西，不能在一起了，这让他不能释怀。因此，每当想起他们的音容笑貌就如同在眼前，于是，“我抱着一种想法：只有我有责任、有义务

① 王尧，林建法．我为什么要写作——当代著名作家演讲录［M］．苏州：苏州大学出版社，2005：156.

把人们不了解的、唯独我熟悉的人返回到生活中来，因此，我尽全力创作了这两部作品”[①]。

（2）作家之所以会产生倾诉的欲望，还因为他的内心潜在地存在着要求读者跟他站在一起，共同分享思想和情感的需求。每个作家在写作的过程中，内心总是希望通过自己的引导，把读者吸引到自己这边来，让读者和自己产生共鸣，从而分享那种情感交流中的快感，这正如人们在现实中的交流一样，如果两个人话不投机，那么交往就不会很顺畅，但如果两个人心性、观点、感情都相同，那么交往就会很顺畅。作家的写作虽然不是和读者面对面地交流，但道理上是相通的。对此，苏联当代作家艾特马托夫在一次接受访谈时就说：“真正的作家应当这样反映生活：要让读者通过他的心灵、他的感情和他的知识来观察世界，站到他的观点上来。”[②] 的确，作家在作品中总会表明自己的观点和立场，当他用具有一定倾向的价值判断和道德取向来反映生活时，在他的内心深处也希望他的读者能够接受这种价值判断和道德取向，和他站在一起。写作不是简单的情绪发泄，任何作家写作当然最美好的结局是他的作品能够受到读者的欢迎，而要做到这一切的前提是读者能够接受他的观点，保持情感的一致。所以作家在写作的时候通常投入真挚的感情，目的只有一个，那就是希望能够打动读者，和读者取得心灵上的沟通。在这个意义上说写作是一种情感倾诉和交流一点都不过分。张抗抗的《北极光》发表之后引来了不少的关注和评议，有的人认为这篇小说和她以往的小说对人物的褒贬过于鲜明相比，对人物的判断和倾向性模糊了，为此，她这样说道：“我并无意在《北极光》中塑造可供效仿的当代英雄的形象，我只是塑造了几个普普通通的当代青年，让青年读者们自己去比较鉴别……我写

① 邦达列夫．致我的读者［M］//北京师范大学苏联文学研究所．苏联当代作家谈创作．北京：北京师范大学出版社，1984：21.

② 艾特马托夫．作家——时代的良心［M］//北京师范大学苏联文学研究所．苏联当代作家谈创作．北京：北京师范大学出版社，1984：8.

《北极光》，内心深处抱着一种美好的祝愿，愿青年朋友们能在理想的召唤下，看到希望，加强自信力，从而由彷徨、犹豫、朦胧走向光明。”①

（3）作家之所以会产生倾诉的欲望，更是因为他希望通过作品鼓舞人们的斗志，让人们分辨美丑，为美好的事物而奋斗。艾特马托夫在谈到作家的才能时就认为：“我想艺术家的才能就表现在这里，表现在作家能够鼓舞读者，把自己关于精神价值的概念、关于什么是好、什么是美、什么是坏的概念传达给读者。”② 那么，为什么要传达给读者呢？在他看来就是为了鼓舞人们的斗志。同时，他还认为一个作家应该把自己以及人类的经验传达给读者，因为所谓的好书“就是人类生活经验的结晶。虽然书是个人写的，但它体现了集体的经验，人类的经验。……当你读到一本好书的时候，你会吸收不少人类的经验。你会看到过去人们怀着什么样的感情，进行过哪些斗争，它们的结局如何，你会了解人们的命运。这一切都能给人以精神力量”③。人有精神需求，这种需求正是鼓舞人们不断探索的强大动力。当人的思想感情得到了满足，人才能体会到作为人的真正的尊严。所以，真正的作家“要唤醒人们的良心，促使他们深刻地思考，以便让他们更好地理解自己的时代、自己的生活。他们应该觉得自己既不是在天堂里，也不是在地狱中。他们应该切实地了解现实，他们正是因此才需要文学”④。

不过，作家虽然渴望倾诉，希望读者接受自己，但并不意味着要把某种观点强塞给读者，甚至通过教训读者来获得认可，而是必须严格遵循文学的法则，按照文学的规律，即尽可能以形象的方式把事实

① 张抗抗．我写《北极光》［M］//李犁耘，吴怀斌．中青年作家谈创作（上）．济南：山东文艺出版社，1984：307.

② 艾特马托夫．作家——时代的良心［M］//北京师范大学苏联文学研究所．苏联当代作家谈创作．北京：北京师范大学出版社，1984：8.

③ 同②，9.

④ 同②，10.

呈现出来，回到事件本身，以此来打动读者。所以，英国作家哈代在谈到自己写《德伯家的苔丝》的本意时就说："既不想教训人，也不想攻击人，只想在记事写景的地方，能够做到表面的铺叙，在思考的地方，多记印象少写主见就是了。"①

总之，作家写作就是构造一个艺术的世界，把那些有意义的、值得表现的、引发人们思考的人和事讲述给读者，让他们懂得热爱人、热爱生命，去建立美好的生活，这是作家必须具备的一种素质和本领。作家的这一使命在过去的很长一段时间里被奉为经典，但在后来的很长一段时间里不再被提起。其实，放弃对生活的严肃思考，放弃写作的人民性，放弃对理想的讴歌和赞美，放弃对丑恶的批判与鞭挞，其结果就是使得写作失去了应有的责任和义务，最终导致的就是写作的鱼目混珠、泥沙俱下、良莠不齐，甚至是写作的自由散漫和偏狭任性。据统计，近年来中国每年要出版1000多部小说，但事实上能够被人们提到的、记住的甚至认真阅读过的少之又少，很多小说都成了速朽的垃圾。所以作家李准曾语重心长地说："树立对人类的信心，然后才能达到对国家的信心、对革命的信心。我朦胧地感觉到，这是文学艺术的最基本的功能。"② 在今天的语境下，这话依然具有强大的生命力。

① 段宝林．西方古典作家谈文艺创作［M］．沈阳：春风文艺出版社，1980：584.

② 李准．开头的话［M］//李犁耘，吴怀斌．中青年作家谈创作（上）．济南：山东文艺出版社，1984：325.

第九章　当代作家修辞观举隅

前文所提到的各种能力和职责，从严格意义上来说，是每一个作家所必须具有的一种文学素养，或者换个说法是每个作家在各自的修辞实践中所形成的文化现象。随着社会的不断发展，特别是新时期以来，现代化进程的加快和各种新思潮的不断涌现，作家所面对的写作语境与过去相比已经发生了很大的变化，有了很大的不同。伴随着这种不断变化的语境，作家们的思想观念也在逐步更新，他们的修辞理念随着他们对文学认识的不断深入和回归，也发生了根本性的深化，因此与之相适应，也就产生了各种各样的修辞经验。这些修辞经验蔚为大观，有着不同的风貌和内涵，从中可以看出当代作家的修辞取向和价值趣味。下面我们不妨择其部分与读者共享。

（1）史铁生的“宗教精神”修辞观。史铁生是新时期出现的一个个性非常独特的作家，在他看来，写作其实就是作家在追寻一种带有宗教精神的浪漫的想象。他的这种修辞观可以说是在他经历了巨大的人生变故之后才形成的。早先的他是一个健全的人，但后来在下乡插队时，因疾病最终导致下身瘫痪，所以从他开始写作起，他实际上就已经成为一个行动不便的人。正是这种生活的巨大变化，导致他不能像其他作家那样可以到处行走，到广阔的天地中去寻找写作的资源，而只能向内、向精神深处开掘，其结果则使他的写作具有常常充满了那种静思顿悟的特点。他的许多作品充满了对人生乃至生死的透彻参悟。正是基于这样的缘故，他特别强调写作所具有的宗教精神和圣洁意识。他说："如果宗教是人们在'不知'时对不相干事物的盲目崇拜，但其发自生命本原的固执的向往锻造了宗教精神。宗教精神便是人们在'知不知'时依然保有的坚定信念，是人类大军落入重围时宁愿赴死而求也不甘惧退而失的壮烈理想……这样，它的坚忍不拔就不必靠晴空和坦途来维持，它在浩渺的海上，在雾罩的山中，在知识和学问捉襟见肘的领域和时刻，也依然不厌弃这个存在，依然不失对自然之神的敬畏，对生命之灵的赞美，对创造的骄傲，对游戏的如醉如痴（假如这时他们聊聊天的话，记住吧，那很可能是最好的文学）。"[①]在他看来，人其实是具有宗教精神的一种动物，因为"人是天地间难得的一种会梦想的动物"，而这个梦想正是人们之所以写作的原因。而至于他自己为什么要写作，他认为："先是为谋生，其次为价值实现，然后才有了更多的为什么。现在我想，一是为了不要僵死在现实里，二是要维护和壮大人的梦想，尤其是梦想的能力。"换言之，他的写作其实就是为了实现人的梦想，即彰显人的一种具有宗教精神的浪漫的想象。所以，在他眼里，写作既是"一种职业，又以为它是一种光荣，再以为是一种信仰，现在则更相信写作是一种命运"。

（2）方方的"个性化"修辞观。方方从 20 世纪 80 年代就开始了创作，但成名于 20 世纪 90 年代。方方自认为她最初的写作其实是懵懂而且充满焦虑的，但转机出现在 1986 年，这一年她受到了好朋友的中伤，感觉十分难过。但也正是这个经历，让她开始渐渐懂得了什么是文学。在她看来，"文学这个东西最重要的是什么，最重要的不是外在的东西，是你内心流淌的东西和你外在的形式是不是相符合，包括你个人的气质、你的经历、阅历及你所受的教育等，你的性格是不是和你选择的东西相符合，相和谐的"。所以，她力求去用自己的心

① 王尧，林建法．我为什么要写作——当代著名作家讲演集［M］．苏州：苏州大学出版社，2005：133—135.

感受生活。而就在这一年，她写出了让她一举成名的代表作《风景》。当然，也正是这篇小说的写作让她渐渐顿悟，“文学自有它一种很内在、很深层的东西”，“文学几千年来都是个人来表达自己”。作家只管去按照自己的内心去写，读者总能找到自己所需要的东西，所以在她看来，小说其实也是一种倾诉。这就是她在经历了最初写作的懵懂期再到后来逐渐清醒之后所形成的修辞观。她认为人作为个体，在这个世界上其实是孤独的、寂寞的，所以写小说实际上就是遵从自己内心的个人化的一种倾诉，因为“文学最重要的在于尊重每一个个人的写作。所有人写自己想要写的东西，汇总到一起就形成了很有魅力的文学”[①]。

（3）铁凝的“关系”修辞观。铁凝是当代著名女作家，她的写作自成一格，具体说来就是她的写作始终充满了一种温暖的情调。从早期的成名作《哦，香雪》开始，她的小说就追求一种干净、纯净的境界，并且以此作为不变的底色，贯穿在她以后的写作中。至于为什么会形成这样的一种创作观和修辞取向，与她把小说看作是人与人之间的一种“关系”的表达有关，即每个人都有各种关系，人与自己、人和他人、人和世界的关系，共同构成了人的世界和生活，小说就是写这种关系的。在她看来，“‘关系’在小说中是很重要的一个词”，因为“‘关系’就是事物（或人）之间相互作用、相互影响的状态”，“对关系的独特发现是小说获得独特价值的有效途径”，“对关系突变的独特表现是小说获得人性魅力和人性深度的方法之一”，“‘关系’这个词在小说中是美妙的，充满了挑战和诱惑。好的小说提供的是过程而不是结果，对‘关系’的不断探究和发现，可能会有益于这个过程本身的结实和可靠”。[②] 正是这种看重“关系”的修辞观，才使她小说中的人物总是不断处在关系的纠缠中，有些琐碎但又充满温暖。

（4）阎连科的“抵抗”修辞观。阎连科在新时期的作家群中成就

---

① 王尧，林建法．我为什么要写作——当代著名作家讲演集［M］．苏州：苏州大学出版社，2005：151—157.

② 同①，197—204.

是非常突出的，同时风格也是非常独特的。他在苏州大学以“我为什么写作”为题的演讲中就坦陈，他之所以最初学习写小说，目的非常明确，就是为了“逃离土地”，后来这个目的又变成了成名成家，但是他也认为随着这些年来写作的不断深入，热情和力量在逐渐减退，写作的目的也越来越模糊了，越来越迷惘了，搞不明白自己到底为什么而写作。因为他认为在今天的这个时代，写作面临着无数的尴尬，其一是面对市场的尴尬，其二是面对意识形态的尴尬，其三是面对一些专业读者或者说职业读者的尴尬。不过，他认为尽管写作变得越来越无意义，但是不想停笔，还是想写，因为对他来说写作的理由就是能够“好好活着”，并去抵抗恐惧、害怕、各种疾苦。他说他近些年的创作“都与恐惧有关。直接的、最早的构思与创作的原因都是来自恐惧，或者说惊恐。生活中有了某种担忧，这种担忧到了一定的时候，就写一个短篇借以排遣和对抗。有了害怕，害怕到一定时候就写一个中篇，借以排遣和对抗。对某一件事，某一类事，某一种情绪、精神、状态感到长期恐惧，越恐惧越想，越想越恐惧，长期、长年忘不掉，无以排遣，那就写一部长篇借以排遣或对抗”①。总之，他认为写作就是为了抵抗恐惧，这种恐惧既是生活上的，也是思想上的，不一定很具体，但无处不在。写作就是把这种恐惧变成具体的文字呈现出来，以缓解恐惧。

（5）李洱的“冒犯性”修辞观。知识分子是写作的一个母题，许多作家都进行过写作，但像李洱这样始终对知识分子保持写作兴趣的作家在新时期并不多，他应该是最突出的一个。比如《导师死了》《午后的诗学》等小说对20世纪90年代的知识分子的描写，就是他关于知识分子书写的重要组成部分。李洱本人非常博学，在他的身上也始终散发着浓郁的知识分子气质。他认为在当下这个时代，写作是

---

① 王尧，林建法．我为什么要写作——当代著名作家讲演集［M］．苏州：苏州大学出版社，2005：220.

一个人成为一个人的重要途径，许多有才华的人正是因为这个原因都将写作当成自己的终身职业。他甚至非常认同纪晓岚，认为纪晓岚作为一代重臣，大学士，加太子少保衔，监理国子监事，官居一品，但他在闲暇竟然也写了《阅微草堂笔记》，这意味着他在“史官”之外变成了“稗官”。而纪晓岚之所以要写《阅微草堂笔记》，据他门人说是为了“采掇异闻，时做笔记，以寄所欲言”，也就是说，是为了将一些逸闻趣事记录下来，以此表达自己的心性。李洱对纪晓岚的这种观点非常欣赏。在他看来，“说出真实的自己，表达自己真实的想法，使自己成为一个人，我以为这就是写作的动机，是小说家对自己的道德要求”。同时，李洱也很认同台湾作家张大春的观点，认为小说的一个重要职能就是探索人类自己的界限，为此它要冒犯正确知识、正统知识和真实的知识。甚至他认为当今写小说其实就是要不断冒犯那些已经有的经验，表达“那些未经命名的经验，尤其是不同语言、不同文化背景相互作用下的现代性问题”[①]。

(6) 林白的“碎片化”修辞观。林白是新时期作家中比较有争议的一位女作家，是20世纪“女性写作”的代表人物，这与她始终将女性作为修辞对象有关。林白的修辞之所以独特，还与她碎片化的修辞方式有关。她的小说中很少能够看到完整的、有头有尾的故事情节，完全是片段化的，甚至这些片段之间都没有紧密的联系，就像生活那样，不连贯，但是却很有味道，耐人咀嚼。比如她的小说《同心爱者不能分手》所写到的几个人物之间彼此并不关联，甚至即便是有关联，人物之间的故事也是时断时续，如穿月白绸衣的女人、男教师、哑女之间是彼此认识的，但是他们之间的故事却并没有太多联系，你很难看到一个完整的故事链接。比如“我”和嘟嘟之间是彼此关联的，但是“我”和男朋友天秤之间的故事与嘟嘟却没有关联，而

① 王尧，林建法．我为什么要写作——当代著名作家讲演集［M］．苏州：苏州大学出版社，2005：230．

更为奇特的是在小说中，“我”、嘟嘟、天秤、穿月白绸衣的女人、哑女、男教师的故事彼此都不在一个故事线索上，彼此不认识，各自演绎着自己的命运。但尽管如此，小说读来依然耐人寻味。通过小说我们不仅能够从中体会到人性、爱情以及孤独的各种人生状态，也能够体会到人的生存困境和精神困惑。对于这种碎片化的修辞方式，林白自己是这样看待的：“我有相当一部分作品是片段式的，长中短篇都有。我知道这不合规范，看上去凌乱、没有难度，离素材只有一步之遥，让某些专家嗤之以鼻，让饱受训练的读者心存疑虑。但我热爱片段，片段使我兴奋，也使我感到安全。”对此，她还反过来发问：“是谁确立了这样的一种价值观呢？只有完整的、有头有尾的、有呼应、有高潮的东西才是好的，整体性高于一切，碎片微不足道，而我们只能在这样一种阴影笼罩下写作？”在她看来，“片段离生活更近。生活已经是碎片，人更加是。每个人都有破碎之处，每颗心也如此”。她认为不是片段的，她就没有写作的热情。其实，林白之所以会有这样的一种修辞取向，根本上与她对小说的认识有关，她说“我的好处是，我从未受过正规的文学教育，当初没上中文系是上天要成全我，不让我长学识，有敬畏”，所以“对于过分精致的东西，那些太讲究、太风雅、太细腻的东西，我都无福消受，从味觉上感到太甜。我觉得苦瓜好，芥菜也好。我最受不了的是茶道，好好的一杯茶，偏要左三圈右三圈地转，把茶完全搞晕了，我要是茶我就不愿意。我要是小说，我也不想起承转合，塑造典型人物，写一个好的故事我也不愿意。如果我是林白写的小说，我希望我就是她黑暗的生命热情中生长出来的那一个，面目不清的、混沌的，有时上天入地，有时满地打滚，时而精彩时而乏味的那个人，那个鬼，那个人鬼不辨的什么”[①]。这的确是一个奇怪的修辞理念，但细想又很有道理，因为这种碎片化

① 王尧，林建法．我为什么要写作——当代著名作家讲演集［M］．苏州：苏州大学出版社，2005：265—270.

的背后是自由。

以上所举的这些作家的修辞经验都出自当代作家自身的体验，这和我们上面所说到的那些作家们普遍的修辞使命和责任看似有很大的出入，但其实仔细想想，却又十分符合写作的规律。首先，当代作家们的修辞经验在一定意义上是时代的产物。当下的时代，已经进入了全球化、现代化，变得更加复杂、精致，当然也变得更加混乱、无序，生活似乎成为一颗爆炸了的花朵，四面都开放，四下里都是散落的碎片，这使得作家们对生活的感受也变得更为复杂。他们身处不同境遇，面对不同的人群和五花八门的问题，看到的、听到的不仅不同，感受也不同，所以所写的东西自然也就不同。其次，当代作家们的修辞经验可以看得出来是思想进一步解放之后的产物。随着思想禁区的不断被突破，各种文化区域都相继开放，同时各种文化也不断涌入，作家们面对这种文化语境做出不同的书写也很正常。最后，当代作家们的修辞经验都是他们自身长期坚持写作的积累和感悟。上述作家都处在相同的时代，但是他们的写作风格、选材方式、叙述方式、语言应用、作品风貌各不相同，各有优长，这与他们有着自己的创作理念和坚持有关。从中可以看出，他们中的许多人都经历过早期的探索、提高、成熟甚至迷惘和反思，最终才找到自己的创作支撑点，从而形成了自己的修辞经验。

不但如此，上述作家们的修辞经验其实从根本上说更加接近文学的本质，因为文学本身就是个性化的，他们的个性化的修辞正好符合这一特点。写作永远都是个人化的事情，一个作家如何想，如何运作，如何提出问题，进而解答问题，这些都是别人无法干预的，也是别人无法帮助的。写作的自由正是从这个意义上而言的。

但是，也不能否认，尽管上述作家们都在谦虚而又固执中坚守着自己的写作立场，形成了自己的修辞经验，不难看出许多作家都走向了自我，走向了内心。一方面这并没有什么不妥，但从另一方面讲，正是他们很多人都倾向于自我表达，少了几分对更重要的、更值得关注的社会问题的思考，导致文学的境界也在逐步下降，从而也影响到了阅读，读者越来越少。试想在如今的社会下，哪一个读者愿意放弃大量宝贵的时间去倾听一个人在那里自我唠叨，愿意聆听一个人对着自己倾诉衷肠？当作家们都沉浸在自己的世界里，优雅地勾勒自己想象的世界时，有多少情况会是读者认可的？文学既然是公共的事业，自然要对世界、社会、人生有所担待，否则，文学在一定的时候就会死去，这也是不能否定的。现如今，文学陷入低谷，越来越多的人不再阅读，固然原因是多方面的，但是作家们是否也有责任呢？

第十章 作家的文学生活

作家是风光的，尤其是当他的作品进入畅销书的行列时就更是如此，因为这不但意味着名利双收，也意味着读者的认可。写作通常都被人们看作是一项高贵的事业，原因就在于作品的发行与出版、作品的充实与厚重、可观的稿费与报酬、人们的喜爱与崇拜，这些都是一般人所难以企及的。人们的崇拜和精神的博大，足以让一个作家产生时代精英的感觉。然而不可否认，这些都是表象，因为在表象的背后恰恰是夜以继日的辛苦、殚精竭虑的忧思、无休无止的情感取舍、单调乏味的书写。极大的精力、体力和智力的付出常常让作家们身心疲惫。因此，表面的风光背后写满的都是辛苦。换言之，无论当好一个作家，还是当一个好作家，都不是一件轻松的事情。先不说题材的挖掘和寻找，主题的确定和提炼，结构的安排与布局，单是把一篇作品写出来也足以让一个作家耗尽心血。对此，巴尔扎克就曾说："差不多人人都能构思出一部作品。谁不能叼着一支雪茄，就在公园散步的同时，弄七八个悲剧出来呢？谁不会构思出几部精彩的题材呢？在自己的这个供想象的后院里，谁没有一些精彩的题材呢？不过，在这种初步的工作和作品的完成之间却存在着了无止境的劳动和重重障碍，只有少数有真才实学的人方能克服这些障碍。……构思一部作品是很容易的，但是把它写出来却很难。”① 巴尔扎克的说法是能够代表广大作家的写作状态的。然而，写作又岂止是巴尔扎克所说的这么容易呢？因为只要是动笔，没有一个作家愿意粗制滥造或者得过且过。所以，托尔斯泰才感慨地说：“为了使一部艺术作品能够深入人心，必须对它加以琢磨。所谓琢磨，就是使它在艺术上达到完美的地步。”② 是的，优秀的作家之所以优秀，就因为他们在艺术的追求上总是永无止境的。当他们将全部的精力花费在写作前、写作中、写作后时，他们的生活也就成为文学性的生活。下面我将围绕这三个阶段，结合作家们的实际，对他们的写作生活做一些探讨。

一　写作前

所谓写作前，即指作家真正开始动手写作之前，也就是构思阶段。构思是写作前非常重要的阶段，因为在这个阶段，作家至少要做好发现题材、提炼主题、选择文体、设计结构等准备工作，才可以开始动手写作，而这些工作既费神也费力，不但事关写作的成败，也构成了写作的一道景观，具有很高的文化价值，值得关注。

（1）长期持久的写作训练与磨砺。写作能力的培养和提高在本书第六章已经讲过了，这里还想补充一点，那就是由于这种修养并非一朝一夕就能养成，通常需要终身不断提高，所以也是作家写作生活的重要组成部分。众所周知，想要成为伟大作家就必须走好这一步，没有这一步，一切写作都将白费。对此，作家们的说法可能更令人信服。比如，果戈理在给契诃夫的信中就说：“写作的人像画家不应该

① 段宝林．西方古典作家谈文艺创作［M］．沈阳：春风文艺出版社，1980：333.

② 同①，561.

停止画笔一样，也是不应该停止笔头的。随便他写什么，必须每天写，要紧的是叫手学会完全服从思想。”[①] 而契诃夫成名后也对此表达了自己的看法，“头一条是必须多的写。总会有成就，必须写、写、写。一篇小说没发表，那您就写第二篇、第三篇，总有一篇会发表出来，只是得不屈不挠地顽强地写”，“对作家来说，写得少是这样有害，就跟医生缺乏诊病的机会一样”，并鼓励青年一代的作家“在一个很长的时期里天天训练自己”，“用尽力气鞭策自己”，“您得写，尽量多写，要是您完全没写好也不要紧，日后自会好起来的。你的词汇少，就得搜集字眼和表现方法，这就非每天写东西不可”[②]。所以，对写作基本功的坚持训练和磨砺，其实在作家开始创作前就已经成为他写作生活的一部分。

（2）材料的挖掘与寻找。写作的首要环节当然是要有写作的材料，因为材料不但是形成主题的基础，也是写作的内容。换言之，主题的形成、人物的塑造、情节的推进、故事的编排都需要依靠材料来表现。没有材料，这些都是无源之水，单凭想象和虚构是很难完成的。为此，寻找好的、有价值的写作材料自然也就成为作家写作前非要解决的问题之一。大量的事实证明，这也并不是一件轻轻松松就能完成的事情。许多作家为了找到一个值得书写的材料往往费尽心机。即便是那些伟大的作家也常常为了写作的材料而犯愁。果戈理就常常为写什么而苦恼，他曾向上天乞求：“劳驾给个情节吧，随便什么可笑的或者不可笑的，只要是纯粹俄罗斯的笑话就行。”并说：“只要给我一个情节，马上可以写出五幕的喜剧。”[③] 可见，即便是优秀的作家也并不是想写什么就可以写什么，并不是材料就在手边，随手拿来就可用，他们也会为了写什么而犯愁。然而，正是这种寻找的过程才激发了他的写作欲望。所以，无论是平时材料的收集和整理，还是就目

---

① 段宝林．西方古典作家谈文艺创作［M］．沈阳：春风文艺出版社，1980：413.

② 同①，653—654.

③ 同①，412.

前写作的作品的材料的挖掘和开拓，都构成了作家极其有趣的文学生活。

（3）结构安排的痛苦与乐趣。构思的过程即是安排结构、酝酿情节、选择人物、营造情节的过程。这个过程最费作家的心力。所以，不论是大作家还是初学写作者都会为此而发愁。托尔斯泰的写作才能无人能比，以至于许多人以为像他这么优秀的作家该不会为了构思而发愁，然而，殊不知他也常常为了找不到好的构思思路而发愁。在给阿·阿·费特的信中，他倾诉了《安娜·卡列尼娜》的构思之苦："我感到悲哀，什么也没有写，痛苦地工作着。您简直想象不到，我在这不得不播种的田野上进行深耕的准备工作对于我是多么困难。考虑，反复地考虑我目前这部篇幅巨大的作品的未来任务可能遭遇到的一切。为了选择其中的百万分之一，要考虑数百万个可能的际遇，是极端困难的。我现在做的正是这个……"① 不唯如此，在《战争与和平》这部巨著的序和跋中，他也反复描述了动笔写这部小说之时所遭遇到的种种烦恼和顾虑。有时他担心手法微不足道，有时他担心说不出来自己所认识到的和感觉到的，有时觉得语言文字简单平庸得配不上它庄严深邃的内容，有时用虚构串联起了一切，但最终觉得不合适还是抛弃了已经开始写的。总之，时间过去了而事情却毫无进展，因此自己也逐渐冷淡下来了，直到又经历了很长时间的折磨以后才逐渐消除了疑虑，按照自己的想法去写作。可见题材的选择也是需要下一番功夫才能够决定的。

（4）写作时机的把握。一个作家对题材、主题、结构的把握和运思到了什么程度才能真正动笔，这是没有标准答案的，也没有统一的标准。因为每个作家都有自己的写作习惯和方式，每个作家的每一次写作都面临着不同的问题，所以不能一概而论。比如在托尔斯泰看来，真正的写作时机"必须只在要表达的思想是如此缠扰着你，自你

① 段宝林．西方古典作家谈文艺创作［M］．沈阳：春风文艺出版社，1980：536.

获得了思想以来，不把它表现出来，就不让你安静的时候。任何其他的写作动机（荣誉的，主要是令人嫌恶的金钱的），哪怕是附属于主要的——表现的需要——也只能有损于作品的真诚和价值。这是必须十分戒备的”[①]。比如对海明威来说，真正的写作动机往往是有一个基本的想法之后才能开始。当记者问到他：“在你的脑子里，短篇小说的概念是怎样的，主题、情节、人物都是随着你在进行改变的吗?”海明威这样回答道：“有时候你知道这个故事。有时候你在进行中才能把它构成，而不知道结果将会怎样。每一件事情随着它的移动而变化。那就是构成写出故事的动作的东西。有时候动作很慢，似乎它并没有在活动，然而一直是有变化，一直都在动作的。”而当记者进一步问道：“写长篇小说也是这样吗？还是在你动笔以前制订出全部的计划，然后严格地遵守它呢?”海明威回答说：“《丧钟为谁而鸣》是我每天都在思考的一个问题。大体上我知道将要发生什么，但是我每天写的时候虚构出所发生的事情。”[②] 所以什么时候才是动笔的最佳时机，作家们有不同的标准。不过需要清楚的是，尽管如此，有一点却是相同的，那就是都是建立在对问题有长期的观察和思考的基础上的，并不是突发奇想，随意就开始的。

（5）思考的时间和精力的耗费。一部作品写完之后，作家当然希望能够得到读者的认可和接纳，因为或许读者不清楚他为了作品的构思所花费的时间和精力，但他自己最清楚。因此就凭这一点，他也希望他的读者能够理解他、接受他、关心他。的确，尽管每一个写作的过程要分为写作前、写作中、写作后三步才能完成，但就叙述的常理而言，相比于后两个阶段，写作前的工作最费神也最费时间。许多作品仅仅为构思，作家有可能会花费很长时间。如契诃夫在谈到短篇小说《主教》的创作时说：“这个题材在我的脑子里已经盘桓有十五年

① 段宝林．西方古典作家谈文艺创作［M］．沈阳：春风文艺出版社，1980：560.
② 董衡巽．海明威谈创作［M］．北京：生活·读书·新知三联书店，1985：46.

光景了。"[1] 一个短篇小说的题材在脑海里都要盘桓十五年之久才能开始写作，更何况那些鸿篇巨制了。对此，"黑色幽默派"的代表作家海勒也曾对采访者谈到过这个过程，他认为写作永远都是单干的事业，因为很多东西来自沉思默想，而最佳的沉思状态"那必须是在我没有伴儿的情况下。在一辆公共汽车上就不错，或者遛狗的时候。刷牙的时候对我来说特别棒——在写《第二十二条军规》时尤其是这样的。往往在我很疲倦，就要上床休息时，洗洗脸、刷刷牙，这时我的头脑就非常清醒……我可以为第二天的工作琢磨出一句对白，或是产生一个在较远的将来才会付诸实现的想法。在我实际写作时反倒没有最好的灵感……放弃那些我以为不错的想法，重新遣词造句，谋篇布局，这简直是苦不堪言的事……一个艰辛的过程"[2]。

总之，写作前作家所经历的各种过程的深刻程度、好坏程度、有效程度都直接决定着写作的顺利与否和写作的质量好坏，任何一个作家都不可能越过这一过程而开始写作。只有当他们经历了足够多的辛苦、寂寞、痛苦之后，写作的思路才能逐渐明晰，这时候他就可以放心大胆地开始写作了。

二 写作中

构思结束之后，作家就要进入具体的写作过程中，这就是写作中。构思苦，写作的过程也不轻松，因为这需要充沛的体力和敏锐的思维，同样需要付出心血。这也可以从作家的自序中得到验证。比如，巴尔扎克在1836年10月写给韩斯卡夫人的信中对自己的写作情

① 段宝林．西方古典作家谈文艺创作［M］．沈阳：春风文艺出版社，1980：651.
② 程代熙，程红．西方现代派作家谈创作［M］．北京：中国广播电视出版社，1991：70.

形做了如下描述，“已经一个多月了，我下午六点钟睡觉，半夜起床，给自己规定好了不够活命的食粮，免得脑筋感到消化不良的坏影响；可是，我不但感到无法形容的疲倦，而且生活故事在脑门内风起云涌；后脑里的平衡感觉，我有时也没有了；甚至于躺在床上，我也觉得我的头好像在左歪右倒，起来的时候，又好像头里有一个沉重的东西压着我一样。”① 福楼拜对自己的写作情形也有过描述，“我不知道今天何以生气，许是为了我的小说。这部书总是做不出。我觉得比移山还更困倦。有时我真想哭一场。著书需有超人的意志，而我却只是一个人”，“我今天弄得头昏脑晕，灰心丧气。我做了四个钟头，却没有做出一句来。今天整天就没有写成一行，虽然是涂去了一百行。这种工作真难！艺术！艺术！你究竟是什么恶魔，要咀嚼我们的心血呢？为着什么呢”？②

其实，写作的过程之所以苦，也是因为作家不断给自己施压造成的。换言之，写作的过程其实也是一个不断超越自我的过程，所以为了超越以前的自己，作家不断给自己施压。要知道实际上没有现成的题材和故事直接可以拿来为作家所用，否则作家就成为人人可做的热门职业。艺术毕竟不同于对生活的照搬照抄，需要作家花费心血去融裁、加工、提炼、组合，方才能够成为艺术。写作的过程虽然是把已经构思好了的东西呈现出来，但构思只是一个轮廓和大概，如果每一句话乃至每一个标点都想好了再动笔，估计没有几个人可以成为作家。这就如同盖房子，构思虽然勾勒出了房子的蓝图，但并不就是房子，房子必须一点点盖出来，需要一块砖一块砖地修砌，这个过程同样需要技术、体力和耐力。所以果戈理才说：“艺术家一切自由和轻快的东西，都是用过分的压迫而得到的，也就是伟大的努力的结果。”③

---

① 段宝林．西方古典作家谈文艺创作［M］．沈阳：春风文艺出版社，1980：341.
② 同①，400.
③ 同①，413.

同时，写作也不是一蹴而就的。尽管作家动笔之前已经经过了精心的构思，对一切都了然于胸了，但并不意味着就已经成功了，在写作的过程中，作家会有新发现，会重新改变写作计划，这在写作过程中是经常发生的事情。所以，严格说来，写作的过程也是作家不断修正自我、不断否定、不断放弃的艰难过程。这也是有证可查的。

果戈理的《死魂灵》第一部动笔于1835年，完成于1841年，共耗时六年。小说发表之后获得了广泛的好评，于是在1842年旅居国外时，果戈理动手准备写作《死魂灵》的第二部。他想改一下前面写作的思路，准备写几个正面人物，但是很快他就发现这很困难，因为这样写出来不真实。于是，1845年夏天，他将已经写好的几章全部销毁。到了1848年春，果戈理回到国内之后开始重写《死魂灵》第二部，但终因贫病交加，在1852年2月11日将未完的手稿付之一炬之后，不到十天就溘然长逝，最终《死魂灵》的第二部成为没有完成的著作。其中的原因当然与其不愿意应付和凑合有关，但更主要的原因还在于他感到无能为力。

众所周知，托尔斯泰的《战争与和平》，皇皇巨著，精彩绝伦，但要知道这部小说也写得十分辛苦，因为从他的日记中可以看出，为了写好这部作品，他不断放弃、写写停停，写好毁弃就有好多次。同样，1856年，托尔斯泰想着手写一部带有某种倾向的中篇小说，主人公是一个携眷回国的十二月党人，但在写作中，当他从1856年转到了1825年主人公处于迷途和不幸的时代后，就搁置了下来，重新进行了构思。因为1825年主人公已经有家室了，为了了解他又转向了他的青年时代，而青年时代是1812年，于是他再次抛弃了开始的写作，又从1812年开始写起，如此反反复复放弃了多次才完成。

《复活》是托尔斯泰花了十年时间完成的一部巨著，从他与亲朋好友的通信和他的创作日记中可以看出这部小说的写作也十分辛苦，因为这中间他不断放弃，反复修改好多次才定稿。下面不妨看看他的日记。

1888 年，托尔斯泰第一次听到科尼谈到罗萨丽雅·奥尼的案件，非常激动，他建议科尼按照年代顺序把它照原样写下来，可科尼没有写，他就请求科尼把这个情节让给他，起初他认为很好写，但随后他就发现不好写，而且这一写竟然花费了十年时间。下面是他的通信和日记，从中就可以看出这个过程的艰苦。

"情节妙极，好得很，我很想写。"（1888 年 5 月 12 日，给苏菲娅的信）

"试着写科尼的故事，但是写不好。"（1890 年 2 月 21 日，日记）

"仍然写不好。"（1890 年 2 月 21 日，日记）

"根本写不出来。"（1890 年 2 月 23 日，日记）

"将这部作品好好地想一下——科尼的故事应该从开庭审讯写起……"（1890 年 6 月 18 日，日记）

"昨天给科尼的故事起了一个头。写得很畅快。"（1890 年 12 月 15 日，日记）

在这期间，由于增加了聂赫留多夫主张废除土地占有制的新的主题，写作碰到了很大困难，素材必须改造，这使得托尔斯泰停了 4 年时间都再也没有动过这部小说。到了 1894 年，他才又开始关注这部小说。

"决定不再写下去了。我把小说的艺术基础全部重新检查了一遍。整个要不得。如果还要写的话，必须全部从头来过，写得更真实点，不要杜撰。"（1894 年 6 月 14 日，日记）

1895 年 5 月重写《复活》，7 月 4 日写完第一稿。其间，他亲赴法庭观察，回来后在日记中写道：

"今天去了法庭。糟极了，万万没有想到有这等不可思议的蠢事。"

第一稿结尾之后，他向亲友朗读时感觉不好，说道：

“整个结尾都得重写，把那幸福的尾巴——（聂赫留多夫和玛斯洛娃逃往英国）在英国的生活——删去。”（1895 年 8 月 6—7 日，日记）

“我写的东西变得非常复杂起来了，而且叫我生厌——毫无意思、庸俗。”（1895 年 12 月 5 日，给斯特洛霍夫的信）

“动手写《复活》，但深信它一定很糟。重心不是放在应该放的地方，土地问题又分散、减弱它的力量，可是这个问题自己也是软弱无力的。我想把它放弃了。将来如果要写的话，就得从头写起。”（1895 年 10 月 13 日，日记）

“现在出去散步，我清楚地懂得了《复活》为什么写不下去：开头写得不对……我懂得了应该从农民的生活写起，他们是主体，他们是积极的人物，而我现在所写的，他们却是影子，是消极的人物……应该从他们的生活写起。我想马上动手写。”（1895 年 11 月 5 日，日记）

“这两天我已经把新的《复活》写了一点了，一想到开头写得多庸俗，就觉得惭愧。现在这样来开始，我可很高兴。”（1895 年 11 月 7 日，日记）

但是，第二稿写完之后，托尔斯泰觉得结尾还是不好，仍觉得不满意。

“读到他决定要结婚的时候，我又厌恶地把它丢开了。一切都是不真实的、虚构的、软弱的。”（1897 年 1 月 5 日，日记）

1898 年 7 月，托尔斯泰重新又写了结尾，8 月 23 日，他对妻子苏菲娅说：

“告诉你，他没有跟她结婚。今天我全部写完了。换句话说，

解决得非常好!”(1898年8月23日,苏菲娅的日记)

“目前我在专心修改《复活》。我自己也没有料到,关于法庭和刑罚的罪恶和荒谬,在这部小说竟可以写这么多。”(1895年9月30日,给毕留可夫的信)

十年时间,不但毁弃了原来的故事,而且反复推倒重写,其间付出了巨大的代价,但正是由于有了作家的这种努力,才成就了这部世界级的名作。

其实,写作的过程也不仅仅是反复发现、放弃、重写的过程,它同样是一个不断加强语言表达、强化语言修辞的艰苦过程。就写作而言,其媒介是语言文字,当然语言的问题就是作家写作中最值得关注的问题。这样的例子也有很多。比如在写给路易丝·克里的信中,福楼拜就对自己在写作过程中有关语言斟酌、使用的情况做了较为详尽的叙述:“有些夜晚,文句在我脑子里像罗马皇帝的辇车一样滚过去,我就被它们的振动和轰响的声音惊醒。”“即使在游泳的时候,我也不由自主地斟酌着字句。”“有些句子在我脑中黏着,像是乐曲似地缭绕着我,令人又是痛苦又是喜爱它们。”“转折的地方,只有八行……却费了我三天时间。”“已经快一个月了,我在寻找那恰当的四五句话。”① 还比如果戈理,他的小说语言流畅、简洁,具有很强的表现力,也同样与他费尽心血斟酌语言是分不开的:“每一个句子,我都是用思索、用很久的考量得到的。别的作家一点不费什么地在一分钟内就把它换了另一个句子,在我却是一桩困难的工作。”② 可见,他为了寻找到最佳的语言所付出的努力。

语言表面上看只是文字符号,但其实它包含着意义、情调等内涵,尤其是语言的某种情调往往能够凸显作家的写作意图,增强故事的表现力。为此,作家们也是颇费心思。比如海勒就曾说:“在我具

---

① 段宝林.西方古典作家谈文艺创作[M].沈阳:春风文艺出版社,1980:399.
② 同①,413.

体使用语言文字时，我真觉得自己没有当作家的天资，我不信任自己。仅仅为了一句对白把各种各样的说法都试上一遍，这在我是常有的事，接下去是整个段落，然后又是整整一页，斟酌每一个字，调整故事的节奏。我在心里念叨着准备写在纸上的东西，可我希望不要出声。我觉得，有时我不光是在写作时不出声地动着嘴巴，就是在考虑晚饭吃什么时也是如此。”①

总之，写作的过程其实也就是具体完成作品的过程，这个过程一点也不比构思轻松，细节的设计，起承转合的衔接和挪移，语言的选择和使用，主题的调整和强化，情感的投入和掌控，如此等等，都不是一蹴而就的，也不是现成的，都需要作家去寻找、琢磨、选择，这同样需要作家付出巨大的心血和精力。越是光鲜亮丽的作品，越是影响力巨大的作品，越是受到读者喜爱的作品，越是具备成为经典性质的作品，往往意味着作家在写作中付出的努力和代价越大。世界上没有轻易就能取得成功的事情，写作亦是如此。而作家们在写作中所付出的这种努力，所经历的种种得失，所取得的成功和喜悦，这都构成了作家在写作中最真实的生活，是他们写作不可分割的一部分。

三　写作后

具体的动手写作结束之后，并不意味着写作已经结束了，因为作品这时还只是个半成品，还需要进一步做出修改，将其打磨得更加精致光鲜。这就是作家所面临的写作后要做的重要事情。修改对于写作来说其意义重大不亚于构思。世界上还没有一蹴而就的作品，事实上，所有的作品都必须通过反复修改才能完成，尤其是那些经典名

① 程代熙，程红．西方现代派作家谈创作［M］．北京：中国广播电视出版社，1991：70.

著。世界上很少有做到不修改的作家。事实上，所有的作家都要修改，所不同的只不过是有的修改的次数多，有的修改的次数少而已。美国当代作家乔伊斯·卡洛尔·欧茨尽管是个多产作家，但她并没有因此而放松修改，写完之后她对自己的作品总是改了又改，尽管她也担心自己会被修改这门艺术弄得痴痴呆呆，但她说她还是特别喜欢“理智的甚至于挑剔性的修改，这本身是或者势必是一门艺术”[①]。把修改看作是一门艺术，这应该是一个新颖的观点，这再次说明了修改的重要！

把修改看作是一门艺术，这说明修改也不是轻松的，甚至更苦。巴尔扎克高产是毋庸置疑的，他十分勤奋，出手快，作品众多，即便如此，他也十分重视修改。在他看来，修改就是一件十分苦恼的事情：“最苦的事是修改。我费在《该死的孩子》第一卷上的工夫，比我写好几本书还要多；我打算把这一部分提高到和《珍珠碎了》一样好。写成一种忧郁的小诗似的作品，无懈可击；我费了将近十二个夜晚。”[②]

果戈理的严谨是有目共睹的，他的作品精致而深刻，篇篇都可以说很精致，显然这与他十分注重修改是分不开的。他曾经撰文十分详尽地描述过作品修改的过程和意义。果戈理说他的作品几乎都要经过八次修改才能完成：“一开头，必须把一切想到的潦草地写出来，尽管很坏，很散乱，但是绝对要写出一切来，以后就把这草稿搁起，过一个月、两个月，有时也许还要久些，你再拿出你所写的东西来读一读吧。你会发现有很多不对的，很多多余的和很多没有达到的地方。你在空白上做一些订正和注解，然后再搁起来。当下次读它时，仍要在空白上添上新的注解，到那里无处可写了，就移到远一点的页边。当全部都被写成这情形时，你便亲手来把这些文字誊在另一个笔记本

① 程代熙，程红．西方现代派作家谈创作［M］．北京：中国广播电视出版社，1991：267.

② 段宝林．西方古典作家谈文艺创作［M］．沈阳：春风文艺出版社，1980：342.

上。这时忽然又出现了新的主意，于是剪裁、补充、把词句重新拣练一遍。在以前文字中会跳出一些新的字句，这些字句非安置在那里不可，但这些字句不知怎么却不能像起初一下就现身出来。你再放下那个笔记本吧！你去旅行，去消遣，你什么也不要做，或者去另写别的东西。时间一到就想起抛开的那个笔记本了。你拿起它，读一遍，用同样的方法改一改，当又被涂抹得不堪时，你再亲自誊一遍，你到这里会发现随着文字的坚实、句子的成功和洁净而来的，使你的手似乎也坚实起来了：于是每个字也更加强硬和坚决了。应该这样做八次。有些人也许用不着这么多次，但有些人也许还得多几次，我这样做八次。只在这八次的修改！必须是亲手的修改之后，工作才算完全艺术地了结，才会得到创作的真谛。再多的修改和审阅，也会损污工作。就如画家们所说，是画过度了。”①

车尔尼雪夫斯基对于修改也有自己的看法。他认为在写完之后，“这时候你就可以把已经写好的东西复看、思考、评判。然而这里又有一句俗谚：用笔写的东西，用斧都砍不烂的——已经写坏、写得不整齐或者写得很弱的东西，任何改正方法都不能给它力量，给它美或者完整。最后的重读作品，只能把一些由于笔头要比思想的迅速奔流来得慢而产生的缺点弄平贴。因此，假使你感到不满意的不是已经写好的东西在文法上、修辞上细微的不正确和不平整，而是一种根本方面的东西，那么最好，甚至对工作所需要的时间说来还是最上算的——不必再去改正，而是把已经写得失败的东西丢掉，重新再写”。当然，他认为这是一种别具一格的英勇精神：“丢掉自己的劳作，谁不觉得可惜呢？自己承认写了一种毫无是处的东西，谁不觉得害臊呢？因此要是没有把应当写的东西经过明白而周到的思考，就不该动手写。但是，再重复一遍，任何一种矫揉造作只会造成冷漠和甜腻，最好的蜜是从蜂巢中自动流出来的，挤压只对榨油才有好处：这不但

① 段宝林．西方古典作家谈文艺创作［M］．沈阳：春风文艺出版社，1980：414.

是诗歌活动，同时也是一般生活的规则：每个人都应当按照他的本性以及他所创造的对象的实质而行动。”①

托尔斯泰之所以能够成为世界级的大文豪，与他具有十分严肃的创作态度是分不开的。而他的严肃的创作态度体现得最为明显的要数对作品的修改了。可以说，他的每部精品佳作都是修改出来的。对此，他有很多感受，也创造了很多修改的方法。比如，他认为“写作而不加以修改，这种想法应该永远摒弃。三遍，四遍——那还是不够的”，“写作，反复修改。一切都了然在目，可是面临的工作量却很惊人。应该好好地确定未来的工作。鉴于快要写成的力作，你就不会坚持、不会无穷无尽地修改细枝末节了”。他甚至在写给皮革工人作家热尔托夫的信中反复强调：“主要的是：不要急于写作，不要讨厌修改，而要把同一篇东西改写十遍、二十遍。”至于怎么修改，他建议写好作品后最好誊写两次，一次“删去一切赘余并给予每一思想以正确的位置”，另一次“改正表现法不正确的地方”。而至于为什么要删去赘余的部分，其实他的理解是很深刻的，“写作艺术之所以好，并不在于知道要写什么，而是在于知道不需要写什么。任何出色的补充也不能像删节作品那样大大改善作品”②。下面不妨摘录他最后一年的日记（1910 年）中记载的关于对《村中三日》的修改情况，来看看他是如何对待修改的。

一月二日：“昨天，一切如常。又把《梦》（《村中三日》的最后一章）加以修改。”

一月四日：“再把《梦》加以修改。不晓得改得好不好，但觉得非改不可。这是一项必要的工作。”

一月六日：“把《梦》和《贫困》稍加整理。决定就这样地邮寄给柴尔特科夫。写着写着，就停下来，又从头写起，把写好

① 段宝林．西方古典作家谈文艺创作［M］．沈阳：春风文艺出版社，1980：497.
② 同①，557—563.

的东西加以种种斟酌：这种做法，一般地，是必要的。”

一月八日：“把写好的东西加以修改，但身体衰弱得厉害。”“开始写关于租税的文章（指《村中三日》的第三日）。”

一月十日：“把《村中三日》的第二日和第三日部分重读了一遍——事后补写非常重要。”

一月十二日：“修改《村中三日》的第二日和第三日各篇。”

一月十三日：“把《村中三日》从头读了一遍，认为这样就可以搁笔了。”①

尽管修改十分重要，但胡乱修改也不能达到目的，要遵循基本的原则。这些基本原则通常作家们感受更深，他们的说法也最令人信服。比如，契诃夫认为修改要遵循以下基本原则。

(1) 好好润色你的作品，要一直到看见你的人物生动起来，看出你没有胡诌得违背现实，才可以把东西拿出去发表。

(2) 大作品应当摆一个时期，在这个时期甚至不妨写点别的东西，然后再回到那个作品上去。务必要工作，多工作。作品越是有价值，对待它就越得小心。

(3) 凡是跟小说没有直接关系的东西，一概得毫不留情地删掉。要是您在头一章里提到墙上挂着枪，那么在第二章或者第三章里就一定得开枪。如果不开枪，那管枪就不必挂在那儿。

(4) 写作的技巧，其实并不是写作的技巧，而是……删掉写得不好的地方的技巧。②

当然，除了修改的原则之外，每个作家也都有自己的修改习惯，这同样是作家写作中不可分割的文化现象。下面也不妨以举例的形

① 段宝林．西方古典作家谈文艺创作［M］．沈阳：春风文艺出版社，1980：563—564.
② 同①，651—652.

式，提供几个案例，供读者欣赏。

【例一】美国当代作家琼·迪戴恩的第一部小说《河水流吧》的写作就经历了一个艰难的过程，据她自己回忆说，这部小说的前半部分是几年间在夜里写出来的，因为白天她要到《时髦》杂志社去上班，夜里就写小说的那些场景，没有特别的次序。写完一个场景后，她就把稿页接起来，钉在墙上，一两个月中也许会不动它，过一段时间便从墙上取下一个场景，修改一遍。当写够了 150 页时，她拿给 12 个出版商去看，结果没有一个接受的。到了第 13 个出版商时，预付了一笔钱，给了她一千磅钱。于是，她请了两个月的假，在家中完成了小说的后半部。小说的后半部要比前半部流畅就是这个原因。本来她想对前半部做出修改，但那是多年间在复杂的情绪中写出的，完全复原当时的情绪已经不可能，只好放弃修改。后来虽然她也接受了别人提出的一些意见，对作品进行了修改，但总体上还是不太成功。她认为主要还是自己的能力不够造成的。①

【例二】贾平凹的修改习惯是全部写完再回头修改。在接受穆涛的采访时，当被问到是怎样修改自己的手稿时，他这样做了描述："我写作时必须一气呵成，有人每天规定，只写多少字，写过了一遍就定稿，我不能的。我的第一遍从第一句起直到最后一句止后，才能完全放松下来。好长时间不去理它，直到最初的创作兴奋完全消失，一切又复归平静了，再回过头去阅读，去修改，我是一边誊写一边修改的，进度非常慢，誊写完了，再做一至两遍总体的修改。我是十分看重这时的修改的，它首先要在语言上合我的意，我总是不厌其烦地挑字眼、修辞，甚至还推敲语感的节奏。我的第一遍手稿字极小，又特别乱，除了我无论谁也看不懂。如果是短的文章，又喜欢给来人念，念的过程中，立即能感觉出什么地方的节奏、语气有毛病，然后

① 程代熙，程红．西方现代派作家谈创作［M］．北京：中国广播电视出版社，1991：193.

再做局部的调整，身心放松的状态，修改时常有飞来之笔，如鬼魂附体似的，过后自己也惊奇自己。”比如小说《满月》他是一口气写完的，由于人物都是熟悉的，所以，写到最后她们全都站在面前，语句往外涌，笔都来不及，又不敢中断，写到最后一部分的时候，“语言一时搭配不来，我便不管语言的修饰，胡乱地用一些话先代替着，一直把心里想好的整个小说写完了。我合上本子，再也没有回头看一眼，呼叫着跑回宿舍，嘴里哼着秦腔”。这样到了晚上的时候，才认真地改了一遍，完了又改了一遍，推敲每一个字是否合适，睡前又看了一遍，斟酌了几处标点符号，到了第二天，他才开始正式誊写，一边抄一边改，有时候会冒出一些极好的细节和字句来。后来把稿件寄出去，又根据编辑的意见，做了一些修改。①

【例三】海明威也是有自己的修改习惯的。他每天写作时都要把前面写的部分重新读一遍，其实也就是修改一遍，才接着继续写作。对此，他这样说道：“我一向是每天修改到我停笔的地方。等到全部写完以后，自然你会从头到尾再去润色一遍，当别人用打字机把它打出的时候，你又有一个机会去修改它、重写它，然后你看到很清楚的排印稿。最后的机会是看校样。”当记者问到一般要修改多少遍时，他说：“这得看情况。《永别了，武器》的结尾处最后一页，我改写了三十九遍才感到满意。”②

总之，修改的工作是完善作品的最后一项工作，一般情况下，作家们都非常认真，所以有关修改的情形构成了作家们创作文学作品的重要一部分，值得人们关注。

---

① 贾平凹，穆涛．平凹之路［M］．西宁：青海人民出版社，1994：4—10.

② 董衡巽．海明威谈创作［M］．北京：生活·读书·新知三联书店，1985：28.

第十一章　作家的写作习惯和性格撷记

对于大多数作家来说，写作就是他们的生活，或者说写作就是他们的主要生活方式，他们中的很多人以此为寄托，充实而幸福地走完一生。所以，有时候作家们的写作生活其实也是他们写作的一部分，值得我们探讨。因为文学就是作家内心情感的结晶，他的写作生活包含着他创作的信息，透过作家的写作生活，有时我们不但可以看到作家的写作状态、修辞习惯以及修辞方式，同时还可以看到作家的审美趣味和艺术观念。由于有自己独特的写作习惯和写作性格的作家非常多，这里我们只是以举例的方式摘录一部分，以期能够从这一部分中感受作家们的写作魅力与个性。

海明威是一个风格独特的作家，他的这种独特的风格就与他独特的写作习惯息息相关。在接受记者采访的过程中，他对自己的写作习惯做过如下描述："我在写一本书或一个短篇小说的时候，每天早晨或天一亮就开始写作。那时没有人来打扰，天气或者凉爽或者寒冷，只要你一动笔写，就感觉到暖和了。你把你自己写过的东西读一遍，因为你一向在你知道下面要写些什么的时候停下笔，你就从那儿继续写下去。你写到你还有活力的地方，而且知道下面要写些什么，你就停下笔，力图挨过一个晚上，到第二天再去碰它。"[①] 他的许多作品就

① 董衡巽．海明威谈创作［M］．北京：生活·读书·新知三联书店，1985：27.

是通过这种写作方式完成的，所以他的作品衔接非常自然，十分流畅。

约瑟夫·海勒的写作习惯也很独特。他说他常常是“一点一点地蹭到下一段”，至于接下来的一章怎么处理，常常是遛狗或者上班的过程中才构思，而采访者提到这些想法出现时您不把它们记下来吗？他回答道：“在我的皮夹里总有一打三五见方的卡片。如果我想到一个好句子，我就记下来。那么必就是一个创作灵感……我把卡片放在文件柜里。为《出了毛病》积累的卡片摞起来有4英寸厚，为《第二十二条军规》积累的大概能装满一个鞋盒子。”①

欧文·肖的创作习惯是平时带个笔记本，写大量的笔记，“一旦有了短篇的构思我就把它记下来”。同时他的写作习惯还表现在写作时间的安排上。他每天早晨起得很早，大部分情况下先工作四五个小时，然后到户外，通常是去滑雪，要不就打网球，下午四五点钟再回来接着干没干完的工作。②

威廉·加斯的工作日是这样安排的：“我通常9点前用餐，然后送孩子们上学，接下来我马上开始工作。总的来说，我是事务缠身，老是有干不完的事，所以我才急于结束现在就在打字机上等着校订出来的新作品。早晨我就从修改校订这些东西开始，总希望在一天结束前完成它们以便开始新的东西。……在耶陀（纽约财主斯潘塞·特拉斯克为作家、艺术家及其他学者免费提供的创作场所，在纽约市）的时候，整个上下午和夜里大部分时间我都用来工作，每天如此。在家里，我一般是用整个上午和下午的几个小时工作的。……真正的写作时间就是坐在那里一遍遍地在打字机上打印出相同的句子，一张一张一张地往纸上填满废话。然后就把这些东西丢在一边放上几星期以至几个月，这期间我再开始搞些新东西。通常我都是同时干着许多工

---

① 程代熙，程红．西方现代派作家谈创作［M］．北京：中国广播电视出版社，1991：70—71．

② 同①，97．

作——在这个意义上讲就是开始搞那些已经开始过的工作——我的工作很紧张，所以我不时起身在屋里走一走。我的胃糟糕透了。可我对能把工作干好的各种办法着了迷，然后我又对事情在纸上进展的情况着了迷。我的胃溃疡发作起来很厉害，我不得不吞服大量的药片。我的工作进展顺利的时候，我的病也就要重几分。”①

琼·迪戴恩的写作习惯则是这样的：“最重要的是晚餐前我需要单独有一个小时，喝点什么，把我一天所做的工作理一遍。下午晚些时候设法整理一天的工作，只因为我离它太近了。另外，喝点饮料也有帮助。喝点饮料可以使我从已写出来的上面超脱出来。这样，我就用这一个小时把该删的删掉，该添的添上。然后，我就开始新的一天，按照晚上做的笔记，把前一天做的工作再做一遍。当我真正写作起来，我就闭门不出，也不请人来吃饭，因为这样一来，那一个小时就没有了。如果没有那个小时，第二天对付起那些写得很凌乱的稿子，就会无所适从，这样我的精神就振作不起来。另一件我需要做的事情是，当我的写作进入尾声时，我得和那部作品睡在一起。你睡在它身边，它总是不会离你而去的。这就是我为什么到萨克拉门托老家去做收尾工作的原因。在萨克拉门托，没人管我在还是不在。我随时都可以起床打字。”②

乔伊斯·卡洛尔·欧茨是美国当代的一位多产作家，她也有自己的写作习惯。当采访者问她是不是按照什么写作时间表进行创作时，她说：“我没有任何正式的写作表，但是我喜欢在早上写作，在早饭前写作。有时写作进行得十分顺利，我一连写几个小时不停笔——因此在合适的日子里我到下午两三点才吃早饭。在学校的日子，就是在我教课的日子里，我在早晨通常写一个小时或者 45 分钟，然后去上我的第一节课。不过我没有任何正规的写作表，现在我就觉得有些意

① 程代熙，程红．西方现代派作家谈创作［M］．北京：中国广播电视出版社，1991：179—180.

② 同①，198.

志消沉，或者无所适从，或者简直不知所措，因为几星期前我写完了一部长篇小说，还没有开始写下一部……只是作些零碎的笔记。”同时，她通常都是写完一部小说之后把它们放在一边，然后开始新的写作，等这些做完了，再回头看第一部写出的小说，改写其中的章节，等这部修改完之后，再修改第二部。她说：“写作—修改—写作—修改，这种节奏似乎很适合我。”[①]

约翰·斯坦贝克是美国当代著名作家，1962年获诺贝尔文学奖。他对写作习惯也有自己的理解，他说马克·吐温习惯于坐在床上写作，但是他很想知道马克·吐温多长时间在床上写一次，同时他也很想知道什么样的文章马克·吐温躺着写，什么样的东西又是坐着写的，因为“所取的姿势以及这种姿势的价值就在于写作时能感到舒适。我倒是认为身体上的舒适可以是思路放开，从而达到身体和精神上舒适的统一”。为此，他所采取的写作习惯则是一边抽烟一边写作，同时他在写作中对写作的笔也有要求，尽量使用那种又黑又软的铅笔，让写作感觉到像是在纸上滑翔一样。有关他的写作习惯和性格在他写给罗伯特·沃尔斯顿的信中有过仔细的描述：

> 现在我假定你像我一样，眼前放着400张空白股票——非填写不可的吓人的东西。我知道谁也不愿意把别人的经历随随便便假定为是自己的。但下面这几招，的确使我摆脱了一些难题。
>
> (1) 别总想着你马上就会干完，也别顾及它有400页，只是一天一页地埋头写下去。那么当你完成它的时候，就常会感到惊讶不已。
>
> (2) 无拘无束，大刀阔斧，尽可能麻利地一气呵成。全文结束前千万不要去修改或重写，因为那样通常会使你的写作中断，同时也破坏了文章整体的流畅和韵律美。这种流畅和谐的效果，

① 程代熙，程红．西方现代派作家谈创作［M］．北京：中国广播电视出版社，1991：265.

只有在对所写的东西没有过分小心和拘谨时才能收到。

(3) 抛掉你意念中的读者。一开头，那些不知名、不露面的读者会吓得你手足无措。忘掉他们，他们就不存在了，因为毕竟不像在舞台上。写作中，你的观众就是一位单一的读者。我认为，有时可以挑出一个人——一个你真正认识的人，或者想象中的人，就对他写，这样很有益处。

(4) 如果你用了大量的笔墨去描写一个场面或一个情节后，仍然觉得没有写深写透，就跳开这段写下去。全篇完成后再回过头来写。这次你就会发现，之所以产生这种麻烦就是因为这个场面或情节根本就不该出现在这里。

(5) 注意那些对你来说比其他任何东西都更熟悉的或是太熟悉的东西的写作。往往在这种时候，你的描写欠准确。

(6) 如果你写的是一篇对话，就边写边大声朗读。只有这样才能写出演讲的语调。①

麦家是我国20世纪90年代以后出现的一个善于写谍战小说的作家，这些年他所写的小说许多被拍成了电视剧，很受观众欢迎。他有一个很奇怪的写作习惯，那就是重写。他的许多重要的作品都是重写出来的，《风声》之前有个中篇小说《密码》，《密码》之前还有一个电视剧《地下的天空》，都具有这样的特点。就拿《解密》来说，这是一部写了十年的小说，最早构思于1991年，1994年从6万字的草稿中整理出来一个2万字的短篇小说，取名《紫密黑密》发表；1997年又从11万字的草稿中整理出了一篇4万字的中篇小说《陈南华笔记本》发表；直到2002年，在鲁迅文学院高级研修班期间才最终完成《解密》。《暗算》也是先写了3个独立的中篇小说，然后才补了两个穿针引线的故事，发展成为长篇小说。在谈到这一写作习惯时，麦

① 程代熙，程红．西方现代派作家谈创作［M］．北京：中国广播电视出版社，1991：312—313.

家认为这与自己的性格有关。因为他小时候生活在政治地位特别低的家庭里，养成了一种自卑的性格。这种性格渗透在他的生活的方方面面，尤其是写作，总是觉得事情做不好，所以就先从小处做，慢慢再往大里做。

除此之外，麦家也有自己独特的阅读习惯，他的阅读主要集中在外国文学方面，而且是比较单纯的外国文学。他说他最早迷恋的是奥地利作家茨威格，但真正教会他写小说的却是美国作家塞林格，因为他从初中就开始写日记，到大学毕业已经写了30多本，学会了自我交流。塞林格的《麦田里的守望者》完全像日记，所以他就开始写小说，写了《私人笔记本》。后来他又看了卡夫卡、博尔赫斯、纳博科夫、马尔克斯等作家的作品，他认为茨威格是他的“初恋情人”，因为茨威格的小说语言密度特别大，而我们这个时代最缺乏的就是耐心，所以他没有得到重视。在他看来，真正的好作家、一流作家都是很难学的。他长期以来很迷恋和反复阅读的一部小说就是纳博科夫的《洛丽塔》。他的阅读经验是：“如果说一个作家的读书有什么诀窍，就是不要广泛地读，而是发现一两个自己喜欢的作家，反复地读。这种读的好处就是能让你与他处于一种亲密的文学氛围中。一个作家，你喜欢他的作品，他就像你的亲人一样，亲人是不可能太多的。即使只有一个，也能够无穷地温暖你。”① 他尽管是以写推理和谍战为主的作家，但他说他并没有受阿加莎、柯南道尔、松本清张等推理小说大师的影响，因为他们都不可模仿，他不想走复制的道路。

当代作家张炜在苏州大学所做的《世界与你的角落》的演讲中，在谈到写作工具时曾提到他自己的一些写作习惯，他说现在作家的写作工具主要就是电脑，但“我现在用钢笔和稿纸，而且有点挑剔。我觉得自己在用心写一个东西时，就开始挑选稿纸。这也是个安静的过

---

① 文艺报社．文学下午茶——当代作家艺术家对话录［M］．青岛：青岛出版社，2013：41.

程。我总想找一种不那么滑爽的纸，选择的钢笔也不要过分流畅。稍微写得快一点就可能把纸划破。这样一笔一笔，将思想和情感慢慢落到实处来”。他说他对纸的这种苛求源于一种习惯。因为在他开始学习创作的20世纪60年代，像样的纸很少。当时他们家附近有一个国有园艺场，由于出口苹果的需要，每个苹果都要用一种彩色纸包起来，淡绿的、浅黄的、草莓红的，还裁成了四四方方的，他找到了这样一些纸，感觉到它有一种若有若无的香气。这种习惯一直保持到后来。其实，除了这个原因之外，张炜之所以一直坚持这种写作习惯，还有一个更重要的原因，那就是在他看来用电脑等打出的作品已经“不是文字，不是词汇，更不是语言”，因为这样的文字看似好像在对我们诉说，“实际上却没有口气，没有呵气声，只有满纸代码”，它们就像网络的流速、影视的闪烁一样，“是电脉冲，是数字流”，除此之外什么也没有。但用纸和笔却不同，这既是一种习惯，也是一种坚守，更是一种回归，它是最古老的也是最具有写作特征的书写工具。在他看来，强调写作的工具，是“因为我们要从它的演进开始，进入对文学的理解；从写作工具变化的历史，去寻找文学退化的根源；同时也要从写作工具发展的历史上，去寻找文学永远存在的信心和希望”①。

当代著名作家贾平凹被人们认为是一个才华横溢的作家，他的作品风格独特，通常都能引起轰动，这与他自己的写作方式是分不开的。当采访者问他具备了什么样的写作条件才开始动手写一本书的时候，他这样回答道：“我会反复酝酿我要写的东西，人物我已经十分熟悉，恍惚就是与我朝夕相处的人，而情节上可以只需知道几个重要的转折环节，行文的语言完全不用去考虑，我有这个自信，一旦真要动开笔，文字会随形赋彩的，并且会有许多绝妙的东西突然到来。在

① 王尧，林建法．我为什么要写作——当代著名作家讲演集［M］．苏州：苏州大学出版社，2005：32—35.

这样的时候，我很激动，也很焦躁，你见过母鸡下蛋前的样子吗？那份不安神，那份前后左右的转动，你稍稍惊动它就会腾地飞跳起来，但它要是趴在窝里你就是拽它也不愿动弹了。你见过新婚久别后丈夫就要回来前的年轻婆姨吗？没见过的话你最好见一见，我想，开始动笔之前我就是那样一种状态的。创作欲涌动起来了，我是会找一个比较清静的地方一气呵成地去做我的工作，那个地方不要什么资料，不要什么舒适，不再讲究一切，只是有纸有笔就够了。哦，第一遍手稿必须是写在精美的本子上的，这样我才能思如泉涌。对了，还需要烟，牌子无所谓，习惯的一种就可以，饭菜也无所谓。如果要图更清静就到外地去寻一间房子……当然，每天的工作都结束在知道接下来写什么的时候，这样，就不至于第二天坐在书桌前一筹莫展了。”由此可见，贾平凹的写作习惯在于先构思成熟，然后才开始不断写作。除此之外，贾平凹还有自己在写作上的一些习惯，时间安排也颇具有自己的特色。比如他在写长篇小说的时候草稿往往写在大的豪华一些的笔记本上，短篇小说和散文写在小笔记本上，或者干脆写在一块废纸上，“我绝不在有格子的方框里写，但必须还要有格子，誊稿时是要写在格子纸的背面的。我是穷困人，早年做编辑，写作必须挤时间，后来虽然是专职写作，但来访者太多，依然是挤时间，除长篇小说的写作外，一般的文章是有了冲动抽空就写。我入静的功夫很好，而且从不失眠，这两点令我十分得意。有人写作时，需要睡觉去构思，我做不到，我一上床很快就睡着，看书的话看两页也就困了。我有一个毛病，写过几千字或几百字，觉得脑子里的齿轮不转了，我常觉得我脑子里有齿轮，就去厨房呀什么地方找点吃的，最好是萝卜，吃几口，齿轮又开始转开了，再重新坐下来写”①。

左拉是法国著名的小说家，也是自然主义理论的创立者和实践者。1862 年开始短篇小说的创作，1864 年短篇小说集《给尼龙的故

① 贾平凹，穆涛．平凹之路［M］．西宁：青海人民出版社，1994：2—5.

事》出版，1866年做新闻记者，并给报纸写评论。在文艺思想上他深受泰纳的影响，主张写“实验小说”，搞自然主义。他的写作受到了当时人们的不少非议，但他毫不在乎，坚持勤奋写作，1867年完成《德若丝·拉根》，是《卢贡家族》的先声。1868年他从《论坛周报》得到固定收入，生活有所保障，于是从事“生理学研究”，学习巴尔扎克的《人间喜剧》，立志要写《卢贡家族的命运》作为“第二帝国的自然和社会史”，原计划写十二部，后写成二十部（1871～1894年共写了二十多年），1894～1898年又写成“三名城”（《鲁尔德》《罗马》《巴黎》），抨击天主教的黑暗统治。后又计划写“四福音书”，已完成《多产》（1899）、《劳动》（1901）、《真理》（1902，未定稿）等三部。1902年煤气中毒不治身亡。左拉在政治上曾遭受迫害，被迫流亡英国，后冤情大白，回国后备受人们尊敬。他坚持用“生理学原理”来解释社会现象，强调遗传的作用，思想有很大的局限性。但他忠于生活，坚持真实的写作观，使他又同情人民，反对黑暗统治。左拉的自然主义文艺思想是错误的，但他推崇巴尔扎克、福楼拜、都德等现实主义作家，创作中常常运用现实主义的创作方法，因此也具有很高的艺术价值。关于他的写作习惯，他在《自叙传》一书中有所描述。

> 现在已经有十年了——我一直靠我的笔尖过活，与其说是好，不如说是很坏；一般人都打击我，时常完全不承认我，自然，我赚钱赚得很少……
>
> 我的生活很孤独，住在清静的区域……除非是星期四晚上，我的朋友之中有人到我家里来坐坐，这都是我从小的朋友，差不多都是普罗旺斯人。我尽可能地少出门。现代作家之中，只有福楼拜、龚古尔和都德那里，我是去的。我故意这样避开一切，为的是可以安静些工作。我工作起来，是最资产阶级式的。我按钟点：早晨坐到书桌边去，仿佛商人进事务所似的，慢慢地写，一

天平均写到三页光景，不重抄的：你想象吧……自然也要写错，有时候要抹掉，然而我写时，总等到一句句子在心里完全想好了之后，才写到纸上去。……

我的《卢贡·马加尔》应有二十部，我现在正在写第七部，这是一部关于巴黎工人世界的小说（就是《小酒店》）。我已经工作得不少，而还有很多的工作要做呢。对于我，全部的生活都在劳动里。……实质上，我在艺术里只有一个热烈的欲望——生活。我用我的爱情忠实于现代的生活，忠实于我的整个时代。①

① 段宝林．西方古典作家谈文艺创作［M］．沈阳：春风文艺出版社，1980：599.